KB233291

해학과 흥미로 읽는 三國遺事!

삼국유사

강영수 編著

太乙出版社

서　문

　삼국유사(三國遺事)는 보각국사(普覺國師)인 중(僧) 일연(一然)의 노작(勞作)으로 정사(正史)를 다룬 김 부식(金富軾)의 삼국사기(三國史記)에 대하여 누락된 사실과 야사(野史)를 다룬 면에서 상이하다고 하겠다.

　역사서(歷史書)가 한 시대를 증명하고 조명(照明)해 내는 가늠대 역할을 하는 것은 틀림없는 사실이지만 그것들을 지금에 와서 이해(理解)하고 숙지(熟知)하기란 그리 용이(容易)한 일은 아닌 것 같다.

　그러한 이유로 하여 보다 더 많은 사람이 삼국유사(三國遺事)를 읽고 그 속에서 선인(先人)들의 재기(才氣)를 체득하게 하기 위해서는 좀더 쉬운 문장(文章)과 소설적인 허구(虛構 : fiction)가 있어야 함을 아련히 느끼는 가운데에서 《소설 삼국유사》를 초(抄)하기에 이른 것이다.

　장구(長久)한 세월의 이끼와 그 속에서 꿈틀거리고 살아 숨쉬는 은빛의 언어들이 순간순간마다 물결치며 우리들의 가슴에 와 닿는다.

　난해하고 고답스런 문장을 좀더 해학적이고 유머러스하게, 간혹은 심미적(審美的)인 수법을 빌어 소설화한 이 책이 투박하고, 경직된

면이 없는 바는 아니다. 읽는 이의 소연(昭然)한 이해도를 고조(高潮)시키기 위하여 좀더 짙게 허구성을 배경 음악으로 저변(底邊)에 깔았음을 밝히는 바이다.

연(然)이나 소설은 재미다. 재미가 없는 소설은 그 생명의 가지(枝)에 수액(樹液)처럼 차오르는 생동감 있는 보편 타당성을 잃는다.

그렇기에 잠자리 날개같은 투명한 심성(心性)을 비춰보이다가도 유액(油液)처럼 끈끈한 점착력(粘着力)을 나는 표출(表出)해 내고 있는 것이다.

지은이 씀

차   례*

1

신이(神異)의 장

웅녀(熊女)

서쪽 하늘에 일곱색의 채운(彩雲)이 일고 봄날같은 서기(瑞氣)가 온 천하에 엷은 안개처럼 뿌려져 있었다.

신시(神市)가 열리는 태백산의 신단수(神壇樹)에는 3천의 무리가 운거하고 있었다.

좌우에 나뉘어져 서 있는 치렁한 백발을 늘어뜨린 도인들은 바람을 다스리는 풍백(風伯)과 비를 다스리는 우사(雨師), 그리고 구름을 다스리는 운사(雲師)라는 기인으로 환인의 서자(庶子)인 환웅(桓雄)을 도와 인간 세상의 360여 가지나 되는 일을 주관하고 교화를 시켰다.

그러던 어느 날이었다.

곰의 가죽을 부족의 표징으로 삼는 웅녀(熊女), 호랑이 가죽을 부족의 표징으로 삼는 호녀(虎女)가 환웅이 거처하는 암굴을 찾아왔다.

"그대들은 무슨 일로 나를 찾아 왔는가?"

웅녀가 대답하였다.

"저희들은 예전부터 대왕을 흠모하여 왔사옵니다. 대왕이 계시는 이 암굴에 기거하면서 대왕을 도울 수 있도록 해주십시오.”

환웅은 두 여인을 잠시 굽어보고 나서,

“그대들의 뜻은 갸륵하나 이곳은 너무나 습한 곳인데다 장정의 무리가 3천을 헤아리니 여인이 기거할 곳이 못되는 곳이오. 어서 돌아가시오.”

그러나 웅녀와 호녀는 돌아갈 생각은 추호도 없다는 듯 곧바로 대답을 하였다.

“이 암굴이 습지이기는 하나 사람이 기거하는 곳임에는 틀림이 없습니다. 하온즉, 저와 호녀(虎女)는 이곳에 남아 대왕을 도울 것입니다.”

두 여인은 막무가내로 물러갈 기미를 보이지 않아 환웅은 쑥 한 심지와 마늘 스무개를 주면서 말했다.

“암굴은 워낙 습지인데다 그대들은 아녀자의 몸이니 이걸 먹고 이레 동안을 기(忌)하여야만 행동이 자유로워질 것이오. 또한 백 날은 햇빛을 보지 않아야만 이후부터는 이곳을 드나드는 데에 불편을 느끼지 않을 것이오.”

웅녀와 호녀는 환웅이 준 쑥과 마늘을 받아 쥐고 동굴 깊숙이 들어 갔다.

동굴 속에 기(忌)한 지 며칠이 지나갔다.

호녀는 몸이 점점 허약해지자 웅녀에게 말했다.

“웅녀, 나는 아무래도 안되겠어. 그대나 큰 뜻을 이루도록 해.”

이렇게 말하고 나서 호녀는 동굴 밖으로 뛰쳐나가 부족들이 있는 곳으로 돌아가 버렸다.

웅녀는 환웅의 말대로 동굴 속에 기하고 나서 차츰차츰 암굴 생활 에 익숙하여졌다.

암굴 앞 신단수 아래에서 매일 기도를 하였다. 그러던 어느 날이었다.

"하늘이시여, 이 몸의 배필은 누구이옵니까? 감히 생각키를, 저의 배필은 환웅 대왕이라 믿고 있습니다. 환웅 대왕과 가연(佳緣)을 맺을 수 있도록 도와 주십시오."

몹시도 달빛이 밝은 밤이다. 웅녀의 애절한 기구(祈救)는 주위의 풀벌레 소리까지도 잠재우고 멀리멀리 바람을 타고 하늘거렸다.

그때였다.

7척 장신인 환웅이 신단수 앞에서 기도를 하고 있는 웅녀 가까이 다가섰다.

"그대는 내가 그렇게 좋소이까?"

웅녀는 깜짝 놀랐다.

그렇게 날마다 대하면서도 호젓한 시간에 둘이서만 대하고 보니 가슴의 고동은 그칠새 없이 뛰기만 한다.

"그대가 날이면 날마다 이곳에서 기도를 하고 있음을 나는 익히 알고 있었소이다. 웅녀, 그대만 좋다면 나는 쾌히 그대와 혼인을 하겠소."

"대왕마마!"

웅녀는 환웅의 가슴으로 뛰어들었다.

환웅이 웅녀와 혼인을 하고 나서 풍백·우사·운사를 비롯한 3천여 무리를 신단수 앞에 모이게 한 다음 하늘에 제사를 지냈다.

"하늘이시여, 나 환웅은 천지 사방에 흩어져 있는 가부족을 통합하여 아사달에 나라를 세우고자 합니다!"

몇 번의 북소리가 울리고 숭엄한 행렬이 아사달을 향해 떠나갔다.

조선(朝鮮)!

국호를 조선이라고 부르는 통일 왕국이 탄생한 것이다.

황후가 된 웅녀는 임신을 하여 아들을 낳았다.

이름을 단군 왕검이라고 불렀다.

＊〈삼국유사〉 원전에 곰 한 마리와 호랑이 한 마리가 환웅을 찾아와서 사람되기를 구하였다고 쓰고 있다. 학자에 따라서는 원전을 따르지 않고 본문의 내용을 더 중시하고 있음을 본다. 승(僧) 일연은 〈삼국유사〉에 단군의 건국을 취급할 때에 단군의 건국 기사를 위나라의 〈사서〉를 인용하였고, 웅녀를 수록함에는 〈고기〉를 인용하였다. 여기서 〈고기〉란 고려조 시대(1200 년대) 도인(道人 : 치류가)들에 의하여 작성이 되었던 선사 시대의 역사를 말함이다.

탈해왕(脫解王)

참으로 쾌청한 날씨였다.

가락국(駕洛國)의 앞바다에 일곱색으로 단장을 한 배가 와서 머물렀다.

그러자 신하가 급히 궁으로 들어가 수로왕(首露王)에게 상주(上奏)하기를,

"대왕마마 지금 바닷가에 7보로 단장을 하고 일곱색의 기를 단 배가 와서 머물렀습니다."

"7보로 단장을 한 배가?"

그러자 근신 한 사람이 나아가 고하기를,

"이는 상서로운 징후입니다. 7보로 단장을 하였다면 필히 범사는 아닐 것입니다. 대왕께서는 바다에 나아가셔서 영접함이 좋을 것

같습니다.”

수로왕이 시중을 데리고 바닷가에 다다르니 과연 7보로 단장한 배가 머물러 있었다.

신하와 백성들이 경고(慶鼓) 소리를 드높이 울리며 7보의 손님을 맞아들이려고 하였다.

“선객(仙客)이 가락국(駕洛國)을 찾아주심을 진실로 축수합니다. 오래도록 가락국에 머물러 계시기 바랍니다.”

그러자 배는 서서히 미끄러지더니 쏜살같이 가락국에서 벗어나 계림의 동쪽인 하서지촌(下西知村)의 아진포에 이르렀다.

아진포에는 혁거세 대왕의 고기잡이 할머니인 아진의선(阿珍義先)이 살고 있었다.

할멈은 아진포에서 머무른 배를 보고 나직하게 말했다.

“웬일로 까치가 저렇듯 모여들까?”

할멈이 배를 끌어당겨 배안을 살펴보니 20자나 되고 넓이가 13자나 되는 궤 하나가 있었다.

할멈은 숲길까지 배를 끌어당긴 후 하늘을 향하여 길흉을 점사(占辭)한 다음 궤를 열어 보았다.

궤안에는 금은을 비롯하여 유리·차거·마노·호박·산호가 가득하였고 노비와 준수한 사내가 들어 있었다.

할멈은 일주야나 그들을 극진히 대접하였다.

어느 날 궤안에서 나온 사내가 아진의선에게 말을 하였다.

“할머니께서 일주야나 보살펴 주신데 대하여 각골난망이로소이다.”

“무슨 소리를, 선객(仙客)께서 저희 계림국을 찾아주신 것은 하늘의 뜻이옵기에 천리를 따른 것입니다. 더구나 촌로의 할미가 살고 있는 아진포에 온 것은 나 아진의선의 광영이랄 수가 있습니다. 조금도 마음에 두지 마시지 바랍니다.”

아진의선은 정중하게 말했다. 그러자 궤안에서 나온 사내가 나직하게 말을 하였다.

“할머니 저는 용성국(龍成國) 사람입니다.”

“용성국이라 하였습니까?”

“그렇습니다.”

소년은 아진의선의 말에 정중하게 대답을 하고 나서 다시 입을 열었다.

“저희 용성국에는 고래로부터 28용왕이 있었습니다.”

“오호!”

“28용왕은 모두 다 사람의 태에서 태어났으며 왕위에 오른 것은 5~6세 때입니다. 8품의 성골이 있기는 하였으나 모두 다 고르게 왕위에 올라 만민을 교화하고 선도하였습니다. 저의 부왕인 함달파(含達婆)께옵서 적녀국(積女國)의 왕녀를 왕비로 맞아 들였는데 아들이 없었습니다.”

아진의선은 호기심을 발하며 두 눈을 반짝 빛내었다.

“7년이 지난 어느 날 하늘에 간구하여 아들을 점지하여 줄 것을 간구하였더니 왕비는 7년 후에 알 하나를 낳았습니다.”

“오호!”

“함달파 대왕은 여러 신하들에게 물었습니다. 왕비가 알을 낳았는데 과연 길사인지 흉사인지를 기탄없이 말을 해보라는 것이었지요.”

소년은 잠시 사이를 두고 나서 다시 말했다.

“여러 신하들은 함달파 대왕에게 상주하기를, 여인의 몸에서 알을 낳는다는 것은 고금에 없는 일이니 이는 상서로운 일이 아닐 것이라고 하였습니다. 그러나 인명은 하늘이 점지하여 준 것이니 알이라고 하여도 사람의 몸에서 나온 이상 함부로 다룰 수가 없으니 7보와 알과 노비들을 배안에 실은 후 인연이 있는 곳에 가서 나라를 세우라고 축원하였습니다. 제가 지금 이곳에 다다른 것은 붉은 용 한 마리가 이곳으로 호위하여 왔기 때문입니다.”

아진의선은 연신 감탄을 하였다.

“선객께서는 오래도록 이곳에 머물러 계시기 바랍니다.”

“고맙습니다. 할머니.”

말을 마치고 나서 소년은 한 손에 지팡이를 들고 두 종을 데리고 토함산(吐含山) 위로 올라갔다.

산에 오르자 소년은 두 종에게 이르기를,

“너희들은 이곳에 돌단을 쌓아라.”

“네.”

두 종은 돌단을 쌓기 시작하였다.

이윽고 돌단이 완성되자 소년은 그곳에 7일 동안이나 머물면서 성안에 자신이 살만한 곳이 있는가를 살피기 시작하였다.

멀리 아련한 곳에 초생달 모양의 지세가 한 눈에 들어왔다.

“옳다. 저기로구나. 너희들은 지금 곧 내려가서 저기 보이는 초생달 모양의 지세를 갖춘 집이 어느 분의 집인지 자세히 알아오라.”

“네.”

두 종은 바람처럼 달려 내려가 한 식경도 못되어 돌아왔다.

“주인이시여. 저 집은 호공(瓠公)의 집이라고 합니다.”

“그래. 그렇다면 너희들은 밤을 도와 월장을 하여 숫돌과 숯을 그 집 곳곳에 묻어놓도록 하라.”

두 종은 일호리의 착각도 없이 소년이 일러준 곳에 숫돌과 숯을 묻은 다음 돌아왔다.

"틀림없이 나의 말대로 하였는가?"

"그렇습니다. 주인님!"

"알았다. 그만 쉬도록 해라."

다음 날 아침.

소년은 두 종을 거느리고 호공의 집 대문을 두들겼다.

머리에 하얀 수건을 맨 하인 하나가 빠끔히 문을 열고 이른 아침 대문을 두들기는 낯선 사람들을 올려다 보았다. 그러자 소년이 큰소리로 호통을 쳤다.

"너는 어찌하여 이 집에 기거를 하면서 주인을 몰라보고 감히 면대를 하고 서 있느냐?"

"뭐라구요?"

호공의 하인은 서슬이 시퍼런 소년의 말에 잠시 어리둥절하였다.

하인은 급히 안에 들어가 고변을 하니 호공이 문 밖으로 나오며 물었다.

"그대는 누구인데 남의 집에 와서 그대의 집이라 우기는가?"

그러자 소년이 말했다.

"이 집은 본시 우리 집이외다. 어서 집안을 깨끗이 비워주기나 하시오."

"원 이런 변이 있나. 내가 이 집에 산 것도 여러 해가 되거늘, 그대는 누구인데 그대의 집이라고 우기는가. 관에 가서 송사를 하여야겠구나."

호공의 말에 소년도 쾌히 승락을 하였다.

관장(官長)이 소년에게 물었다.

"그대의 이름은 어찌 되는가?"

"탈해(脫解)라고 하나이다."

"탈해라……. 그대가 호공의 집을 찾아가 그대의 집이라고 한 것은 연유가 있을 것인즉, 그 연유를 말해보도록 하라."

"네!"

탈해는 잠시 정색을 하고 나서 말했다.

"저희 집은 본시 가업으로 대장간 일을 하여 왔습니다. 잠시 이곳에서 이웃 고을로 나간 사이에 누가 땅을 빼앗아 살고 있습니다."

"뭐라구? 그대는 무슨 말을 함부로 하는가? 내가 언제 그대의 땅을 빼앗아 살고 있는가?"

호공이 버럭 고함을 질렀다. 그러자 탈해가 빙글빙글 웃으며 말했다.

"집을 빼앗은 사람을 호공이라고는 하지 않았습니다. 또한 제가 저의 집이라고 하는 데에는 땅을 파서 조사를 해보면 금방 알 일이 될 것입니다."

"그래? 그럼 호공의 집을 파보도록 하라."

관장(官長)은 관원을 시켜 조사를 하여 보니 숫돌과 숯이 호공의 집에서 나왔다.

호공은 할 수 없이 자신이 살고 있는 집을 탈해에게 빼앗기고 말았다.

이 소식을 들은 남해왕이 박장대소하며 말했다.

"과연 지혜가 출중한 소년이로다."

남해왕은 급히 사람을 보내어 탈해를 궁으로 불러들였다.

"그대는 정혼자가 있는가?"

남해왕의 물음에 탈해가 정색을 하고 대답하였다.

"저는 본시 용성국의 사람으로 호룡(護龍)이 이끄는 대로 이곳에 이르렀습니다. 그런즉, 아직 혼처를 구하지 못하고 있습니다."

남해왕은 기쁨을 얼굴 가득 떠올리며 말했다.

"그렇다면 그대의 혼처는 내가 구해줌이 어떻겠는가?"

"성은이 하해같습니다."

하고 탈해가 복명을 하자, 남해왕이 다시 말을 이었다.

"나의 여식 중에 맏공주 아니(阿尼)가 인물과 지략이 출중하니 그대의 배필로 적합하리라 생각을 하오."

남해왕은 맏공주 아니(阿尼)를 탈해에게 시집보냈다.

몇 달이 훌쩍 지나갔다.

하루는 탈해가 아니 부인에게 말하기를,

"부인 잠시 동악(東岳)에 올라갔다가 오겠소."

"그렇게 하십시오."

탈해는 백의(伯依)를 데리고 동악에 올라가 산세와 지세를 살핀 다음 내려오고 있었다.

"애, 백의야 너 저기 보이는 샘에 가서 물을 떠가지고 오도록 해라."

"네."

백의는 워낙 날씨가 무더웠기 때문에 조롱박의 물을 먼저 몇 모금을 마셨다. 그런 후에 그릇을 내리려 하니 조롱박이 입에 붙어 떨어지지를 않았다.

"네 이놈 백의야, 감히 네가 먼저 물을 마시다니 차후로도 이런 일이 있다면 결코 용서하지 않겠다."

백의는 고두사죄하였다.

이후로는 절대 물을 먼저 마시지 않겠습니다."

그러사 조롱박이 입에서 떨어졌다.

백의가 떠온 샘물은 요내정(遙乃井)이라고 후일 사람들이 이름하였다.

유리왕이 세상을 떠나니 탈해가 왕 위에 올랐다.

＊세간의 사람들은 까치(鵲)로 말미암아 궤을 열게 하였다고 하여 작(鵲) 자에서 새 조(鳥)를 떼어내어 성을 석씨(昔氏)라고 하였다고 한다.
　궤를 열고 나왔다고 하여 이름을 탈해(脫解)라고 하였는데, 석탈해는 건초 4년인 79년에 영면하였다.

연오랑과 세오녀

짙은 청색 물감을 흩뿌려 놓은 듯한 동해(東海)!

그 동해의 바닷가에 연오(延烏)라는 사내와 세오(細烏)라는 부부가 살고 있었다.

두 사람은 어찌나 금슬이 좋은지 아기자기하고 다정다감하게 하루하루를 보내고 있었다.

하루는 연오가 바다에 나가서 미역 종류인 해조(海藻)를 따고 있는데 갑자기 바위가 움직이기 시작하였다.

"아니?"

연오는 기겁을 하여 바위를 부둥켜 안았다.

바위는 연오를 싣고 일본으로 건너가 버렸다.

일본의 사람들은 바위를 타고 온 연오를 보고 비상한 사람이라 여기고 그를 그 나라의 왕으로 추대를 하였다.

한편 세오는 몇 날이 지나도록 남편이 돌아오지를 않자 바닷가 이곳 저곳을 배회하며 남편을 찾기 시작하였다.

"연오!"

그러나 그 소리는 허공을 맴도는 한가닥 메아리가 되어 멀리멀리 사라져 갈 뿐, 남편의 대답은 없었다.

세오는 바닷가로 나가 보았다.

한 번도 본 적이 없는 바위 위에 남편 연오의 신발이 가지런히 놓여 있었다.

"이것은 틀림없이 연오의 신발인데 어디로 가셨을까?"

세오가 이렇게 중얼거리고 있는 사이에 바위는 스르릉 소리를 내며 미끄러지기 시작하더니 연오 마냥 일본국에 세오를 데려다 놓았다.

세오는 그곳에서 남편 연오를 만날 수가 있었다.

연오는 세오를 귀비(貴妃)로 삼고 그곳에서 머물러 지냈다.

이때 신라에서는 점점 해와 달의 빛이 흐려지더니 나중에는 아예 없어져 버렸다.

"아니 이게 무슨 일인가, 어서 일관을 들도록 하라."

천문과 복사를 맡은 일관(日官)이 잠시 후에 궁에 들어와 귀복(龜卜)을 치기 시작하였다.

앙금이 간 거북의 등허리를 한참동안 바라보고 나서 일관(日官)이 말하기를,

"대왕마마, 해와 달이 정기를 잃은 것은 해와 달을 나타내는 정기로움이 멀리 일본으로 건너가 버렸기 때문이옵니다. 일본국에 사람을 보내어 정기를 찾아옴이 가할 줄 아옵니다."

"그게 어김없는 사실이렷다."

"그러하옵니다."

왕은 사자를 급히 일본에 보내었다.

사자(使者)는 왕이 되어 있는 연오 앞에 엎드려 말하기를,

"두 분 정령께서 계림국에 계시지 아니 하오니 해와 달이 빛을 잃고 있습니다. 그러하온즉, 급히 돌아오셔서 만 백성이 해와 달빛을 맘껏 흠양할 수 있게 하여 주십시오."

그러자 연오가 고개를 저으며 대답하였다.

"그것은 안될 말이오. 내가 이 나라에 온 것도 모두 다 하늘이 시킨 일인데 어찌 하늘의 뜻을 무시하고 나의 생각대로 일을 행할 수가 있겠소."

사자는 침통한 낯빛으로 연오를 올려다 보며 간구하였다.

"지금 두 분 정령께서 돌아가시지 않으시면 계림국은 온통 암흑 천지가 될 것입니다. 모든 백성들이 어둠 속에서 생활의 터전을 잃게 되면 모두 다 두 분 정령님을 원망할 것입니다."

그러자 연오가 얼굴 가득 미소를 떠올리며 말했다.

"그대는 걱정하지 마시오. 나의 귀비께서 고운 명주로 짠 비단이 있으니 이걸 가지고 가서 하늘에 제사를 지낸다면 틀림없이 해와 달이 다시 나타날 것이오."

연오는 이렇게 말하고 나서 비단을 사자에게 주었다.

사자가 돌아오자 왕은 그 비단으로 하늘에 제사를 드렸다.

하늘에 제사를 지낸 곳을 영일현(迎日縣) 또는 도기야(都祈野)라고 하였다.

＊일본제기(日本帝記)를 살펴보면, 전후에 신라 사람으로 왕이 된 사람이 없으니 연오가 왕이 되었다고 함은 진왕(眞王)이 아닌 변읍의 소왕(小王)을 말한 것으로 사료된다.

천사옥대(天賜玉帶)

신라 제26대 백정왕(白淨王)의 시호는 진평 대왕(眞平大王)이다. 대건(大建) 11년 기해(己亥) 8월에 즉위를 하였다.

기이하게도 신장(身長)의 길이는 11자가 되었는데, 내제석궁(內帝釋宮)에 행행(行幸)을 할 때에 섬돌을 밟으니 돌 셋이 한꺼번에 갈라져 버렸다.

그때 왕이 좌우의 근신들에게 말을 하였다.

"내가 밟은 이 돌은 뒤에 오는 자가 보도록 다른 곳으로 옮기지 말라."

왕이 이렇게 말하였으므로 근신들은 다른 곳에 옮기지 않았다.

이로 인하여 성중에는 다섯 가지의 움직이지 않는 돌, 즉, 오부동석(五不動石)의 하나가 되었다.

즉위한지 원년에 천사(天使)가 내려와 왕께 말하였다.

"하늘에 계신 상제(上帝)께서 이 옥대(玉帶)를 전하라고 하였나이다."

왕이 그 옥대를 받으니 천사는 연기처럼 하늘로 올라갔다.

왕은 대저 교묘(郊廟)의 큰 행사가 있을 때에는 이 옥대를 매고 어행하였다.

후에 고구려왕이 신라를 치려고 하자 신하들이,

“대왕마마 신라에는 세 가지의 보물이 있어 침범하기가 쉽지 않습
  니다.”
하였다.
“세 가지의 보물이란 무엇을 말하는가?”
“첫째는 황룡사(黃龍寺)의 장륙존상(長六尊像)이오며, 둘째는
그 절의 9층탑이옵니다.”
“세째는 무엇인가?”
임금의 급한 물음에 근신이 다시 말하였다.
“세째는 진평왕의 천사옥대(天賜玉帶)라고 하옵니다.”
근신(近臣)들의 말에 고구려의 왕은 신라의 침범을 포기하였다.
이를 찬하는 시가(詩歌)가 지금껏 전한다.

　　　雲外天領玉帶國
　　　群雍龍袞雅相宜
　　　吾君自此身彌重
　　　准擬明朝鐵作墀

　　　하늘이 주신 옥대는
　　　임금의 몸에 알맞게 둘렸구나
　　　군주의 몸이 더욱 무거우니
　　　철로나 섬돌을 만들까 한다.

＊청태(淸泰) 4년 정유 5월에 정승 김부가 금으로 새기고 옥으로 장식한 요대(腰
帶)를 진평 대왕(眞平大王)의 천사옥대라 하는데, 태조(太祖)가 받아서 내고(內
庫)에 장치(藏置)하였다고 하고 있다.

황후를 얻다

어느 날 수로왕(首露王)은 옛부터 한전(閑田)인 신답평(新畓坪)에 가서 지세(地勢)를 살피고 말을 하였다.

"이곳이 비록 협소하기는 하나 산천의 경계가 참으로 수려하다. 정작 이런 곳이라면 학문과 덕행이 높은 석가모니의 열여섯 제자가 살만한 곳이로다. 하나에서 셋을 이루고 일곱을 이루니 칠성(七聖)이 살기로도 적합한 곳이로다. 이 땅을 개척한다면 마침내 좋은 곳이 되리라."

천오백 보의 둘레에 외성(外成)과 궁궐, 그리고 전당(殿堂) 및 여러 관청의 청사와 무고(武庫)를 만든 다음에 돌아왔다.

나라 안의 장정과 인부들은 농한기를 이용하여 지은 다음에 좋은 날을 가려서 궁으로 옮긴 다음 크게 정사를 보살피고 서무(庶務)에 힘을 다하였다.

그 당시의 완하국(琓夏國)의 함달왕(含達王)의 부인이 잉태를 하여 아들을 낳았는데 그것은 하나의 알이었다.

알이 깨지며 사람이 되었기에 그 아이의 이름을 탈해(脫解)라고 하였다. 탈해가 바다를 따라 내려오다가 가락국에 이르니 문득 키는 5척이나 되었다.

혼연히 궁에 들어가 왕에게 말하였다.

"나는 완하국의 사람으로 탈해라고 하오이다."

"무슨 일로 이곳까지 오셨나이까?"

그러자 탈해는 표정없이 말했다.

"나는 왕의 자리를 뺏고자 여기에 왔소이다."

왕은 소리내어 웃고난 후에 말했다.

"나는 하늘의 명에 따라서 보위에 오르게 되어 장차는 나라 안팎을 잘 다스려 백성들을 편히 안무하고자 한다. 그런데 어찌 천명을 어기고 그대에게 왕위를 줄 수 있겠는가. 또한 이 나라의 백성들을 어찌 그대에게 맡길 수 있겠는가?"

탈해가 왕에게 말했다.

"정녕 왕께서 천명(天命)을 받았다면, 기이한 술법으로 승부를 내어보는 것이 어떠하겠습니까?"

"좋도다."

잠깐 사이에 한소리 기합이 일어나고 탈해의 몸이 매가 되었다. 그러자 왕의 몸은 독수리가 되어 탈해의 뒤를 쫓았다. 탈해가 다시 참새가 되니 왕은 새매가 되었다.

잠시후 탈해가 본래의 모양으로 되돌아와서 말하기를,

"참으로 왕께서는 상덕(上德)한 분이십니다. 제가 매가 되고 참새가 되었을 때 왕께서 살의(殺意)를 나타내지 않고 다만 비유로만 모양을 바꾸셨으니 인덕(仁德)이 한량없습니다. 제가 천 번을 다툰다고 하여도 이기기는 어려울 것 같습니다."

하고 말한 다음 탈해는 하직하고 나와서 변두리의 나루터에 기항하고 있는 중국배를 타고 길을 떠났다.

탈해가 성안에서 물러간지 얼마 되지 않아서 아도간이 말하였다.

"지금 대왕과 기술(奇術)을 겨룬 탈해는 아무리 보아도 범상한 인물이 아닌 것 같습니다. 그리하와 지금이라도 대왕께서 군사를 보내어 그를 죽이는 것이 후일의 화근을 없애는 것이라 사료됩니다.”

수로왕이 잠시 생각에 잠겨 있다가,

“지금 그 사람은 어디에 있느냐?”

“인교(麟郊)의 변두리 나루터에서 중국 상선에 몸을 실었다고 하옵니다.”

수로왕은 좋지않은 생각이 들어 뒤를 추격하게 하였으나, 탈해가 계림(鷄林)의 영토안으로 도망하여 버리니 수군(水軍) 5백 척은 할 일 없이 되돌아왔다.

건무 24년 7월 27일 아침의 일이다.

9간 등이 조알(朝謁)을 한 자리에서,

“대왕께서 이곳에 강림하신 후로 아직껏 배필을 구하지 못하고 있는 처지옵니다. 그러하오니 신들의 여식 중에서 배필을 골라 왕후로 삼으심이 좋을 듯 하옵니다.”

그러자 수로왕이 말했다.

“내가 이곳에 내려오는 것도 모두 다 하늘의 뜻이로다. 내게 아직껏 왕후가 없음도 마찬가지이리라. 그대들은 조금도 염려를 하지 말라.”

잠시후 수로왕은 명을 내렸다.

“이제 때가 이른 것 같구나. 유천간(留天干)은 들으라.”

“네이.”

“그대는 가벼운 배와 빠른 말을 가지고 망산도(望山島)로 가서 기다리고 있으라.”

“알겠습니다.”

유천간이 나가자 수로왕은 신귀간(神鬼干)에게 명을 하였다.

"그대는 곧 기내(畿內)의 나라인 승점(乘點)으로 가서 신이(神異)한 일이 있으면 곧 달려와서 보고하도록 하라."

얼마 후에 한 척의 배가 서쪽에서부터 붉은 서기를 띄우며 북쪽으로 향하여 왔다.

유천간이 망상도 위에서 횃불로 신호를 올리니 배안의 사람들이 다투어 육지에 올라왔는데, 이를 본 신귀간이 대궐에 이르러 그 사실을 아뢰었다.

"여봐라. 9간 등은 들으라. 빨리 맞아들이도록 하라."

9간 등이 다가가서 목련(木蓮)의 키를 바로잡고 계목으로 만든 노를 들어 맞이하려 하니 그 배에 탔던 고귀한 아가씨가 말했다.

"나는 너희들을 전혀 알지 못하는데 어찌 너희들을 따라가겠는가?"

유천간이 돌아와 아가씨의 말을 전하자 왕은 일을 맡은 유사(有司)들을 거느리고 행차하였다.

대궐 아래에서 서남쪽으로 60보쯤 되는 호에 가서 장막의 궁전을 설치하였는데, 그 아가씨는 산밖의 별포(別浦) 나루터에 배를 매고 육지로 올라와서 쉬고 있었다. 그리고 입고 있던 비단 바지를 벗어 산신께 폐백삼아 바쳤다.

시종을 해온 신하가 두 사람이 있었는데, 한 사람은 신보(申輔)이며 다른 한 사람은 조광(趙匡)이었다. 그들의 아내는 모정(慕貞)과 모량(慕良)이었는데 노비를 합하여 20여 명이었다. 온갖 금은 장신구와 주옥들은 기록하기가 힘들었다.

아가씨는 임금이 머무는 행궁(行宮)으로 나아갔다. 왕은 반갑게 맞이하여 들이며 잉신(신보·조광) 두 사람을 인도하게 하면서 명하였다.

"잉신은 각기 방을 따로이 하여 머무르게 하고 노비는 한곳에 5
~6명씩 있게 하라. 잉신에게는 난초로 만든 음료와 혜초(惠草)
로 만든 술을 대령토록 하라."

그런 다음에 수로왕은 많은 군인들로 하여금 지키게 하고 자신은
그 아가씨와 침전(寢殿)에 함께 있었다.

그때 아가씨가 수로왕께 말하기를,

"나는 본시가 아유타국(阿踰陀國)의 공주로 성(姓)은 허(許)이
며, 이름은 황옥(黃玉)이라 하옵니다. 소녀의 방년 나이는 열 여섯
입니다."

"그런 고귀하신 분이 무슨 일로 이곳까지 오게 되었소?"

"거기에는 그만한 곡절이 있습니다."

"곡절이라니요?"

수로왕의 물음에 아유타국의 공주는 빙긋이 미소를 지어 보이며,

"금년 5월의 일이었습니다. 부왕(父王)과 모후(母后)께서 제게
말씀하시기를, 간밤의 꿈에 상제(上帝)께서 가락국왕인 수로(首
露)를 하늘에서 내려보내어 보위에 오르게 하였으니 가히 신성하
다고 할 수 있다고 하였습니다. 아직 새나라를 다스림에 있어서
배필을 정하지 못하였으니 저를 보내어 배필로 삼으라 하였습니
다. 그래서 부왕과 모후께옵서는 저와 작별을 고하고 가락국을
찾아 떠나라고 하였습니다."

수로왕이 웃으며 말했다.

"나는 나면서부터 신성하여서 공주가 먼곳으로부터 올 것을 알고
있었오. 그래서 신하들이 나의 배필을 맞고자 하였으나 그 뜻을
물리치고 그대가 오기를 기다리고 있었소."

두 사람이 혼인을 하여 두 밤낮을 지낸 다음에 그들이 타고온 배를 돌려보냈다.

두 사람은 잉신과 함께 궁으로 들어와 왕후는 중궁(中宮)에 거처하게 하고 잉신 부처와 노비에게는 비어 있는 집에 들게 하였다.

또한 진귀한 보물을 내고(內庫)에 두어 왕후의 사시 비용으로 쓰게 하였다.

얼마 후 왕후는 곧 곰의 몽조(夢兆)를 얻어서 태자 거등공(据登公)을 얻었다.

왕후의 나이 157세에 세상을 떠나니, 매일 수로왕은 슬퍼마지 않다가 건안 4년 기묘인 199년 3월 20일에 세상을 떠났는데, 나이는 158세였다.

백성들은 대궐의 동북쪽에 장사를 한 다음 그곳에 사당을 지어서 대대로 제사를 지냈다.

＊아유타국은 중인도(中印度) 지방으로서, 진한이 진즉부터 인도와 교통이 열렸음을 나타내 주는 것이라고 학자는 말하고 있다. 그러니까 인도 문화의 영향을 받은 표적이라고 할 수 있을 것이다.

만파식적(萬波息笛)

신문 대왕(神文大王)의 성고(聖考 : 부왕)는 문무 대왕(文武大王)인데, 왕께서는 이를 위하여 동해(東海)의 연변에 감은사(感恩寺)라는 절을 세워서 그 덕을 기리었다.

어느 해에 해관(海官)으로 있던 파진찬(波珍飡) 박숙청(朴夙清)
이 아뢰기를,

"대왕마마 동해(東海)에 있는 산이 떠다니며 감은사(感恩寺) 쪽을
향하여 물결을 따라 왕래하고 있습니다."

"어허 참으로 괴이한 일이로다. 어찌 바다속에 있는 산이 물결을
따라 왕래한다는 말인가?"

대왕은 일관(日官)으로 있는 김춘질(金春質)을 시켜 점을 치게
하였다.

그가 점사(占辭)를 풀어 말하기를,

"대왕마마 이는 걱정할 일이 아닌 듯 싶습니다. 성고(聖考)께옵서
는 동해의 용(龍)이 되시어 삼한을 진호(鎭護)하시고 계시옵니
다. 또한 김공 유신께옵서는 3십 3천의 한 아들로 내려와서 대신이
되었습니다. 성고와 김공 두 성인(聖人)이 대왕마마께 크나 큰
보배를 내리실 듯 하오니 마땅히 대왕께서는 그곳에 어행하시어
보배를 받으심이 마땅한 듯 하옵니다."

"오호, 참으로 그러하다면 어찌 기쁜 일이 아니겠는가, 내 마땅히
그곳에 나가보리라. 언제쯤이 길일(吉日)인지 일관(日官)은 헤아
려 보라."

일관 김춘질이 잠시 후에 말하였다.

"이 달 7일이 좋을 듯 하옵니다."

왕은 날에 임하여 이견대(利見台)에 행차하였다. 그런 다음에 그곳
에 사람을 보내어 부산(浮山)을 살펴보게 하였다.

몇 시각이 지나 사자(使者)가 돌아와 말을 하였다.

"소신이 부산(浮山)을 살펴본즉, 산의 형용은 거북이 머리 모양과
흡사하였습니다. 또한 산정(山頂)에는 대나무가 하나 있었는데

낮에는 둘이 되고 밤이 되면 합하여져서 하나가 되었습니다.”

“오호, 참으로 기이한 일이로다. 오늘 밤은 감은사에 가서 쉬기로 하자.”

왕은 일행을 대동하고 감은사에 가서 쉬었는데, 다음날 정오가 되자 부산(浮山)에 있는 대나무가 하나로 합하여지면서 천지가 진동을 하고 엄청난 폭우가 쏟아지기 시작하였다.

“이 무슨 변괴인가?”

왕이 일관에게 조바심이 난 마음으로 물으니,

“이는 모두 상서로운 징조입니다. 심려하실 일이 아닌 듯 싶습니다.”

하고 말하였다. 그달 열엿세 날이 되어서야 풍우(風雨)가 그치고 물결이 잔잔하여졌다.

왕이 다시 일관 김춘질에게 물었다.

“바람과 비가 사납게 일어나고 파도가 크게 일렁이다가 그쳤으니 짐이 어찌하면 좋겠는가?”

“대왕마마, 마땅히 부산(浮山)에 나가셔야 될 듯 싶습니다.”

왕은 시종 두어 사람을 대동하고 부산(浮山)으로 향하였다. 그곳에 다다라 산으로 들어가니 문득 바람이 일어나는 듯 하더니 용(龍)이 나타나 검은 옥대를 바치었다.

대왕이 황망중에 용에게 묻기를,

“이 커다란 산이 하나가 되었다가 둘이 되기도 하고, 대나무 또한 하나가 되었다가 합해지기도 하니 이것이 무슨 까닭인가?”

용이 사람의 목소리로 말하기를,

“그것은 마치 한 손으로 치면 소리가 없고, 두 손으로 치면 소리가 있는 것과 같습니다. 대(竹)라는 것은 합해진 후라야 소리가 나는 법입니다.”

“합해진 후라야 소리가 난다?”

왕이 의아롭게 묻자, 용이 다시 말을 하였다.

“그렇습니다. 이는 모두 성왕(聖王)이 소리로 천하를 다스릴 수 있는 상서로운 징후입니다. 여기에 있는 대(竹)를 가지고 피리(笛)를 만들어 분다면 천하만민이 화평할 것입니다. 지금 성고(聖考)께옵서는 해룡(海龍)이 되시었고, 유신(庾信)은 천신(天神)이 되시었습니다. 두 성인이 합심하여서 대왕께 보물을 바치고자 저를 보내신 것입니다.”

왕은 놀랍기도 하고 기쁘기도 하여 시종들과 금과 옥을 비롯하여 오색의 비단을 시종들에게 내어오게 하였는데, 부산(浮山)과 용(龍)이 홀연히 사라져 버렸다.

그 밤을 감은사에서 지내고 다음날 왕의 일행이 지림사(祉林寺)의 서쪽 냇가에 이르렀을 때, 태자 이공(理恭)이 급히 말을 달려왔다.

“어인 일로 여기까지 왔느냐?”

태자는 이 말에는 아랑곳하지 않고 왕의 홍복을 치하해 마지 않았다.

“태자는 이 옥대를 알아보겠느냐?”

“그렇습니다. 대왕마마, 이 옥대에 있는 눈금 하나하나가 모두 용(龍)의 화신(化身)입니다.”

“네가 어찌 그것을 아느냐?”

“대왕마마 잠시만 두고 보시기 바랍니다.”

태자는 둘째 눈금을 떼내어서 시냇물에 넣었다. 그러자 냇물이 부글부글 끓어오르더니 눈금은 용이 되어서 하늘로 올라갔다. 냇물은 못이 되었는데 후세의 사람들이 그 못을 용연(龍淵)이라 하였다.

왕은 궁으로 돌아와서 장인(匠人)을 불러 피리를 만들게 한 다음 월성(月城)의 천존고(天尊庫)에 보관을 하였다.

이 피리를 불면 내습을 감행한 적병들이 물러가고, 병(病)이 사라졌으며, 큰 비가 그치고, 가뭄에는 비가 내렸다.

그렇기에 이 피리를 만파식적(萬波息笛)이라 하였는데, 서기 697년에 부례랑(夫禮郎)이 살아 돌아온 기이한 일로 하여 만만파식적(萬萬波息笛)이라 이름 하였다.

＊만파식적은 '피리'의 이름이라기 보다는 원래 곡명(曲名)으로 전하는 것을 신비(神秘)를 고조시키기 위함이라고 보는 것이 타당할 것이다.

세 낭자

"낭(郎)이시여 지금 여제(麗濟)가 서로 동맹을 하여 호시탐탐 침범의 기회를 노리고 있으니 차제(此際)에 다가올 환난이 두렵기만 합니다."

유신(庾信)은 백석(白石)의 말에 빙긋이 미소를 떠올리며,

"그것은 그대가 걱정할 바가 아니오. 비록 여제가 서로 동맹을 맺어 그 힘이 가볍지 않다고는 하나 우리에겐 날랜 기병(騎兵)과 임전무퇴(臨戰無退)를 자랑하는 화랑들이 있지 않은가?"

그러자 백석(白石)이 유신에게 말하기를,

"낭이시여 제가 생각하건대, 낭과 제가 적지(敵地)에 잠입하여

적의 형편을 알아 온다면 쉽게 공(功)을 이룰 수 있으리라 생각합니다.”

“과연 그렇다.”

하고 유신은 백석과 함께 야음(夜陰)을 틈타 길을 떠났다.

칠흑의 빽빽한 삼림(森林)이 내려다 보이는 고갯마루에 이르자 백석이 유신에게 말을 건네었다.

“우선 제가 저 아래쪽의 경계선까지 먼저 갔다오겠습니다. 낭께서는 제가 돌아올 때까지 잠시만 기다려 주십시오.”

백석(白石)이 흐릿한 어둠 속으로 사라지는 것을 보고 유신은 노송(老松)에 기대에 휴식을 취하고 있었다.

멀리 하늘에는 잔성(殘星)들이 흐릿한 빛을 연신 토해 내고 있었다.

“옳아, 이곳이 골화천(骨火川)이로구나!”

하고 혼잣말로 읊조렸다. 그때 세 명의 낭자가 나타나 유신에게 말하기를,

“우리는 내림(奈林)과 혈례(穴禮) 그리고 골화(骨火)의 호국신입니다. 공께서 적의 꾀임에 빠져 사지(死地)를 찾아가고 있음을 공이 알지 못하고 있음을 안타깝게 생각하여 저희가 이렇게 온 것입니다.”

하고 말하고 나서 홀연히 사라졌다. 유신은 깜짝 놀라서 잠시 정신이 혼미하였다.

‘나의 처지를 가엾게 생각하여 호국의 영령들이 나타나 주었구나.’

잠시 후 백석(白石)이 돌아와 이마에 땀방울을 닦으며 말했다.

“낭이시여 지금 적의 경계선인 골화천 근방에는 적의 방비가 허술하여 잠입의 기회로는 더 없이 호기(好機)일 듯 싶습니다.”

그러자 유신은 정색을 하며,

"내가 이곳에 이르러 가만히 생각을 하니 중요한 문서를 빠뜨리고 왔는 듯 싶소. 적정(敵情)을 살피려는 데에는 적의 배치를 알 수 있는 지도(地圖)는 반드시 있어야 할 것이오. 한달음에 돌아가서 가져오기로 합시다."

백석은 아무런 의심이 없이 유신을 따라 집으로 돌아왔다.

유신은 집에 이르러 서슬이 시퍼런 칼을 꺼내어 백석의 목을 겨눈 다음 하인배를 시켜 백석을 묶게 하였다.

"너는 본시 천민이라 하여서 내 평소에 너를 각별히 대하여 주었는데도 무슨 연유로 나를 사지(死地)에 몰아넣으려 하였느냐?"

"그 무슨 당치않은 말씀이십니까? 저는 공의 은혜를 입어 낭도들과 즐거운 시간을 가질 수 있었는데, 제가 무슨 까닭으로 공을 해치고자 하겠습니까?"

"정녕 네가 나를 사지(死地)에 몰아넣고자 함이 아니었느냐?"

"그렇습니다."

유신은 며칠을 두고 백석을 혹독하게 고문하였다. 그런데도 백석은 막무가내로 자기 변명을 굽히지 않았다. 여러 사람들이 오히려 백석을 동정하고 유신의 처사를 마땅치 않다고 수군거렸다. 그러자 유신은 멀리 높은 하늘에 떠있는 한자락의 구름을 눈으로 쫓으며,

"나도 평소 그대와의 친분으로 보아서는 그대에게 혹독한 고문을 가함은 가슴 아픈 일이오. 허나 나에게 한 가지 일이 없었다면 그대를 따라 사지에 들어갔을 것이오."

백석은 말없이 유신을 뚫어지게 바라보았다.

"네가 세작(細作)으로 골화천을 넘어간 후에 내림, 혈례, 골화의 세 호국신이 나타나서 너의 정체를 나에게 일러주고 사라졌다.

이같은 일이 없었다면 내가 어찌 너를 추호라도 의심할 수 있었겠
느냐?"

그러자 백석도 고개를 푹 수그렸다. 잠시 후에 백석이 말하기를,

"저는 본래 고구려의 사람입니다."

"그런데 무슨 이유로 나를 해하려고 하였느냐?"

"네, 말씀드리겠습니다."

백석은 주위를 한번 둘러보고 나서 담담하게 말을 이어나갔다.

"일찍이 저희 고구려의 국경에 거꾸로 흐르는 물이 있어 군신간에
걱정이 그칠 날이 없었습니다."

"거꾸로 흐르는 물이라고 하였느냐?"

"그렇습니다. 왕과 왕비, 그리고 대신들이 연석한 자리에서 제일
신통하다고 하는 점술사(占術師) 추남(秋南)을 대령시켜 점을
쳐 그 연유를 알게 하였습니다."

"음."

주위에 사람들은 흥미있는 얼굴로 백석의 다음 얘기를 기다렸다.

"추남은 말하기를 대왕의 부인께서 음양(陰陽)의 도를 역행하여
이런 일이 생겼다고 점사(占辭)의 표징(表徵)을 얘기하였지요.
대왕이 크게 놀라서 왕비에게 물으니, 왕비는 이처럼 요망한 일이
어디에 있느냐고 펄쩍 뛰었지요. 결국 왕비는 다른 일을 시험하여
추남이 그 일을 알아내지 못하면 무거운 형벌을 내리기로 왕에게
간청을 하였습니다."

유신은 백석의 허리와 손발에 묶은 포승을 풀어주고 나서 다음
얘기에 귀를 기울였다.

"왕은 조그만 함 속에 쥐 한 마리를 넣은 다음 이 속에 무엇이
있느냐고 물었습니다. 추남도 점(占)을 쳐본 후에 함 속에는 여덟

마리의 쥐가 들어있다고 말했지요. 왕은 쥐는 맞는데 여덟 마리라고 하는 건 틀렸다고 하여 추남의 목을 베게 하였습니다. 추남은 자신이 억울하게 죽는다 하여 자신이 죽어서라도 반드시 고구려를 멸망시키겠다고 한 다음에 형장의 이슬로 사라졌습니다.”

백석의 옆에 있던 하인배 하나가 궁금하다는 듯 다급히 물었다.

“혹시 그 쥐가 암컷은 아니었습니까?”

백석은 옳다는 듯 고개를 끄덕거리고 나서

“그렇습니다. 추남이 형장에서 죽은 시각에 암컷의 배를 갈라보니 놀랍게도 그 새끼가 일곱이나 되었습니다. 다시 말해 추남의 점사(占辭)는 옳은 것이지요. 그날 밤 왕께서 쉽게 잠을 이루지 못하다가 미명(未明)이 가까워져올 무렵에 잠이 드셨는데, 왕의 꿈에서 추남의 몸에서 하얀 기운이 일어나더니 신라의 서현공(舒玄公)의 부인 품속으로 들어가는 것이었습니다. 다음 날 어전 회의에서 대신들과 의논을 한 결과 저를 신라에 밀파하여 낭을 죽이려는 계책을 마련한 것입니다. 자, 빨리 저를 죽이십시오.”

백석이 결연히 눈을 감고 말하자, 유신은 백석을 형리(刑吏)에게 인계한 다음에 온갖 음식을 갖추어 내림·혈례·골화의 세 호국신에게 제사를 지내니, 그때마다 세 곳의 호국신은 현신하여 제물(祭物)을 흠양하였다.

＊김유신은 진평왕(眞平王) 17년 을묘에 태어났는데, 7요(七曜), 즉 일월·5성(日月·五星)의 정기를 받고 태어났으므로 등에는 일곱 별(七星)의 무늬가 있고 신기하고 범상치 않은 일들이 생전에 많았다고 한다.

2

건국(建國)의 장

알에서 나온 소년

　상평지(上坪池)는 태백산의 정기를 받아서 맑고 차가웠다.

　금와(金蛙)는 시간만 있으면 상평지 근처에서 말을 달리며 활을 쏘기도 하고, 뭔가 하늘빛을 토해낸 듯한 경면같은 수면을 바라보며 자신의 꿈을 곱씹고 있었다.

　얼핏 멀지 않은 바위의 측면에 여인의 옷자락이 나풀거렸다.

　"그곳에 누구 있습니까?"

　그러나 아무런 대답이 없다.

　금와는 성큼성큼 그곳으로 다가갔다.

　그곳엔 유삼을 입은 예쁜 여인이 초롱한 눈망울로 금와를 빤히 쳐다보고 있었다.

　"그대는 어디에 사는 누구요?"

　그러자 여인이 대답을 하였다.

　"저는 황하를 다스리는 하백(河伯)의 딸로, 이름은 유화(柳花)라고 합니다."

　"그런데 무슨 일로 여기에 있는 것이오?"

　그러자 유화는 다소곳이 머리를 숙이더니 잠시 후 천천히 말을 이었다.

"연전(連前)에 한 사내가 웅신산 밑에 있는 압록강가로 저를 유인한 다음, 자기는 천제의 아들로 이름을 해모수(解慕漱)라 한다고 하였습니다. 그 사람은 저와 정을 통하고 나서 돌아간 다음 다시는 돌아오지 않았습니다. 부모님께서는 이 사실을 아시고 부모의 허락도 없이 혼인을 하였다고 하여 이곳으로 저를 귀양보냈습니다."

"내 이름은 금와라고 하오이다. 나를 따라 궁으로 갑시다."

금와는 유화를 자기의 말에 태우고 궁전으로 돌아와 별궁에서 기숙을 하게 하였다.

다음 날 아침이었다.

유화가 있는 방안에 한 줄기 햇빛이 내리 비쳤다.

햇빛은 유화가 몸을 피할 때마다 유선형으로 쾌속하게 따라 움직이고 있었다.

"참으로 이상도 하여라."

유화는 한 줄기 햇빛이 자신을 감쌀 때 안온하고 포근함을 느끼면서 읊조리고 있었다.

몸이 두둥실 떠오른 것 같기도 하고, 어쩌면 꿈속을 헤매고 있는 것 같기도 하였다.

이때로부터 몸에 태기가 있더니 여러 달 후에 몸을 풀었다.

"알이다!"

조산을 맡은 궁녀가 혼겁하여 소리를 질렀다.

"알이라니?"

소식을 들은 금와왕이 되물었다.

"지금 별궁에 기거하시는 유화 아씨께서 알을 순산하였습니다."

"뭐라구? 사람이 어찌 알을 낳을 수가 있다는 말인가? 여봐라,

이것은 상서롭지 못한 일이니 어서 갖다 버리도록 해라.”

시종 하나가 유화가 낳은 알을 개와 돼지에게 주었다.

그런데 이상하게도 개와 돼지가 슬금슬금 피하기만 하였다.

시종은 곧 금와왕에게 상주(上奏)하였다.

“대왕마마, 별궁 아씨께서 낳은 알을 개와 돼지에게 주었으나 모두 다 먹지를 않았사옵나이다.”

금와왕은 길에다 버리도록 하였다.

그러나 이번에도 마찬가지였다.

길에 버려진 알을 소와 말은 비켜가고, 밤이 되면 많은 새들이 내려와서 그 알을 덮어 주었다.

이 소문을 들은 금와왕이 다시 그 알을 가져오게 한 다음 역사 (力士)를 불러 도끼로 그 알을 쪼개라고 명하였다.

천근의 철퇴를 마음대로 휘두르는 역사(力士)는 온힘을 다하여 알을 내리쳤지만 알은 멀쩡하기만 하였고, 오히려 철퇴가 엿가락처럼 휘어버렸다.

“참으로 괴이한 일이로다. 사람의 힘으로선 할 수 없는 일인가?”

금와왕은 나직히 중얼거리고 나서 그 알을 유화에게 다시 돌려 주었다.

유화는 헌 보자기 등속으로 알을 따뜻하게 감쌌다.

그런 다음 따뜻한 곳에 놓아두었다.

그러던 어느 날이었다.

일곱 색깔의 무지개 같은 서기(瑞氣)가 알을 감싸더니 알이 스스로 깨지며 한 아이가 우렁차게 울면서 알에서 태어났다.

“대왕마마, 알에서 아이가 나왔습니다.”

“알에서?”

"그렇사옵니다."

금와왕이 별궁에 다가가서 보니 매우 영특하게 보이는 어린아이가 유화의 품안에서 잠들어 있었다.

자색의 불그스름한 기운이 아이를 감싸주고 있는 것 같았다.

아이의 이름을 주몽이라 하였다. 금와왕에게는 일곱 명의 아이가 있었다.

아이들은 언제나 주몽과 함께 놀면서 자랐다.

하는 일마다 주몽과 비견하여 보면 그들은 재주와 지략이 모자랐다. 그래서 큰 아들 대소(帶素)가 왕께 나아가 고하였다.

"아바마마, 주몽은 사람이 낳았다고 보기가 심히 어렵습니다."

"어째서?"

"아바마마께서도 기위 아시다시피 주몽은 알에서 태어났습니다. 사람이 어찌 알에서 태어날 수 있겠습니까? 이는 본시가 요술의 조화가 분명합니다."

"당치않은 소리."

금와왕은 대소의 말을 일소에 부치고 나서,

"너희 일곱의 재주가 주몽을 따르지 못하여 그의 험담을 늘어 놓는 것은 가히 장부의 기상이 아니다. 장부는 궤계를 취하느니보다는 떳떳한 승부를 통하여, 비록 패한다고 하더라도 사술은 쓰지 않는 법이니라."

대소가 자리에서 물러가자 금와왕은 시종을 불렀다.

"경은 주몽에게 말을 기르도록 하라."

다음 날부터 주몽은 말을 관리하였다.

살찌고 좋은 말은 꼴을 적게 먹여 여위게 하고 좋지 않은 말은 살찌게 하였다.

그럭저럭 몇 달이 훌쩍 지나갔다.

금와왕은 주몽이 있는 곳에 와서 몇 필의 말을 살피고 나서,

"주몽아, 내 너에게 여기 있는 말 가운데에서 하나를 주려고 하느니라. 이 중에서 골라 보도록 해라."

주몽은 깊이 읍을 하고 나서,

"대왕이시여, 저희 모자가 대왕의 토양 위에서 이만큼이나 생활해 갈 수 있었던 것은 모두 다 대왕의 높은 성덕이 있었기 때문이옵니다. 그렇거늘 감히 대왕보다 먼저 말을 고를 수가 있겠습니까?"

금와왕이 대소하며 말하였다.

"너의 범절을 나의 한 아이라도 따라 준다면 다행이련만, 어찌하여 나는 너만한 자식이 없단 말인가."

금와왕은 하늘을 우러러 탄식을 하였다.

"마필을 살펴보니, 지금 바싹 야윈 적토마도 기실은 그 근원이 나쁘지만은 않도다. 내 너에게 저 말을 줄터이니 잘 키우도록 하여라."

주몽은 금와왕에게 사은 삼배를 하고 유화 부인에게 돌아와 이 사실을 고하였다.

"주몽아, 이제 너는 이곳에 있을 처지가 아니다. 여러 시종과 왕자들이 너의 재주있음을 시기하여 진즉부터 너를 척살하려함을 나는 알고 있다. 너는 하늘에 있는 천제의 아들인 해모수의 소생이니만큼 커다란 가호가 반드시 있을 것이니라."

"어머니, 저의 아버지가 천제님의 아들이옵니까?"

"그렇단다. 이름을 해모수라고 하였는데, 우발수에서 나와 가연을 맺은 후 그 후로는 소식이 없구나."

유화 부인은 금와왕을 만난 경위를 잠깐동안 설명을 하여 주고나

서,

　"금와왕이 너에게 마필을 내어준 것은 달리 뜻을 구하심이 있을 것이니 만큼 너는 밤을 도와 말을 달려 이곳에서 멀리 도망을 하도록 하여라."

　주몽은 곧 오이(烏伊) 등 가까운 친구 세 사람과 함께 궁문을 나와 쏜살같이 말을 달렸다.

　한 시각도 되지 않아서 대소(帶素)의 무리가 추격을 하여왔다.

　주몽의 일행이 엄수(淹水)에 이르니 창창도해한 물은 달빛을 받아 거울의 면마냥 매끄러웠다.

　오이(烏伊)가 땅바닥에 귀를 대고 나서 말하였다.

　"주몽, 멀지 않은 곳에서 대소(帶素)의 기병이 추격대를 편성하여 오고 있소이다."

　주몽은 세 친구를 쓸어보고 나서 담담히 말하였다.

　"그대들은 조금도 서두르지 말라."

　달빛이 천심(天心)에 이르니 주몽은 무릎을 꿇었다.

　오이를 위시한 세 친구는 뒤에 다소곳이 머리를 조아렸다.

　"하늘이시여, 나는 천제의 아들인 해모수의 아들이며 황하를 다스리시는 하백의 손자이옵니다. 지금 대소의 무리가 나 주몽을 죽이기 위하여 추격대를 조직하여 목숨이 명재경각의 위기에 봉착해 있습니다. 하늘이시여, 저를 가엾게 여겨 엄수(淹水)를 도하(渡河)할 수 있는 능력을 주시옵소서!"

　주몽이 고하는 소리가 그치는가 싶게 거울처럼 매끄러운 경면이 부글부글 끓어 오르더니 청어와 자라가 물 위로 올라왔다.

　주몽이 고기와 자라가 만들어 준 다리를 무사히 건너가자, 고기와 자라들은 다시 사방으로 흩어지며 물 위에 어렸던 연자홍의 서기

(瑞氣)도 사라졌다.

대소가 강가에 이르니 벌써 주몽의 무리는 엄수를 도하하여 달빛 속으로 사라져 버리고, 대소의 무리가 쏜 몇 대의 화살만이 힘없이 엄수 속에 떨어져 내리고 있었다.

＊주몽이 졸본주에 가서 도읍을 정하니 이가 곧 고구려의 시조인 동명성왕이다.

혁거세와 알영

진한(辰韓)은 연(燕)나라 사람들이 피난을 해왔으므로 사탁 또는 점탁이라고도 불렀다.

이 진한의 땅에는 여섯 촌(村)이 있었는데 하나가 알천(閼川) 양산촌(梁山村)으로 촌장의 이름은 알평(閼平)으로 그 남쪽이 지금은 담엄사(曇嚴寺)이고,

둘째가 돌산(突山) 고허촌(高墟村)으로 촌장은 소벌도리(蘇伐都利)라고 하였다. 나중에 정(鄭)씨의 조상이 되었다.

세째는 무산(茂山) 대수산(大樹山)이니 촌장은 구례마(俱禮馬)였다.

네째는 자산(紫山), 진지촌(珍支村)으로 촌장은 지백호(智伯虎)였다.

다섯째는 금산(金山) 가리촌(加利村)으로 촌장은 기타(祇沱)였는데 나중에 배씨(裵氏)의 시조가 되었다.

여섯째는 명활산(明活山)의 고야촌(高野村)으로 촌장은 호진(虎珍)이었다.

이들 6부의 촌장들이 기원전 69년에 각기 자제들을 거느리고 알천의 언덕 위에 모였다.

청명한 하늘엔 한가롭게 몇 조각의 구름이 노닐고 있었다.

"지금 우리가 이곳에 모인 것은 6부의 중인들이 방자하여 이들을 다스릴 왕을 뽑기 위함입니다."

"당연한 말이오이다. 우리 6부를 다스릴 지혜와 덕있는 사람을 뽑아 왕으로 추대를 하고자 함이오이다. 그런즉 서로의 상덕(上德)한 의견을 토론하여 주시기 바랍니다."

"그렇소이다. 6부를 통합하여 새로이 도읍을 정하고 어리석고 여린 백성들을 안무하고 질책함이 당연한 말이 아니겠소이까?"

그때 그 자리에 따라온 자제 한 사람이 소리쳤다.

"촌장님, 저기를 보십시오."

"어디를 말하느냐?"

"나정(蘿井)이옵니다."

"나정?"

6부의 촌장들이 자리에서 일어나 남쪽의 양산을 바라보니, 양산 밑 나정에서 금빛의 서기(瑞氣)가 빗살처럼 퍼져내리고 있었다.

"나정 옆에 있는 것은 무엇인가?"

"백마(白馬)이옵니다."

"백마?"

"네. 백마가 나정 옆에 꿇어 엎드려 있습니다. 마치 절을 하고 있는 것 같은 형상입니다."

"참으로 기이한 일이로다. 자 우리 모두 나정으로 가봅시다."

알평이 앞장서 산을 내려가니 다섯 부의 촌장들이 그 뒤를 따랐다.

잠시 후 나정 근처에 다다라 살펴보니 백마가 끓어 엎드린 채 절을 하고 있는 것은 커다랗게 생긴, 자색이 도는 알이었다.

백마는 주위의 사람들이 다다른 것을 보자 커다랗게 울부짖고 나서 하늘로 날아가버렸다.

알평이 급히 나정으로 다가서니 알은 연연한 향기와 자색의 서기를 띠며 온고하게 자리를 잡고 있었다.

"이를 어찌하면 좋겠소. 천마(天馬)가 이 알을 지키고 있었던 것은 우리 6부의 촌장의 기구가 마침내 하늘에 닿았음을 말해 주는 것이 아니겠소?"

알평의 말에 무산 대수산의 촌장인 구례마가 고개를 끄덕이고 나서 말했다.

"옳은 말일 것이오. 천마가 이 알을 지키고 있었음은 우리 6부의 촌장들이 이곳에 오는 것을 기다렸음이 분명하오이다."

각 부의 촌장들은 구례마의 말을 옳게 여겼다.

"이 알을 어찌하면 좋겠소?"

명활산 고야촌의 촌장인 호진이 나직하게 말을 하였다.

"이 알이 평소부터 여기에 있었는지 천마가 가지고 내려온 건지는 자세히 알 수 없지만, 어찌되었건 천마가 우리 6부의 촌장을 보고 하늘로 올라간 것은 때가 이르렀음을 말해주는 것이오이다."

"그럼 이 알을 깨뜨려 보자는 얘기입니까?"

"그렇습니다. 하늘이 내려준 알이라면 상서로운 일이니 더 두고 볼 일이 아닌 듯 싶습니다."

6부의 촌장들이 그 알에 배례하고 몽금척으로 알을 치니 그 알은 깨뜨려지면서 미목이 수려하고 단아한 모습의 사내아이가 고성을 지르며 나타났다.

아이의 몸에선 범접할 수 없는 채운이 아지랭이처럼 피어오르고 있었다.

"자 동천(東川)으로 가서 이 아이를 목욕시킵시다."

6부의 촌장과 자제들은 그 아이를 동천으로 데리고 가서 목욕을 시켰다.

한층 휘황한 광휘가 전신에서 샘솟듯 뿜어나왔다.

그 아이가 눈을 뜨니 많은 학들이 아이의 주변에 모여들어 춤을 추기 시작하였다.

"경사로다. 경사로다. 우리 6부의 촌장들 뜻을 하늘이 굽어 살피사 하늘의 천자가 하강을 하였도다."

이 말이 그치기가 무섭게 천지는 더욱 청(靑)하고 정(淨)한 기운으로 가득차 고사된 나무에서는 새 순이 피고 수액이 차오르고 달빛과 햇빛은 더욱 은아한 빛을 발산하였다.

알천이 주위를 돌아보며 말하였다.

"이미 천자는 하늘에서 내려왔으니 마땅히 덕있는 황후를 찾아 가연을 맺어주는 것이 옳은 일일 것이외다."

알천의 말에 다섯 부의 촌장들은 일제히 고개를 끄덕였다.

바로 이즈음 사량리(沙梁里)에 사는 촌로가 6부 촌장들이 있는 동천으로 급히 뛰어왔다.

"지금 사량리의 알영정에 계룡이 나타났습니다."

"계룡이?"

"그렇사옵니다."

6부 촌장들이 사량리의 알영정에 다다르니 커다란 닭모양의 계룡

52

(鷄龍)이 알영징 근처를 배회하고 있었다.

촌장들이 계룡을 지켜보자 계룡은 왼쪽 옆구리에서 계집아이를 낳았다.

계룡은 계집아이를 낳자마자 크게 소리를 지르고 나서 하늘로 날아가 버렸다.

"오호, 이 아이의 얼굴을 좀 보시오."

촌장들이 그 아이를 살펴보니 얼굴 모습은 더없이 고왔으나 입술이 닭의 모양으로 부리처럼 뾰족하였다. 아니, 그것은 닭의 부리였다.

"이곳에서 가장 가까운 내(川)가 어디오이까?"

"월성의 북천(北川)입니다."

"그럼 그곳에 가서 이 아이를 목욕시키도록 하세."

6부의 촌장들이 북천에 가서 그 아이를 목욕시키자 닭모양의 부리가 떨어져 나갔다.

"하늘의 천마가 지켜준 알이 박(瓠)모양과 흡사하였고, 그 아이가 눈을 뜨자 천지의 경물이 제 빛을 발하였으니 성(姓)은 박 모양의 이름을 따서 박(朴)이라 하고, 아이가 눈을 떠 천지를 밝게 하였으니 혁거세(赫居世)라고 함이 어떠하겠소."

고야촌 촌장 호진이 손뼉을 치며 말했다.

"참으로 합당한 이름이오. 박혁거세라는 이름은 그 아이에게 참으로 적합한 이름이오이다. 그리고 알영정 옆 계룡에게서 나온 계집아이의 이름은 알영정의 이름을 따 알영(閼英)이라 부르는 것이 어떠하겠소."

5부의 촌장들은 호진의 말에 극구 찬사를 아끼지 않았다.

"우선 좋은 터를 골라 궁실을 지읍시다."

6부의 촌장들은 남산 서쪽의 산기슭에 궁실을 짓고 신령스런 두 아이를 길렀다.

아이들의 나이가 10살이 되던 해인 기원전 57년에 혁거세는 왕이 되었고 알영은 왕비가 되었다.

처음에 나라의 국호를 정함에 있어서 닭이 상서를 나타냈다고 하여 계림국이라 부르다가 나중에 서벌(徐伐) 또는 서라벌(徐羅伐)이라고 고쳐 부르게 되었다.

✱알영(閼英)의 탄생 설화에 있어 계룡이 낳았다고도 하고, 용이 계룡정 옆에 떨어져 죽으니 그 배를 가른즉 그곳에서 알영을 얻었다는 설도 있다.

백제(白濟)의 건국

본기(本記)에 이르기를 백제의 시조는 온조(溫祚)라고 하고 있다. 그의 아버지는 추모왕(鄒牟王) 혹은 주몽(朱蒙)이라고 하고 있다.

앞에서도 잠깐 기술한 바 있지만 주몽은 북부여에서 위급지경을 당하여 졸본 부여에 이르렀다.

졸본 부여의 왕에게는 아들이 없고 딸만 셋이 있었는데 그곳의 왕은 둘째딸을 주몽에게 시집을 보냈다.

오래되지 않아 왕이 죽으니 주몽이 왕위를 계승하였다.

주몽은 부인(소서노)에게서 두 아들을 낳았는데, 맏아들은 불류(佛流)요, 둘째 아들은 온조(溫祚)이었다.

　주몽이 나라를 세운지 14년이 되는 해 8월에 동부여로부터 어머니 유화 부인이 세상을 떠났음을 듣고 슬퍼하였는데, 금와왕이 유화 부인을 태후(太后)의 예를 갖추어 크게 장사지내 주었음을 듣고 사신을 보내어 고마움을 나타내었다.

　그런데 일이란 참으로 고약한 것이어서, 주몽이 동부여에서 떠나올 때 '일곱 고개 일곱 골짜기 바위에 선 소나무 아래에 숨겨둔 유물'의 수수께끼를 풀고 예씨 부인과 유복자(遺腹子) 유리가 주몽을 찾아온 것이다.

　주몽은 예씨 부인을 정실의 왕후로 삼고 아들 유리를 태자(太子)로 삼는 예식을 거행한다. 여기에서부터 백제의 건국 전야제는 펼쳐진다.

　"어머님, 이미 대왕께옵서는 예씨 부인을 정실의 왕후로써 삼고 유리를 태자로 삼았으니 우리가 이곳에 머물러야할 이유가 없는 듯 하옵니다."

　"어찌하면 좋다는 말이냐?"

　소서노 부인의 반문에 불류가 말한다.

　"남진(南進)을 하여 새 왕을 찾음이 가할 듯 하옵니다."

　소서노 부인과 두 왕자는 다짐을 하고 부왕(父王)에게 이러한 결심을 고하였다. 주몽 또한 예씨 부인과 유리의 등장으로, 불류와 온조 그리고 소서노 부인에게 미안한 감정을 가지고 있었기 때문에 곳간에 쌓인 금은 보화를 꺼내 그들에게 나누어 주고 크게 연회를 열어 그들을 위로하였다.

　주몽은 평소에 그들과 친하게 지내었던 오간(烏干), 마려(馬黎) 등 열 사람을 뽑아 남쪽으로 떠나가게 하니 백성들도 그들을 따라오는 이가 상당수였다.

일행이 한산(漢山)에 이르러서 부아악(負兒岳)에 이르러 산정(山頂)에서 살만한 곳을 살펴보았다.

그곳에서 불류는 서쪽의 바닷가 한 곳을 가리키며,

"내 생각에는 저기가 좋을 것 같습니다."

하고 말하였다.

그러자 온조가 말하였다.

"저의 생각에는 동쪽이 좋을 듯 합니다."

이때에 여러 신하들이 온조의 의견에 찬동을 하였다.

"하남(河南) 땅은 북으로는 한수(漢水)를 끼고, 동으로는 높은 산을 의지하고 있고, 남쪽으로는 기름진 들판을 의지하고 있고, 서쪽으로는 바다가 막혀 천험(天險)의 요새나 다름없으니 참으로 얻기 어려운 형세이옵니다. 여기에 수도를 정하는 것이 옳을 듯 하옵니다."

"그러나 나는 서쪽으로 가겠소."

불류는 여러 의견을 물리치고 서쪽으로 가겠다고 고집하였다.

형의 고집이 이러하였으니 온조 또한 막지를 못하여 마침내는 헤어질 수밖에 없었다.

이듬해 14년인 온조왕 1년에 두 형제는 나누어서 살았는데 불류가 찾아간 곳은 습기가 많고 물이 짜면서 땅이 거칠었으므로 살기가 어려웠다.

불류는 자신의 처지를 부끄럽게 여겼는데 마침내 병들어 죽으니 불류를 따라간 백성들도 온조에게로 돌아와 살 수밖에 없었다.

온조왕의 세력도 차츰 강대하여져서 북으로는 패수(浿水)에 이르고 남으로는 웅천(熊川)까지 미치었다.

온조왕은 3년만에 어머니의 사당을 짓고 이웃나라의 침입을 막으며 마한 54국을 통일시켰다.

보위에 오른지 46년이 되는 해 태자에게 보위를 넘기고 승하하였다.

*본시 '백제'라는 것은 그 땅이 마한 54국 가운데서 하나인 백제(白濟)가 있던 곳이었다. 우리말로 읽는다면 밝잣이 되는데 백(百)은 밝(光明)이요, 제(濟)는 잣이다. 잣이라 함은 성(成)을 말한다.

가락(駕洛)의 건국

천지가 개벽한 이후로 이 지방에는 나라 이름도 없고 왕이나 신하의 칭호도 없었다.

거기에는 다만 아홉 마을이 있어 그 마을을 맡은 이들이 있었으니 아도간(我刀干)·여도간(汝刀干)·피도간(彼刀干)·오도간(五刀干)·유수관(留水干)·유천간(留天干)·신천간(神天干)·오천간(五天干)·신귀간(神鬼干) 등의 9간이었다.

본시 간(干)이라는 것은 추장을 말하는 것으로 통솔을 한 백성은 대저 1백 호로 7만 5천여 명이었다.

어느 날 9간들이 고을의 북쪽에 있는 구지(龜旨) 위에서 나는 이상한 소리를 듣고 그곳에 달려갔다. 그러나 거기에는 형체는 나타나지 않고 말소리만 들려왔다.

"여기 누가 있느냐?"

9간들이 대답을 하였다.

"우리들이 이곳에 있습니다."

"내가 있는 곳은 어디이냐?"

"여긴 바로 구지(龜旨)입니다."

그러자 이상한 말소리는 계속 꼬리를 물고 들려왔다.

"나는 하늘에 계시는 천제(天帝)의 아들로 하느님의 명령하신 바를 따라서 이곳에 내려와 새나라를 열고자 하노라."

9간들은 이 소리에 모두 다 머리를 조아리며 배례하였다. 그 이상한 말소리가 다시 들려왔다.

"그러니 너희들은 이 산마루에 있는 흙을 조금 파면서 다음과 같이 노래를 부르도록 하여라."

龜何龜何
首其現也
若不現也
燔灼而喫也

거북아 거북아
머리를 쳐들어라
아니 쳐들면
구어서 먹으리라

9간을 위시하여 많은 사람들이 노래를 부르고 춤을 추기 시작하였다. 그러자 문득 하늘에서 한 줄기의 자색 줄이 땅에까지 드리워져, 그 끝에는 붉은 단이 붙은 보자기의 금함이 있었다.

"도대체 이것이 무엇이란 말인가?"

아도간(我刀干)의 말에 오도간(五刀干)이 즉시 대꾸하였다.

"이는 하늘의 상제가 우리에게 내리신 것이 분명하니 이 금함을 열어보기로 합시다."

"그렇게 하기로 합시다."

많은 사람들이 오도간의 의견을 따르자, 아도간은 그 금함을 열었다.

거기에는 황금으로 된 여섯 개의 알이 있었는데, 마치 해와 같이 둥글었다.

여러 사람들은 엎드리며 수십 번 절을 하고 배례하였다.

얼마 후 이 황금함은 아도간(我刀干)의 집에 모셔두었다.

10여 일이 지나서 마을의 사람들이 모여들어 함을 열어보니, 예의 황금알 여섯은 모두 사람으로 변하여 어린이가 되어 있었다.

참으로 준수한 용모였다. 여러 사람들이 모두 배하(拜賀)하여 마지 않았다.

어린이들은 날마다 무럭무럭 키가 크기 시작하더니, 10여 일이 지나자 모두 키가 9자나 되었다.

맨처음에 나온 이를 수로(首露)라고 하여 임금을 삼고 나라 이름을 대가락(大駕洛) 또는 가야국(加倻國)이라 하였다.

나머지의 다섯 사람도 모두 다섯 가야의 임금이 되었다.

수로가 임금이 된 후로는 새 성을 쌓고 각각 신하의 자리를 배치하였다.

---

*여섯 가야(加倻)는 고령의 대가야, 함안의 아라가야, 성산의 성산가야, 함창의 고령가야 고성의 소가야 등인데, 혹은 창성의 비화가야를 헤아리기도 한다.

해지는 영마루

신라 제55대 왕은 경애왕이다.

서기 927년에 후백제의 견훤의 침범이 지금의 영천에 이르니 급히 고려의 태조에게 구원을 청하였다.

태조는 급히 장수에게 군사 1만을 내어주어 신라를 도우라 명하였는데 구원군이 이르기도 전에 견훤은 그해 11월에 신라로 쳐들어왔다.

"적이다! 견훤이 쳐들어온다!"

고경을 알리는 종소리를 듣고 대처하기에는 신라의 병벽은 너무나 허술하였다.

이때 왕은 포석정(鮑石亭)에서 비빈을 거느리고 질펀하게 놀이를 즐기고 있었다.

삽시간에 병마가 쫓아오자 종친을 위시하여 외척 및 공경대부는 뿔뿔이 사방으로 흩어져 도망을 하였다.

적병의 시퍼런 칼날이 춤을 추니 모든 사람들은 목숨을 부지하고자 속절없이 땅에 엎드려 노비가 되고자 애걸하였다. 그것이 애오라지 목숨을 부지할 수 있는 길이었기 때문이었다.

"이제 이곳의 모든 것은 우리의 것이다. 갖고 싶은 것은 무엇이나 마음대로 탐하여도 좋다."

적의 물건을 포획하는 재미가 없다면 싸움의 재미가 어디에 있겠는가. 병졸들은 앞을 다투어 재물과 여인을 탐하였다.

견훤은 가까이 날랜 군사를 왕궁쪽에 놓아 왕의 거처를 수색케 한 다음에 왕궁의 안채에 거처를 정하였다.

잠시 후 비장 하나가 급히 고하였다.

"신라의 왕을 찾았습니다."

견훤이 천천히 그곳에 나아가니 왕은 비첩(妃妾) 몇 사람과 후궁 깊숙이에 몸을 숨기고 있었다.

"모두 다 진영 안으로 끌고 오라."

잠시 후 포박을 지우고 경애왕이 끌려오자 견훤은 대성일갈하였다.

"나는 후백제왕 견훤이다. 너는 평소에 정사(政事)에 게으름이 있어 나라의 꼴이 이 모양이 되었는데 할 말이 있느냐?"

경애왕은 눈물만 흘릴 뿐 공포와 피로로 온몸은 사시나무 떨 듯하였다.

"종사를 그르치기 않을 작정이라면 그대는 자결함이 가하다!"

왕은 두려움에 얼굴이 일그러지며 견훤을 쳐다보았다. 그것은 삶에 대한 미련때문이었다. 허나 견훤은 휘하 비장에게 눈짓을 하여 강제로 자결케 하고 말았다.

그날 밤.

견훤은 왕비와 술상을 앞에 놓고 대좌하고 있었다.

왕비의 안색 또한 죽음의 그림자를 드리우고 눈 앞에 있는 이 장한이 어떻게 나올 것인가를 두려워 하고 있었다. 견훤은 웃음을 머금으며 말했다.

"무릇 장수인 자가 천하를 얻기까지는 숱한 고경이 있는 것이오.

이것은 나라의 땅을 넓히고자 하는 데에 그 목적이 있는 것이지만, 가깝게는 그대와 같은 여인네의 살내음이 그리워서가 아니겠소."

견훤이 호탕하게 웃자 왕비의 몸은 더욱 움츠려 든다.

견훤은 그답지 않게 술잔을 들어 한모금으로 목젖을 적시고 나서,

"왕개보(王介甫)의 도원행(桃源行)을 말해 드리리까?"

그러자 왕비가 제풀에 놀란 듯 깜짝거리며 견훤을 잠시 잠깐 쳐다보았다.

견훤은 여전히 한자락의 미미한 웃음을 눈가에 띄우며 말했다.

"대국(大國)의 진2세가 망이궁에 있을 때 환관 조고(趙高)가 숱한 폭정을 자행하였소이다. 이민족과의 그칠 사이가 없는 전쟁, 노역은 백성들의 피를 말리기에 충분한 것이라 할 수 있소. 진나라의 폭정을 피하여 산으로 간 사람은 상산사호(商山四皓)뿐만이 아니라 도원에서 복숭아를 심는 자들도 역시 산으로 갔지요."

왕비는 차츰 경계의 끈이 풀어지기 시작하였다. 한편으로는 이 무뢰한이 무슨 말을 하고자 하는가를 곰곰히 되씹어보고 있었다.

견훤은 저혼자 얘기에 취해 떠벌렸다.

"도원은 별천지라 산중무일력(山中無日歷)이라 할 수가 있소이다. 날이 가는지 달이 가는지 알 수 없기 때문이지요. 다만 꽃이 피면 꽃을 꺾고 열매를 먹고 또 가지를 꺾어서 땔감으로 쓰면 그만이었지요. 점차 자손이 번성하게 되고, 그 자손들은 이곳에서 살지언정 속세와는 인연을 끊음이 당연한 것이라 믿고 있었지요."

견훤은 일단 여기에서 얘기를 끊었다.

그러자 왕비의 얼굴도 때를 맞추어 견훤의 얼굴을 쳐다보았다. 깊고 큰 눈에는 아련한 슬픔이 숨어있는 것 같았지만 참으로 미색

(美色)임에는 의심할 여지가 없었다.

다시 견훤이 말했다.

"나는 화창(和唱)과 화합을 원하오이다. 그대를 강제로 취할 수도 있음이오. 허나……"

견훤은 다시 술잔을 들어 남아 있는 미주(美酒)를 입에 털어넣었다.

왕비가 이윽고 한 수의 시를 낭낭하게 읊조렸다.

    少陵野老吞聲器

    春日潛行曲江曲

    江頭宮殿鎖千門

    細柳新蒲爲誰祿

    去任彼此無消息

    人生有情淚沾臆

    江水江邊豈終極

    소릉에 사는 늙은이가 소리를 죽여 통곡하고

    봄날에 곡강의 구비를 헤매노라.

    강두의 궁전 문은 모두 잠겼는데

    가을 버들과 새 창포는 누구를 위하여 푸르른가

    가거니 머물거니 모두 소식이 없구나

    인생은 유정하니 눈물이 가슴을 적시는데

    강수와 강변의 꽃이 어찌 다함이 있겠는가

견훤은 크게 웃으며 잔을 앞으로 내밀었다. 그러자 왕비가 잔을 받았다. 그녀의 눈에는 함초롬히 눈물이 괴어 있었다.

왕비가 술잔을 들고 다시 한 수를 읊조렸다.

亭上十分綠醑酒

盤中一筋黃金鷄

滄溟東角邀姮娥

永輪碾上青琉璃

天風洗掃淳雲没

千岩萬壑瓊瑤窟

桂花瓶影入盞未

傾下臂中照淸骨

정자 위에 푸른 빛의 좋은 술이 가득하고

쟁반 위에 좋은 닭의 안주가 있다.

바다 동쪽에서 떠오르는 달을 맞으니

빙륜같은 둥근달이 유리빛 하늘 위로 돌아오는 것 같구나.

천풍이 물을 뿌리고 서나 구름도 스러지고

바위와 골짜기는 구슬처럼 아름답구나

달 속의 계화는 잔 속에 훤히 들어오고

술을 가슴 속에 기울여 나의 맑은 뼈를 비추고 있구나.

　왕비가 술잔을 들기를 기다려 견훤은 다급하게 술상을 한쪽으로 물리고 왕비의 손을 잡고 바라보았다.

　금비녀를 꽂은 머리는 흑단과도 같았고 연두빛의 깃과 자주빛 삼회장이 한데 어우러진 모습도 가히 경국지색이었다. 견훤은 왕비를 가만히 안아보았다.

연일의 지친 싸움, 병마의 우짖음소리, 벌써 얼마만에 여인을 안아보는가.

견훤은 왕비를 번쩍 안아서 금침 속에 뉘었다. 조심조심 옷을 벗겨나갔다.

몽실한 젖몽우리가 나타났다.

앵두알보다도 작은 젖꼭지가 견훤의 손끝에서 파동을 치고 있었다.

"흠!"

견훤은 심호흡을 하고 나서 천천히 왕비의 몸을 쓸어나갔다. 이따끔 경련하는 듯한 떨림이 견훤의 손끝에 가늘게 전해왔다.

견훤은 뜨겁게 애무하기 시작하였다.

점차로 왕비의 입에서는 알지 못하는 신음이 고통 소리가 아닌 듯하면서도 간헐적으로 새어나오고 있었다.

엊그제까지만 해도 경애왕 이외에는 자신의 살을 맡아본 사람이 없었다. 그런데…….

견훤의 손길 앞에서 그 한군데도 숨길 곳이 없이 되어 버리고 핏속에서는 콩깍지가 타는 듯 현란한 불길이 타오르고 있다.

어느덧 견훤의 손이 복부를 지나 그 끝으로 훨씬 내려가고 있었다.

그곳은 여인이 목숨보다 소중하고, 목숨을 잃는다고 하여도 더 소중하게 생각한 잔솔밭이 견훤의 손에 만져지고 있었다.

견훤은 더 이상 참을 수 없는 상태에 도달하고 말았다.

견훤은 다음 날 왕의 족제인 부(溥)로서 왕을 삼으니 이가 곧 경순왕(敬順王)이다.

3

사련(邪戀)의 장

거문고 갑을 쏘아라

신라 제21대 비처왕(毗處王) 즉위 10년인 무진(488)에 왕이 천천정(天泉亭)으로 행차를 하였다.

많은 까마귀와 쥐떼의 무리가 왕의 행렬 옆을 지나 산속으로 들어가고 있었다.

왕은 깜짝 놀라 소리쳤다.

"도대체 이게 무슨 일이란 말인가?"

"대왕마마 이는 근심하실 일이 아닌 듯 싶습니다."

왕이 좌중을 돌아보며 물었다.

"근심할 일이 아니라면 상서로운 일이란 말인가?"

"그렇습니다."

"그건 어찌하여 그렇다는 얘긴가?"

"본시 쥐와 까마귀는 길한 동물이옵니다. 대왕마마께서 이곳에 어행하심을 알고 산신(山神)이 대왕마마에게 계시를 주는 것 같습니다."

"계시를? 어떤 계시를 준다는 말인가?"

"그것은 조금 더 지켜봐야 될 줄 아옵니다."

그때 어디선가 목소리가 들렸다.

"까마귀가 가는 곳을 살피시오."

"음."

주위에는 왕의 병사 외에는 다른 그 아무도 없었다.

다만 남쪽 나무 가지에 유난히 짙어보이는 체모의 까마귀가 한 마리 있을 뿐이었다.

"참으로 괴이한 일이로다. 어찌 까마귀가 사람의 말을 할 수가 있을까."

그때 가까운 근신(近臣)이 왕에게 고하였다.

"대왕마마, 이는 모두 대왕마마의 은덕이 하늘에 미침을 말함입니다. 그러하와 대왕께서는 급히 사람을 풀어 까마귀의 뒤를 따르게 하십시오."

"음, 알았도다."

왕은 즉시 기사(騎士)를 풀어 까마귀 간 곳을 따르게 하였다. 가시나무 숲길과 상수리 나무 사이를 지나 피촌(避村) 근처에 가까워진 위치에 다다르자 문득 하늘이 훤히 밝아졌다.

벌써 숲길에서 벗어난 것이다.

기사(騎士)는 말에서 내려 주위를 살피기 시작하였다.

사위는 한낮같지 않게 괴괴하기만 하였다.

하늘엔 한가롭게 한 조각의 구름이 떠있었고 멀지 않은 곳에서 산꿩 우는 소리가 들렸다.

"어디로 갔지?"

기사는 탄탄대로인 아랫길로 내려왔다.

그때였다. 10자 정도의 못(池)이 부글부글 끓기 시작하더니 그곳에서 옥관자에 청의를 하고 계관(雞冠)을 한 백의 노인이 솟아 올랐다.

"억? 노인은 누구십니까?"

"허허허……."

얼굴에 가득 홍소를 떠올리며 노인은 오른 손에 든 두루마리 봉서를 기사에게 주었다.

開見二人死 不開一人死

봉서를 열어 보면 두 사람이 죽을 것이고, 열지 않으면 한 사람이 죽을 것이다.

이런 내용이었다.

"대왕마마 기사가 돌아왔나이다."

"오 그래, 무슨 일이 있었던가 소상히 말하도록 하라."

기사는 자초지종을 설명하고 나서 두루마리 봉서를 진배하였다.

봉서를 한참동안 살피고 나서 왕이 말하기를,

"이 봉서를 뜯게 되면 두 사람이 죽고 그대로 두면 한 사람이 죽는다고 하였으니 나는 봉서를 뜯지 않겠노라."

왕은 이같이 말하고 나서 봉서를 버리게 하였다.

그러자 길흉(吉凶)을 점사(占辭)하는 일관(日官)이 급히 자리에서 일어나 상주(上奏)하였다.

"대왕마마 저에게 그 봉서를 읽을 수 있게 해주십시오."

"봉서를?"

"그렇사옵니다."

왕은 잠시 동안의 생각도 하지 않고 일관(日官)에게 피봉을 살펴보라고 말하였다.

일관이 피봉을 살피고 나서, 배복하며 말하기를,

"대왕마마, 소신 일관 대왕마마께 돈수백배하고 아뢰나이다. 소신이 살피건대 피봉에 써 있는 일인(一人)이란 고대로부터 대왕마마나 왕자마마를 일컫고 있습니다."

"그런 말이 있는가?"

왕이 자세를 곧추세우며 물었다.

"그렇사옵니다. 서경(書經)에 이르기에 '일인원량(一人元良), 만방이정(萬邦以貞)'이라는 글이 나옵니다. 소신이 헤아려 보건대 피봉에 쓰인 일 인이란 곧 만인지상인 대왕마마를 일컬음이요, 이 인(二人)이란 일개 하잘 것 없는 서민(庶民)을 일컬음입니다."

"그렇구나. 그대의 말이 참으로 합당하도다. 그대는 개봉을 하여보라."

일관이 봉서를 개봉하여 대왕께 바치었다.

봉서엔 '사금갑(射琴匣)'이라 쓰여 있었다.

"거문고 갑을 쏘아라."

왕은 잠시 동안 생각을 하면서 읊조렸다.

"그렇구나. 내궁(內宮)에 거문고 갑이 있구나."

왕은 즉시 군사를 회동하여 궁으로 돌아왔다.

즉시 한 손에 활을 들고 내궁(內宮)으로 향하였다.

왕이 내궁으로 활을 든 채 들어서자 궁주(宮主)는 황망 중에 달려나와 왕을 맞이한다.

"대왕마마 어인 일이신지요."

궁주는 얼굴 가득 미소를 담고 왕의 소매에 매달렸다.

"잠시 비켜서라."

왕은 궁주를 한쪽으로 밀치고 나서 수유의 지체도 없이 거문고 갑을 향하여 한 대의 화살을 날렸다.

거문고 갑이 잠시 미동을 하는가 싶게 한 줄기의 선혈이 갑의 밖으로 흘러 내렸다.

그것을 바라보던 궁주는 벌렁 뒤로 뉘어져 까무라치고 말았다.

왕은 즉시 내전의 금위무사에게 명하여 거문고 갑을 열게 하였다.

그런데 그 갑 속에는 놀랍게도 내전에서 분향수도(焚香修道)하던 중이 한 손에 비수를 움켜쥔 채 실낱 같은 선혈을 입가에 흘리며 절명하고 있었다.

"허이 이게 무슨 기괴한 일인가. 분향수도 하던 중이 어찌하여 거문고 갑 속에 들어있다는 말인가?"

왕도 처연한 표정을 지었다.

일관(日官)이 가까이 와서 고하였다.

"대왕마마, 내전에서 분향수도를 하던 중이 궁주와 정을 통하고 대왕마마의 목숨을 위태롭게 하고자 거문고 갑에 숨어들었나이다. 그러나 대왕의 현량한 용덕을 하늘이 굽어 살피사 까마귀떼와 쥐떼를 보내어 대왕의 위급을 구하였나이다."

왕은 즉시 정신을 차린 궁주와 오른 가슴에 화살을 맞은 중을 사형에 처하도록 하였다.

그 후로 나라의 풍속에 그 해의 첫째 해일(亥日)인 상해와 상자·상오일에는 모든 일을 조심하여 행동을 삼가하였다.

또한 15일인 오기(烏忌) 일에는 찰밥으로 제사를 지내고 있다.

그리고 기사(騎士)가 쫓아가서 백의 노인에게서 봉서를 받은 못을 서출지(書出池), 즉 글이 나온 못이라고 지금도 부르고 있다.

＊본문의 오기(烏忌)는 우리 말의 향찰로 오구(＝迎鼓)와 같다고 한다. 이 설화 자체가 향찰을 한자어로 본 데서 생긴 민간 어원이라 한다.

처용가(處容歌)

신라의 제49대 헌강 대왕(憲康大王) 시대에는 서울에서부터 시작을 하여 지방에 이르기까지 집과 담이 거의 연하여져 있어 초가(草家)는 하나도 없었다.

서울의 가가호호(家家戶戶)와 이한(里閑)에서는 풍악 소리가 높고 풍년을 노래하는 가락들이 넘치듯이 흘러나오고 있었다.

나라가 태평(太平)스러워서인지 바람 또한 속살거리는 훈풍이 불어와 안온함이 온 나라에 가득하였다.

어느 날 헌강왕이 학성(鶴城)의 서남쪽에 있는 울주(蔚州)에 야회(野會)차 나왔다가 곧 돌아오려고 하는데, 갑자기 일진의 사나운 바람이 불어오고 운무(雲霧)가 자욱하여 자못 길을 잃을 정도였다.

"어허, 이 무슨 변괴인고?"

하고 대왕이 주위를 돌아보며 말하자, 일관(日官)이 부복하여 말하기를,

"대왕마마 이는 필시 동해(東海) 용(龍)의 조화(造化)가 분명합니다. 미루어 짐작하건대 좋은 일을 해주어야 될 것 같습니다."

"어떻게 하면 되겠는가?"

"먼저 이 지방의 관속들에게 명을 내리어 이곳에 절을 지음이 마땅할까 합니다."

"그리하도록 하라."

대왕의 윤허가 떨어지자 안개와 구름이 걷히고 상서로운 오 색의 기운이 은은히 휩싸이더니, 하얀 수염을 치렁히 늘어뜨린 도골풍(道骨風)의 노인 한 사람과 일곱의 동자(童子)가 물 위에 표연히 떠오르더니 대왕이 있는 곳으로 다가왔다.

잠시 후 그들은 선악(仙樂)과 선무(仙舞)를 탄주하며 대왕의 덕을 찬양하고 나서,

"대왕이시여, 널리 그 덕을 기리고자 하옵니다. 소로(小老)의 자식들 중에 능히 대왕을 보좌할 수 있는 아들이 있사오니 데리고 가시어서 널리 백성을 안무하고 성덕(盛德)을 찬하는데 중용하소서!"
하고 말하였다.

헌강왕은 배례하고 처용을 데리고 서울로 올라와 나라 안의 미희들 가운데에서 제1의 미희를 가려 뽑아 처용과 짝지어 준 다음에 급간(級干)의 관직을 내렸다.

훤훤장부와 천하 제일의 미희(美姬)가 한 쌍으로 짝을 이루니 널리 하늘 높이 나래를 펴는 봉황까지도 시샘을 할 정도였다.

그래서 호사다마(好事多魔)는 생겼음일까?

처용이 나라 일로 밤 늦게 돌아와보니 아내는 다른 남자와 긴 잠에 빠져 있었다. 그 남자는 바로 역신(疫神)으로 처용의 아내가 너무나 고왔으므로 사람의 형용(처용)으로 변하여 처용의 아내와 상관하였던 것이다.

처용은 그것을 보고 다음과 같이 노래를 불렀다.

東京明期明朗

夜人伊遊行如

司人良沙寢矣
見昆脚烏伊四
是良羅二肹隱
吾下於叱古二
肹隱誰支下焉

동경 밝은 달에
밤 늦게 노닐다가
들어와 자리를 보니
다리가 넷이로구나
2개는 내 것인데
2개는 뉘 것인가
본시는 내 것인데
빼앗겼으니 어찌하리오.

그때 역신은 모습을 나타내어 처용 앞에 꿇어 엎드리며 말했다.
"본시 내가 공의 아내를 사모하여 이와같은 죄를 범하였는 바,
그런데도 공께서는 노하시지 아니하시니 이후로는 공(公)의 형상
을 그린 그림만 보아도 가까이 가지를 않겠습니다."
이후로 나라의 사람들은 처용의 형상을 집 안팎에 붙여서 사귀
(邪鬼)를 물리쳤다.
대왕이 서울에 온 후에 울산의 영취산(靈鷲山)의 동쪽 기슭에
경관이 좋은 곳을 가려서 절을 짓고 이름을 망해사(望海寺) 또는
신방사(新房寺)라 하였는데, 이것은 모두 동해의 용(龍)을 위하여
세운 것이다.

어느날 대왕이 포석정(鮑石亭)에 행행(行幸)을 하였을 때 남산(南山)의 신이 그 모습을 나타내어 춤을 추었는데, 다른 대신들의 눈에는 보이지를 않고 다만 왕의 눈에만 보였다. 그렇기에 이 춤을 어무상심(御舞祥審)이라 하였다.

또 왕이 금강령(金剛嶺)에 나갔을 때에는 북악신(北岳神)이 나와서 춤을 추었는데, 그 이름을 옥도령(玉刀鈴)이라 하였고, 동례전(同禮殿)의 연회시(宴會時)에는 지신(地神)이 나와서 춤을 추었으므로 지백급간(地伯級干)이라 하였다.

나라 사람들은 상서로운 기운이라고 하여 탐락을 일삼았는데 결국 신라는 망하고 말았다.

＊어법집(語法集)에는 산신이 춤을 추는 것은 지리다도파(智理多都派)라 하여 장차 도움을 파한다는 뜻이었는데, 나라의 사람들은 그 뜻을 헤아리지 못하고 탐락을 일삼았기에 망한 것이라고 하고 있다.

조신의 사랑

지금의 경기도 개풍군 백용산(白龍山) 밑에 세규사(世逵寺)라는 절이 있었는데 그 절을 관리하는 사람은 조신(調信)이라는 위인이었다.

어느 해 중추 가절에 김흔공(金昕公)의 딸이 이곳에 들려 부처님에게 공덕을 기구(祈求)한 바 있었는데 조신은 이때로부터 그 낭자를 사모하기에 이르렀다.

알맞게 큰 체구이며 단아한 입술, 초롱한 눈매가 밤마다 조신의 잠자리를 엄습하여 잠을 이룰 수가 없었다.

조신은 수차례나 낙산사의 관음보살에게 자기의 소원을 빌었으나 그 뜻은 이루어지지 않고 오히려 풍문에는 그 여자가 다른 곳에 혼담이 있어 날을 잡고 혼례 날만 기다리고 있다는 터였다.

조신의 슬픔은 이만저만이 아니었다.

그는 불당(佛堂)에 나아가 자신의 허회스러운 심정을 토로하면서 관음보살을 원망하였다.

"본시 이 몸이 불문에 귀의했다고는 하나 그 낭자를 한번 본 순간에 나의 혼백은 이미 달아나버리고 머리에는 그 낭자에 대한 정사(情思)로만 가득 차 있습니다. 나는 연일 낙산사의 관음보살에게 이 몸의 소원을 기구하였으나 그 뜻한 바를 이룰 수가 없어 본당의 관음보살님에게 서원하였습니다. 하오나 관음보살님께서도 이몸의 소원을 이루어 주려고 하지 않으니 다만 원통하고 답답할 따름입니다. 참으로 관음보살님이 원망스럽습니다."

조신의 낮은 울부짖음이 몇 시각 동안 계속되는가 싶더니 이내 잠잠하였다. 그의 몸은 쇠약해질대로 쇠약하여 마침내는 피로에 지쳐 긴 잠에 떨어져버린 것이다.

그때 본당의 문이 바시시 열리며 난초 향기가 코끝 가득히 밀려왔다.

조신이 놀래어 고개를 드니 몽매에도 잊지 못하는 김씨 낭자가 홍도화처럼 붉은 뺨에 조요로운 부끄러움을 안고 사뿐히 자리에 앉으며 조신에게 절을 하였다.

"소녀 지난 날에 공덕을 기리고자 이 산사에 들린 바가 있었사옵는데, 그때 소녀는 스님의 얼굴을 한번 뵈온 후 스님을 마음속의 정인(情人)으로 생각하여 날로 사모의 정이 높아만 갔습니다. 그러하던차 연일(連日)에는 부모님의 권유에 못이겨 다른 곳에 시집을 갔사오나 스님을 못내 잊을 수가 없어 동혈지우(同穴之友)의 인연을 맺고자 이렇듯 찾아왔나이다."

조신은 깜짝 놀랐다. 동혈지우(同穴之友)란 곧 죽음에 있어 한 구덩이에 묻히기를 원하는 것이니 이는 부부의 인연을 말하는 것이다.

"반갑소이다. 낭자, 소인도 낭자를 한번 보고 난 후에는 이렇듯 잠을 이루지 못하고 하루의 낮과 밤을 상심으로 보내고 있습니다. 그러나 지금 낭자를 뵈오니 사구(沙丘)에 오른 물고기가 바다를 찾아 행려함과 같으니 이게 꿈이 아닌가 싶소이다."

조신이 김씨 낭자의 손을 가볍게 부여 잡자 낭자는 살포시 고개를 숙이며 조신의 품속으로 쓰러졌다.

청포의 그윽한 머리 내음이 코끝을 간지럽히자 조신은 한 팔로 낭자를 뉘이고 오른 손으로 옷섶을 헤치기 시작하였다.

눈을 꼭 감은 낭자의 숨소리가 점차로 어지러워졌다.

백설(白雪)처럼 하얀 피부가 쌍촛불에 찬연히 드러나자 조신의 머리는 아뜩해지고 동공이 크게 열렸다.

"낭자!"

열띤 조신의 목소리가 김 낭자의 귓가를 맴돌았다.

매끄러운 화석(化石)처럼 굳어져 있던 김 낭자의 몸이 조금씩 열기를 더해가며 허물어졌다.

조신의 숨소리도 점차로 빨라졌다. 잇몸으로 쥐어짜는듯한 소리가 간헐적으로 수놓아지기 시작하자, 두 사람은 한 마리의 짐승의 몸싸움을 벌이기 시작하였다.

그것은 하나의 몸짓에 불과하였다. 밤은 점점 깊어가는데 두 사람의 숨결은 야음을 틈탄 퉁소의 가락처럼 끊일 듯 말 듯 온밤을 휘젓고 있었다.

다음 날 두 사람은 향리로 돌아와 살림을 꾸리기 시작하였다.

덧없는 게 세월이라지만 살처럼 빠르게 40여 년이 훌쩍 지나갔다.

슬하에는 다섯 자녀를 두었는데 내리 3년을 가뭄으로 조식(粗食)조차 잇지 못하자 허기진 끼니를 메꾸기 위하여 사방으로 돌아다녔다.

10여 년을 초야(草野)에서 동가식(東家食) 서가숙(西家宿)하자 그나마 입은 옷들은 형편없이 찢어져 거덜이 나서 바싹 마른 몸뚱이를 가릴 수가 없었다.

명주의 해현령(蟹縣嶺)을 지나갈 때 열 다섯살이나 된 큰 아이가 굶어서 죽었다.

그들은 그곳에서 다시 지금의 우현(羽縣)으로 발길을 옮겼다.

두 부부는 늙고 병들었으며 어느 날 열 살이나 된 계집아이가·밥동냥을 하다가 개에게 물려 돌아왔다. 동냥 바가지에는 쉰밥 한 덩이가 말라 비틀어져 있었다.

조신이 딸의 상처를 깡마른 손으로 매만지자 부인이 눈물을 훔치며 말했다.

"당신과 처음 만나 부부지연을 맺을 때에는 미목이 수려하였는데 지금은 이렇듯 얼굴은 쇠락하고 의복 또한 허술합니다. 당신과 내가 초근목피라 하더라도 한 숟가락씩 나누어 먹고, 찢어진 의복이라 하더라도 나누어 입었습니다. 우리가 동고동락을 한지 50여 년이 흘렀지만 부부간의 정회는 깊다고 아니할 수 없습니다. 그러나 금일(今日)에 이르러서는 천문(千門)과 만호(萬戸)를 찾아 걸식하는 지경에 이르러 자식들 또한 기아와 추위에 떨고 보니 부모라고 하더라도 그 부끄러움은 산보다도 더 무겁습니다. 이러던 차이니 어느 때에 부부의 화락(和樂)을 즐길 수가 있으리까? 선홍색의 혈기도 아침 이슬처럼 사라져 버렸고 금석(金石) 같은 백년가약도 옛 기쁨이 되고 말았습니다. 순경을 당하면 친(親)하고 역경을 당해서는 헤어짐이 어찌 인륜지도라고 할 수 있으리오마는 서로의 운수가 간두의 위기에 처하였으니 이제 여기에서 그만 헤어지기로 합시다.”

“부인이 이렇듯 말을 하니 내 마음속의 큰 짐을 덜어낸 것 같아 기쁘기 그지 없습니다. 각각 둘씩 아이를 데리고 헤어지기로 합시다.”

“그럼 저는 고향으로 가겠습니다.”

하고 여인이 가녀린 손을 흔들자, 조신은 깜박 잠에서 깨어났다.

사위를 둘러보니 본당의 촛불이 열려진 문틈으로 불어오는 미풍에 살랑거리며 큰 그림자를 만들어 낸다.

아침이 되어 세수를 하려는데 온통 머리가 희어져 있어 조신은 깜짝 놀랐다.

망연자실하여 탐연(貪然)한 마음도 눈녹듯 사라져 연일 본당에서 자신이 저지른 실수를 뉘우쳐 마지않았다.

관음보살상을 대하기가 송구하여 해현령에 나아가 꿈속에서 죽은 아이가 묻혔던 곳을 파보니 놀랍게도 그곳에는 돌부처가 묻혀 있었다.

조신은 세규사의 장사(莊師)의 소임사격하고 사재(私財)를 털어 정토사(浄土寺)를 세운 다음에 착한 행업을 근실히 닦기에 이르렀다.

＊삼국유사에서는 착한 행실을 백업(白業), 악한 행실을 흑업(黑業)이라고 하고
있다. 비나야잡사(毘奈耶雜事)에 大王當知白業白報 黑業黑報 雜業雜報 是故應捨新
二業 當業白報라고 하고 있다.

귀신의 아이

제25대 사륜왕(舍輪王)의 시호는 진지 대왕(眞智大王)이었다.

성은 김씨이며 왕비는 기오공(起烏公)의 딸인 지도 부인(知刀夫
人)이었다.

대건(大建) 8년 병신에 즉위를 하였는데 나라를 다스린지 4년만에
정사(政事)가 어지럽고 혼미하여 나라의 사람들이 왕을 폐하였다.

왕이 폐하기 전에 사량부에 서녀(庶女)가 있었는데 얼굴이 화용월
태로 단아한 치아와 치렁한 머리가 한 폭의 미인도를 방불케 하였
다.

그래서 사람들은 그 서녀를 도화랑(桃花娘)이라 불렀다.

어느 날 왕이 도화랑의 소문을 듣고 여러 대신들에게 일러 궁중에
불러오게 하였다.

도화랑은 왕명을 어기지 못하고 궁에 들어와 부복하였다.

"그대가 도화랑인가?"

왕은 지긋한 표정으로 굽어보며 물었다.

"그러하옵니다. 대왕마마."

붉은 입술을 달싹일 때마다 봄바람처럼 부드럽고 은근한 목소리가 도화랑의 입에서 흘러나왔다.

"내가 전일에 그대의 용모가 비범함을 들었거늘, 오늘 그대를 살피어 본즉 과연 그러하도다. 그대는 짐과 함께 밤을 다하여 어수(魚水)의 지락을 헤아려봄이 어떠한가?"

그러자 도화랑이 말하기를,

"대왕마마, 아뢰옵기 황공하오나 아녀자의 몸으로서는 두 지아비를 섬기지 않는다고 합니다. 하물며 지아비가 번연히 살아있는데도 외간 남자의 품에 안기라고 강요를 함은 만승의 위엄이 있다하여도 감히 어쩌지를 못할 것입니다."

왕이 짐짓 화가 난 목소리로 다시 말했다.

"짐이 그대를 죽인다고 하여도 그대는 감히 그럴 수 있겠는가?"

"대왕마마, 차라리 죽음을 택할 것입니다."

왕이 입가에 홍소를 떠올리며 비양거리듯 말했다.

"네 남편이 없으면 되겠는가?"

"그렇다면 될 수가 있나이다."

"좋다. 그대는 돌아가라."

왕은 흔쾌히 도화랑이 돌아감을 허락하였다.

그런데 이 해에 왕은 폐위되고 죽음을 맞았다.

왕이 폐위한지 3년여 만에 도화랑의 남편이 죽었는데, 10여일이 지난 어느 날이었다.

밤은 점점 깊어가는데 홀연히 왕이 생전의 모습으로 그 자태를 나타내었다.

"아!"

도화랑은 깜짝 놀라 뒷걸음을 쳤다.

"도화랑, 그대는 놀라지 말라. 연전(年前)에 그대가 나에게 한 약조가 있어서 다시 왔노라."

"약조라니요?"

"전일에 그대는 남편이 없으면 그대의 몸을 허락하겠다고 하지 않았는가. 지금 그대의 남편이 없으니 허락함이 가하지 않은가?"

"하오나…… 그때는 황망중에 한 약속이었으니 이 일을 부모님께 고하여 부모님의 의견을 들은 연후에 결정을 하겠습니다."

"좋다. 그리하도록 하라."

왕은 도화랑이 방을 빠져나가는 것을 지그시 지켜보았다.

"어머니, 지금 생전의 모습으로 대왕이 현신(顯身)하시어 동침하기를 원하고 있나이다. 어찌하면 좋겠나이까?"

"네가 생전에 대왕과 그러한 약조가 있었다면 어찌 지금에 이르러 파할 수가 있겠느냐. 대왕의 뜻을 따르도록 하라."

도화랑은 부모님의 말에 응하고 그 방을 빠져나왔다.

잠시 사이로 착착 신방이 꾸며지고 도화랑은 칠보로 단장을 하고 그 방에 들어갔다.

도화랑이 신방에 드는 이레(7일) 동안은 오 색의 채운과 서기가 방안에 가득하더니 이레가 지난 날에는 왕의 모습이 사라지니 서기도 홀연 사라졌다.

그후로 도화랑은 태기가 있어 열달만에 사내 아이를 낳았는데, 이름을 비형(鼻荊)이라 하였다.

나라 안에 비형의 소문이 퍼지자 진평 대왕이 이를 괴이하게 여겨 비형을 궁으로 불러들였다.

"그대가 비형랑인가?"

"그러하옵니다. 대왕마마!"

"지금 세간에서는 그대가 사륜왕의 피를 받았다고 하는데 그게 사실인가?"

"그러하옵니다."

"오호, 참으로 괴이한 일이로다. 어찌하여 저승 사람의 피를 받을 수가 있다는 말인가. 그대는 궁에 들어와서 살 의향이 없는가?"

"삼가 명을 받들겠나이다."

비형랑은 곧바로 궁에 들어와 살았다.

나이가 열 다섯에 이르니 왕은 비형랑을 집사(執事)라는 벼슬에 임명을 하였으나 비형랑은 밤마다 멀리 도망을 가서 놀았다.

"그래 오늘도 밖에 나갔다는 말인가?"

"그러하옵니다."

"밤마다 월성(月城)을 넘어 밖에 나가는 것은 무슨 연유인가?"

"잘 모르겠나이다."

왕은 잠깐 동안 생각하고 나서,

"경은 들으라, 비형이 월성을 넘어 도성의 서쪽 황천(荒川)에서 밤마다 야행을 한다고 하니 날랜 용사 50명을 배치하여 비형의 야행을 막도록 하라!"

"그러하겠나이다."

용병(勇兵) 50명을 풀어 지키게 하였으나 비형은 번번히 월성을 넘어 황천의 숲으로 날아갔다.

풀숲에 숨은 병사들이 가만히 살펴보니 비형은 여러 귀신들을 데리고 새벽녘까지 놀더니 산사(山寺)의 종소리가 들리자 즉각 헤어졌다.

다음날 왕이 비형을 불러 말했다.

"그대가 귀신을 데리고 논다고 하는데 능히 부릴 수도 있는가?"

“틀림없는 사실입니다.”

“그렇다면 너는 귀신을 시켜서 신원사의 북쪽 개천에 다리를 놓으라.”

비형은 칙명을 받고 귀신들과 함께 돌을 다듬어 하루만에 다리를 놓았다.

귀신을 잘 다스린다 하여 그 당시의 사람들이 글을 지어 이르기를,

왕의 혼이 아들을 낳았구나
비형랑의 집이니 날고 뛰는 귀신들아
이곳엔 얼씬도 말아라

민간의 향속(鄕俗)으로 이 글을 지어서 귀신을 물리쳤다.

＊흥륜사의 남쪽 문루는 귀신이 잤다고 하여 길달문(吉達門)이라고 한다.

파계(破戒)

원효의 성은 설(薛)씨로 그의 할아버지의 이름은 잉피공(仍皮公)이고 그의 아버지는 17관등의 제11위인 내말(乃末)의 직위에 있는 담내(談㮈)였다.

원효가 태어난 곳은 압량군(押梁郡)의 북쪽 밤나무골(栗谷)의 사라수(娑羅樹) 아래라고 한다.

집은 이 골짜기에서 서남쪽에 있었는데 그의 어머니가 산후일에 이 골짜기의 밤나무 밑을 지나가다가 해산을 하게 되었으므로 세간(世間)에서 이 나무를 사라수(娑羅樹)라고 불렀다.

본시 사라수라는 것은 석가모니가 세상을 떠나신 곳에 있었던 사라수에서 따온 말로 밤나무가 있었던 곳을 이렇게 불렀다.

그런데 원효를 해산하였던 그 밤나무의 열매는 보통의 것보다는 크기와 모양이 달라 세상 사람들이 사라율(娑羅栗)이라고 불렀는데 여기에는 재미있는 일화가 있다.

옛날에 절을 주관하는 사람이 절의 종 한 사람에게 하루에 2개씩의 밤을 주었더니 양이 적다고 하여 종은 관가에 고변을 하였다.

“허어, 하루에 밤 2개라면 너무나 적은 양이로다. 주지를 부르도록 해라.”

주지가 관가에 나아가자 관리는 밤 2개를 가져오도록 명하였다.

주지가 가져온 밤은 그 한 개가 바리때에 가득찼다. 관리가 주지에게 말했다.

“스님은 돌아가시거든 이제는 매일 한 개씩만 주시오.”

하고 판결을 내렸다고 한다. 그 다음부터 밤나무골이라 하였는데, 원효가 출가를 하자 살던 집을 내놓아 초개사(初開寺)라 명명하였다.

원효는 탄생하면서부터 재기(才氣)가 발랄하고 총명이 가득하였다. 능히 스승이 없어도 학문(學問)을 수행하였는데 부족함이 없었다.

원효의 큰 업적은 차치하고 여기서는 향전(鄕傳)을 위주로 기술하고자 한다.

대사가 어느 날 대로(大路)에서 큰 소리로 노래를 불렀다.

誰許没柯斧
我斫支天柱

누가 나에게 자루없는 도끼를 준다면
하늘을 괼 나무를 베이리라.

사람들은 원효의 이 노랫말을 알지 못했으나 무열왕(태종)은 이
노래를 듣고 생각하기를,
'원효대사가 귀부인을 얻어서 훌륭한 아이를 낳고 싶어함이 분명하
다. 나라에 대현인이 있으면 이보다 더한 일이 어디에 있겠는가.'
"여봐라 원효 대사를 궁으로 불러들이도록 하라."
명을 받은 궁리(宮吏)가 도성을 뒤져 보았지만 도저히 찾을 수가
없었는데 이때 원효는 남산(南山)으로부터 내려와서 문천교(蚊川
橋)를 거닐고 있었다.
"잠깐만 기다리십시오. 대사!"
궁리가 부르는 순간 원효의 몸이 기우뚱하더니 문천교 아래로 떨어
져 내려 온통 옷이 물에 적셔졌다.
"그대는 무슨 일로 나를 찾는가?"
"저는 궁안에서 나온 미관말직에 있는 사람입니다. 성상(聖上)께
옵서 급히 대사를 찾아 모셔오라는 분부입니다."
"성상께서 왜 나를 찾으신다는 말인가?"
"그것은 알 수 없는 일입니다."
원효가 궁리를 따라 성안에 들어가 왕 앞에 부복을 하자, 태종은
용안 가득히 미소를 떠올리며 말했다.
"대사, 짐이 평소에 대사의 높은 탁견을 흠모해 온지 오래인 턱에

모처럼 이렇듯 대사를 뵈오니 과연 명불허전이로다.”

“송구스럽습니다. 전하!”

“짐이 대사를 부른 것은 공주 한 사람이 불문에 뜻을 두고 주야로 부처님을 섬기고 있는 터이므로 대사의 높은 가르침을 공주에게 보시(布施)하기 바라는 뜻으로 대사를 이렇게 모셔오라고 한 것입니다.”

“황공하옵니다.”

태종은 원효를 요석궁(瑤石宮)으로 인도하게 하였다.

후원 깊숙이 위치한 요석궁은 그 주인됨의 성품 탓인지 매우 정갈하고 고풍스러웠다.

후원 여기저기에는 임천한흥(林泉閑興)의 기화요초가 흐드러지게 피어 있었다.

궁안으로 안내되자 미리 준비가 된 듯 소찬이 교자상에 넘치듯 있었는데 한결같이 구경하기도 힘든 가효(佳肴)였다.

“기다리고 있었습니다. 대사님! 소녀는 궁의 주인인 요석(瑤石)이라 하옵니다.”

공주의 목소리는 은구슬을 굴린 듯이 맑고 청량하였다.

반월형의 갸름한 얼굴에 잘 찍어놓은 듯한 눈썹노리, 단아한 입매무새가 앵두알보다도 붉었다.

공주는 미리 준비를 해놓은 듯 원효 대사의 앞에 은배(銀杯)를 놓고 가득가득 미주(美酒)를 따라올렸다.

원효가 거침없이 잔을 비우자, 공주는 더욱 잔을 채우기가 바빴다.

훤훤장부인 원효는 풍골(風骨)이야 세속(世俗)에서 말하는 쾌남아(快男兒)의 수려한 미목을 갖추고 있는 터이니 요석 공주 또한 어찌 원효를 사모함이 없었겠는가.——

벌써 삼 경을 알리는 고(鼓) 소리가 들리어 오고 있었다. 때를 맞추어 가까운 사원에서 울리는 종소리가 머언 나라의 아슴한 전설처럼 아련하기 그지 없다.

"공주!"

원효의 억센 손길이 요석 공주를 싸안으며 입술이 거침없이 파고들었다.

잠자리 껍질 같은 나삼이 떨어져 나가는 공주의 몸은 실오라기 하나 걸치지 않은 상태로 원효의 몸을 받아들였다.

"대사님!"

공주의 입에서 연신 거친 숨소리가 열기를 토하며 흔들렸다. 그것은 이른 봄날의 아지랭이를 잡는 순간의 회상같기도 하였다.

농익은 공주의 몸은 어느 곳을 눌러도 터질 듯이 풍만하였고, 애완하는 원효의 손끝은 가늘게 떨리고 있었다. 손에는 땀이 배어 그 체액이 마치 유액(油液)같았다.

어느 순간 합일(合一)하였을 때 공주는 더 이상을 참지 못하고 승냥이 울음 소리로 길게 울부짖었고, 원효의 입에서는 길고 긴 여행을 떠난 노객의 지친 한숨이 새어 나왔다. 이미 하늘은 새벽이 밝아오는 듯 희뿌옇게 움터오고 있었다.

그 후로부터 공주는 과연 아기를 가졌는데, 이름을 설총(薛聰)이라 하였다.

설총은 역사서를 탐독하고 경서(經書)와 외이(外夷)의 지방 풍속을 이회(理會)한 신라 10현의 한 사람이다.

원효는 자신의 계(戒)를 범했다 하여 스스로 소성거사(小姓居士)라 칭하였는데, 그후 바다의 용(龍)의 권유에 따라 노상에서 조서를 받아시 관불삼매해경(觀佛三昧海經)의 소(疏)를 지었다.

후세의 사람들이 다음과 같이 노래하였다.

　角乘初開三昧軸

　舞壺終掛萬街風

　月明瑤石春眼去

　門掩芬皇顧影空

각승은 처음에 3매축을 열었고

무호는 마침내 만가풍을 걸었도다.

달이 밝은 요석궁에 봄 잠이 깊고

문 닫힌 분황사에 고영만이 비었다.

*각승(角乘)을 살펴봄에 있어서 승(乘)이란 불법을 말하는 것이고, 각(角)이란
각(覺)과 그 음이 같으므로 소의 2각으로 본시의 2각(二覺)을 뜻하는 것이다. 또한
원효의 싯귀에 있어서 '자루'라고 함은 남자 생식기의 비유로 '자루없는 도끼'는
과부를 뜻함이요. 하늘을 받칠 기둥은 나라에 큰 일을 할 동량을 말한다.

4

충효(忠孝)의 장

망부석(望夫石)

재17대 내물왕(奈密王)이 보위에 오른지 36년인 경인(390)에 왜나라의 왕이 사신을 보내왔다.

"대왕마마, 저희 나라의 과군(寡君)께서 대왕의 신성하심을 들은 지 오래이옵니다. 저희 과군께옵선 신들을 시켜 백제의 죄를 대왕에게 아뢰오니 원컨대 대왕께서는 왕자 한 분을 보내시어 저희 과군(寡君)께 성심을 나타내소서."

"그대 나라의 왕의 뜻이 정히 그렇다면 내 셋째 왕자인 미해(美海)를 그대 나라에 보낼 것인즉 그리 알라."

"성은이 하해와 같사옵나이다."

내물왕은 열 살밖에 되지 않은 미해 왕자를 내신 박사람(朴娑覽)과 함께 왜나라에 보냈다.

왜왕은 이들을 억류해 두고 30여 년 동안이나 돌려보내지 않았다.

또 눌지왕(訥祗王)이 보위에 오른지 3년인 기미(419)년에는, 고구려의 장수왕이 서신을 보내왔다.

"대왕이시여, 저희 나라의 과군께옵선 대왕의 아우인 보해(寶海)

가 지덕을 겸비하고 있음을 평소부터 흠모하고 있습니다. 하여 과군께옵선 가까이 두기를 원하와 소신을 보내어 간곡히 청을 드리고자 하였습니다."

"허어, 그래! 그대의 왕이 나의 아우를 부르는 데는 필시 화친을 도모하자고 하는 터, 어찌 보내지 않겠소."

눌지왕은 아우 보해를 고구려에 내신 김무알(金武謁)을 보좌로 삼아 함께 보냈는데 장수왕도 이들을 억류하고 돌려보내지 않았다.

눌지왕 10년 을축(425)에 왕은 호협들을 소집하여 친히 연회를 베풀었다.

왕은 옥루를 흘리며 신하에게 말을 하였다.

"오래 전에 선왕께옵서는 백성의 일을 지성으로 염려하신 까닭으로 아들을 멀리 왜나라에 보내어 다시는 그 아들을 보지 못하고 한(恨)을 품은 채 세상을 떠나셨고, 또한 짐이 보위에 오른 후에는 인접국의 군사가 강맹하여 전쟁이 그칠 사이가 없는 중에 유독 고구려민이 화친을 도모하자는 말이 있어 아우를 고구려에 보냈는데, 고구려 또한 아우를 볼모로 하여 억류하여 놓고 되돌려 보내지 않고 있으니, 참으로 통한할 일이 아닐 수 없도다."

왕은 용삼 자락으로 눈물을 훔치고 나서 다시 말을 이었다.

"나는 비록 부귀를 누리고 있으나 멀리 있는 아우들을 생각하면 한시라도 마음 편히 있을 날이 없어 눈물이 마를 날이 없었도다. 만일 두 아우를 구하여 함께 선왕의 조당에 제사를 지낼 수 있다면 단 하루를 산다한들 무엇이 부족하다고 할 수 있겠는가?"

왕은 목이 메어 잠시 체읍을 하다가,

"그 누가 결연히 나서 나의 두 아우를 구해낼 수 있는 계획을 말해 줄 수가 있을까."

이때 백관들이 왕께 상주하기를,

"이 일은 막중대사임이 분명합니다. 그러하와 재덕(才德)을 겸비한 장수만이 능히 일을 이룰 수가 있사옵나이다."

"그 사람이 누군가? 어디에 재력을 겸비한 장수가 있단 말인가?"

"네, 소신들의 생각으로는 삽라군의 태수로 있는 제상(提上)이 가장 적임자일 듯 합니다."

"오, 그런 인물이 있었던가. 빨리 제상을 불러오도록 하라."

왕은 급히 파발을 띄워 제상을 오게 하였다.

제상이 복명을 하매 왕은 독대를 하여 인견하였다.

"내 평소부터 그대가 재덕을 겸비한 장수임을 익히 알고 있도다. 그대도 알고 있다시피 선왕이 계실 때에는 아우 미해를 멀리 왜국에 볼모로 보내었고, 짐이 보위에 올라서는 고구려의 장수왕이 아우 보해(寶海)를 화친을 도모한다는 구실로 억류를 하고 있는 터이니, 내 언제 그들과 함께 선왕의 조묘(朝廟)에 함께 나아가 제사를 올릴 수가 있으리오. 그대는 이 일을 감히 할 수가 있겠는가. 목숨이 열 개라고 하여도 실로 부족할 만큼 도산검림(刀山劍林) 속에 뛰어드는 일이로다."

제상은 자리에서 일어나 두 번 절을 하고 다시 말하였다.

"신이 듣자옵기는, 임금에게 근심이 있으면 신하는 욕을 당하는 것이며, 임금이 욕을 당하면 신하는 죽게 된다고 하였습니다. 일을 행함에 있어 일이 어렵고 가벼운 것을 가려서 행한다면 그것은 충성되지 못하다고 할 것이며 죽고 사는 것을 생각하여 움직인다면 그것은 용맹이 없다고 할 것이니 신이 비록 불초하다고 하나 왕명을 받들어 따를까 하나이다."

"참으로 가상한 충절이로다."

왕은 친히 제상에게 어주(御酒)를 하사하였다.

다음날 제상은 면복을 하고 북해(北海)로 향하는 길을 잡았다.

고구려에 들어간 즉시 제상은 보해가 있는 곳으로 들어갔다.

"왕자마마!"

멀지 않은 곳에서 자신을 부르는 소리가 나자, 보해는 깜짝 놀랐다.

"그대는 누구요?"

"왕자마마, 저는 삽라군의 태수로 있는 박제상이란 위인이옵니다. 대왕의 밀명을 받고 왕자마마를 구하고자 왔습니다."

"고맙소이다. 제상, 내가 살아서 돌아간다면 그대의 크나 큰 충절을 잊지 않고 보답하리다."

"천만부당한 말씀이옵니다. 왕자마마."

두 사람은 고구려를 탈출하기 위해서 내밀한 곳에서 계획을 짜기 시작하였다.

제상은 약속한 날짜를 정하고 난 다음 5월 15일에 고성(高城)의 수구(水口)에 와서 기다리고 있었다.

약속한 기일이 점차 가까워 오매 보해는 청병하고 조회에 나가지를 않았다.

그러던 어느날 보해는 밤을 도와 도망쳐 고성의 해변에 이르렀다.

고구려의 왕은 이 사실을 알고 크게 진노하였다.

"제장은 정병을 이끌고 뒤를 쫓으라. 사로잡을 수 없을 때에는 살상을 하여도 가하도다."

고구려의 정병들은 급히 보해의 뒤를 쫓았다.

그러나 평소에 은혜를 베풀었던 보해의 마음에 감화함을 입은 정병들은 모두 다 화살촉을 뽑은 다음에 활을 쏘았다. 그렇기에 두 사람은 무사히 돌아오게 되었다.

박제상과 보해 왕자가 무사히 환성을 하자, 왕은 기쁨을 얼굴 가득히 나타내며 연회를 베풀었다.

연회가 한참 무르익었을 때 왕의 심기는 다시 어지러워지며 눈물을 뚝뚝 흘리며 가까이 있는 신하에게 말을 하였다.

"보해가 돌아오니 마치 죽었던 자식이 살아온 것 보다 더 기쁘기 한량 없도다. 그러나 멀리 왜나라에 불모로 가 있는 미해를 생각하면 마치 몸에 한 쪽 팔뚝만 있고, 얼굴에도 한 쪽 눈만 있는 것 같아서 비록 보해를 얻었다고는 하나 슬픔은 매 한 가지가 아닐 수 없도다."

제상은 이 말을 듣고 다시 눌지왕에게 두 번 절하고 나서 말했다.

"소신이 필히 미해 왕자를 구하여 돌아오겠나이다."

제상은 즉시 율포로 말을 달려나갔다."

제상이 집에도 들리지 않고 율포로 떠났다는 소리를 듣고 제상의 아내가 밤을 도와 율포에 이르니 남편은 벌써 저만치 물 위로 흐르는 배를 타고 있었다.

"여보!"

제상의 아내가 애절히 부르자, 제상은 손을 흔들어 보일 뿐이었다.

배는 여전히 왜나라를 향하여 흘러가고 있었다.

제상이 왜나라에 다다라 왜국의 왕을 알현한 다음에 초연히 말을 하였다.

"대왕께서는 별고무량하신지요."

왜나라의 왕이 제상을 굽어보며 물었다.

"그대는 계림국의 신하로서 어찌하여 이곳에 왔는가?"

"저는 삽라군의 태수로 있었던 박제상이란 위인이옵니다. 계림국의 왕이 까닭 없이 제 부형을 죽이니 불공대천지수와 같이 살 수가 없기로 이곳으로 도망쳐 왔나이다."

"그대가 삽라군의 태수였다는 말인가?"

"그러하옵니다."

"그렇다면 그대가 조석으로 나를 따라 견마지로의 충성을 아끼지 않는다면 멀지 않은 장래에 내 상작을 부여하리라."

"그 은혜 하해와 같습니다."

박제상은 왜왕에게 돈수백배하고 왜왕이 마련해 준 집으로 돌아왔다.

며칠 후부터 제상은 미해와 더불어 바닷가를 거닐기도 하고 낚시질도 함께 하면서 왜나라에서 도망칠 궁리를 하였다.

수렵꾼이 되면 산짐승을, 조객(釣客)이 되면 물고기를 매일 왜나라의 왕에게 헌상을 하자 왜나라 왕은 매우 기뻐하였다.

때마침 안개가 자욱하여 온 천지에 짙게 어리어 있었다.

새벽 걸음에 미해에게 온 제상이 말을 하였다.

"왕자마마, 지금 출발을 하셔야 합니다."

"그대도 같이 가도록 합시다."

"그것은 불가합니다."

"불가하다니?"

"소신이 왕자님과 함께 간다면 필히 왜나라 왕은 뒤쫓을 것이 분명합니다. 하온즉 소신은 남아서 그들의 추격을 막을까 합니다."

"그건 안 될 말이오. 나는 지금 그대를 부형과 같이 여기고 있거늘 어찌 그대를 사지(死地)에 버려두고 내 한 목숨 구하기 위해 도생(圖生)을 할 수 있단 말이오."

그러자 제상은 손을 내저으며 말을 하였다.

"신은 계림국의 신하이옵니다. 왕명을 받고 이곳에 온 이상, 왕명을 따라 왕자마마를 무사히 환국하게 하는 소임이 막중하거늘 어찌 구차히 목숨을 구하는 데 연연하여 대사를 그르칠 수 있겠습니까?"

제상은 백옥으로 깎아 빚은 잔에 술을 따라 미해에게 드리면서 말했다.

"지금 왜나라에 와 있는 계림국의 사람 강구려(康仇麗)가 있습니다. 그에게 제가 긴밀히 부탁을 하였은즉 왕자마마를 무사히 호송하여 갈 것입니다."

이별주를 건네고 나서 미해는 눈물을 뚝뚝 흘렸다.

제상은 미해를 강구려에게 부탁하고 나서 자신이 미해의 방에 들어가 다음날 아침까지 있었다.

근신들이 가까이 다가와서 미해를 보고자 하니 제상이 나와서 말을 하였다.

"미해 공은 어제 사냥에 나갔다가 심신이 피로하여 이제 금방 잠이 들었습니다."

제상은 이렇게 말하고 나서 그 누구도 방에 들어가지 못하게 하였다.

해거름녘이 되어 왕의 측근들이 다가와서 물었다.

"미해 공께서 기침(起寢)을 하셨습니까?"

"미해 공은 벌써 이곳에는 없소이다."

"뭐라구요?"

"이곳에서 떠난 지 오래 되었소이다."

측근의 신하가 왜왕에게 보고를 하니 왜왕은 즉시 기병을 풀어 뒤를 쫓게 하였다.

그러나 미해는 벌써 떠난 후여서 종적이 묘연하였다.

왜왕은 제상을 옥에 가둔 후에 물었다.

"너는 어찌하여 너희 나라의 왕자를 몰래 도망을 시켰느냐?"

그러자 제상이 말하였다.

"나는 계림국의 신하이지 왜나라의 신하가 아니오이다. 그러나 계림의 왕자를 탈출시키는 데 어찌 왜나라 왕의 윤허를 받을 수가 있겠소."

왜왕이 대노하여 소리쳤다.

"너는 내 신하가 되었는데 감히 계림국의 신하라고 할 수가 있겠는가. 네가 정히 계림국의 신하라고 한다면 너를 오형(五刑)으로 다스릴 것이요. 그렇지 않고 우리 왜국이 신하라고 말을 한다면 반드시 후한 중록을 내리겠노라."

제상이 결연히 웃고 나서 말을 하였다.

"내 감히 왜나라의 왕께 말하고자 한다."

"말하라!"

"내 차라리 신라의 개나 돼지가 될지언정 왜나라의 신하가 되지는 않을 것이며, 신라의 형벌을 받을지라도 왜나라의 작록은 받지 않을 것이오이다."

"뭐라고?"

"하하하……"

제상이 큰 소리로 웃자 왜왕이 고함을 질렀다.

"여봐라, 제상의 다리 가죽을 벗기고 갈대 위를 걸어가게 하라!"

제상은 다리 가죽이 벗긴 채로 갈대 위를 걸어갔다.

그의 이마에 송글송글 땀이 맺힐지라도 신음은 한 마디도 뱉지를 않았다.

"너는 어느 나라의 신하인가?"

"계림의 신하다."

왜나라의 왕은 불에 달군 쇠 위에 제상을 세워 놓고 다시 물었다.

"너는 어느 나라의 신하인가?"

"신라의 신하다."

"지독한 놈 같으니, 여봐라, 이놈을 목도(木島)에 끌어다가 화형하라."

박제상은 목도에서 불에 타서 죽었다.

한편 미해는 바다를 건너와서 강구려를 시켜 자신이 살아온 것을 먼저 알리게 하였다.

왕은 기쁘고 놀라워서 백관들에게 명을 하여 굴헐역(屈歇驛)에서 미해의 일행을 맞이하게 하였다.

눌지왕은 보해와 더불어 친히 남교(南郊)에 가서 맞이하였다.

미해 왕자가 돌아온 후 나라에서는 대사령(大赦令)을 내리고 제상의 아내를 국대 부인(國大夫人)으로 한 다음 그의 딸을 미해 공의 아내로 삼았다.

사람들이 말하기를,

"옛날 한나라의 신하인 주가(周苛)가 형양(滎陽)에 있다가 초나라의 군사에게 사로잡혔다. 항우가 주가에게 네가 나의 신하가 되면 만호후를 봉해 주겠다 하니, 주가는 꾸짖으면서 굴복하지 않고 초왕 항우에게 죽음을 당하였는데 제상의 충절도 주가보다 못함이 없다."

제상의 부인은 망덕사의 문 남쪽에서 오랫동안 통곡을 하다가 치술령에 올라가 왜나라를 바라보며 통곡하고 죽었다. 제상의 부인은 치술신모가 됐는데 지금도 그 사당이 남아 있다.

제상의 부인이 왜나라를 바라보며 울부짖다가 그대로 죽어 화석(化石)이 되었는데, 사람들이 일러 그것을 망부석(望夫石)이라 부르게 되었다.

＊삼국유사는 제상의 성을 김이라 하고 있으나, 삼국사기에는 제상의 성을 박이라 하고 있다. 세계(世系)를 말함에 있어 시조는 혁거세 대왕이고, 파사니 사금의 5세손이라고 기술을 하고 있다.

돌로 된 종(鍾)

모량리(牟梁里)의 사람으로 손순(孫順)이란 사람이 있었는데, 그의 아버지의 이름은 학산(鶴山)이었다.

아버지가 세상을 떠나자 손순은 아내와 함께 품을 팔아서 늙은 어머니 운오(運烏)를 봉양하였다.

손순에게는 어린아이가 있었는데, 언제나 이 녀석이 노모(老母)의 음식을 빼앗아 먹었다.

여러 번 자식에게 타일렀지만 노모는 손자가 여간 귀여운 것이 아니어서 항상 자기의 음식을 손자에게 내밀곤 하였다.

그러니 노모의 건강은 더욱 나빠질 수밖에——.

어느날 손순이 아내에게 말하기를,

"여보, 저 녀석이 어머님의 음식을 모두 빼앗아 먹어서 어머님의 건강이 날로 나빠진 것만 같으니 어찌하면 좋겠소. 내가 생각하기에는 아이는 다시 날 수가 있는 것이니 아이를 매장해 버리고 어머니에게 음식을 드려 배부르게 함이 좋을 것 같소."

두 부부는 의논을 한 다음에 아이를 업고 모량리의 서북쪽에 있는 취산(醉山)으로 올라가 곡기로 적당한 곳의 땅을 파기 시작하였다.

한참 땅을 파는데 곡기 끝에 무엇이 부딪히는 소리가 들렸다.

조심하여 그곳을 파보았더니 놀랍게도 그 곳엔 돌종(石鍾)이 묻혀 있었다.

"참으로 기이한 일이 아닐 수 없구려. 이 아이를 묻으려고 판 곳에 돌종이 묻혀 있는 것은 범사(凡事)가 아닌 것 같으니 아이를 묻는 것은 잠시 보류하기로 합시다."

두 부부가 돌종을 나무에 걸고 두드려 보니 참으로 그 소리가 은은하기가 그지없었다.

손순의 부인이 다시 말했다.

"이러한 물건을 얻는 것도 이 아이의 복인 듯 합니다."

"내 생각에도 그런 것 같소."

두 사람은 돌종을 지게에 지고 집으로 돌아왔다. 그런 다음에 들보에 매달아 놓고 두드리니 청량하고 은은한 종소리가 사위에 널리 퍼져나갔다.

이 소리가 대궐에까지 들리니 흥덕왕이 이 소리를 듣고 근신(近臣)들에게 말했다.

"지금 서쪽의 교외에서 이상한 종소리가 나고 있는데 이는 보통의 소리가 아닌 듯 하오. 날랜 병사를 풀어 반드시 그 근원을 살펴오게 하시오."

왕의 사자(使者)가 전후의 사실을 알아가지고 왕께 복명하였다.

"오호라, 참으로 효성스럽구나. 중국의 한나라 때 곽거(郭巨)라는 사람은 어머니를 봉양하고자 자식을 땅에 묻고자 하여 금으로 된

솥을 주었다고 하더니 손순이 아이를 묻고자 하여 땅을 파 돌종
(石鍾)을 얻었으니 하늘이 전세의 효와 후세의 효를 살피신 것이
로다."

홍덕왕은 손순에게 집 한 채를 내리고 해마다 50석의 벼를 주었으
며 그의 효도를 표창하였다.

손순은 자기 집을 절로 삼고 홍효사라 한 다음에 돌종을 매달아
주었다고 한다.

*진성왕 때에 후백제의 난폭한 도적이 쳐들어 와서 종은 없어지고 절만 남아 있는
데, 손순이 돌종을 얻은 곳은 완호평(完乎坪)이라 하는데 지금은 와전하여 지량평
(枝良坪)이라고 한다.

미추왕과 김유신

신라 제37대 혜공왕(惠恭王) 때의 일이었다.

4월의 느릿한 햇살이 서산으로 이미 자취를 감추어 버린 시각에
김유신(金庾信) 장군의 무덤에서 긴 휘파람 소리같은 회오리 바람이
일어났다.

흔연히 드높은 기상으로 준마 위에 올라 타 있는 사람은 삼국 통일
의 대업을 이룩한 김유신 장군의 모습이었다.

온 몸은 갑주로 뒤덮여 있었고 장군의 뒤에는 간과(무기)를 든
40여 명의 병사가 장군을 따르고 있었다.

달빛은 흐릿하고 꿈꾸듯 졸고 있는 별빛들이 봄바람에 찰랑거리고

있었다.

김유신 장군의 모습은 죽현릉(竹現陵) 안으로 들어갔다.

사위는 쥐죽은 듯이 괴괴하기만 한데,

잠시 후 무덤 속에서 간장을 에이는 듯한 장군의 웃음 소리가 능 옆의 대나무 숲을 일렁이게 하였다.

"김유신은 평생에 나라의 위급을 구하고 삼국을 통일한 공이 있습니다. 지금은 비록 혼백이라고 하더라도 나라를 진호(鎭護)하여 재앙을 제거하고 환란을 구제하는 마음은 추호도 변함이 없습니다."

말 소리가 잠시 사이를 두고 그치는가 싶더니 더 큰 소리가 무덤 속에서 흘러나왔다.

"지난 경술년에 신의 자손이 아무런 죄과도 없이 화를 입었으니 이는 군신들이 저의 공렬(功烈)을 인정해 주지 않음입니다. 그러하와 신은 이제부터라도 다른 곳으로 옮겨가서 나라를 위하여 힘을 쓰지 않겠으니 왕께서는 허락하여 주시기 바랍니다."

미추왕(未鄒王) 이대답하였다.

"장군, 나와 장군이 이 나라를 지키지 않는다면 어느 누가 감히 우리를 도와 나라를 지키겠소이까? 그러니 조금 부족함이 있고 섭섭함이 있을지라도 예전처럼 나를 도와 나라를 위하여 힘써 주시오."

그러나 김유신은 막무가내로 청을 하였다.

몇 번을 청하여도 미추왕은 허락하지를 않았다.

그러자 잠시 호곡 소리가 일며 또 한번 회오리 바람이 일어나더니 김유신 장군의 무덤 속으로 들어갔다.

능참봉의 얘기를 들은 혜공왕은 몹시 두려워하여 어전 회의에서 대신들에게 이 일을 의논하였다.

"대왕마마, 김유신 공의 능에 가서 사과의 조서를 읊고 김공을 위하여 공덕보전(功德寶田)을 내리심이 가할 듯 합니다."

"그러하옵니다."

왕은 대신 김경신(金敬臣)으로 하여금 김유신의 무덤에 가서 향을 지피고 사과문을 낭송한 다음 김유신 장군을 위하여 공덕보전 30결을 추선사(鷲仙寺)에 내리어 명복을 빌게 하였다.

추선사는 본시가 김유신 장군이 고구려를 평정한 후에 공을 빌기 위해서 세워졌기 때문이다.

나라의 사람들은 미추왕의 덕을 기리어 삼산(내림·골화·혈례)과 함께 제사를 지내어 서열을 5릉(신라의 시조 혁거세 대왕·남해왕·유리왕·탈해왕·파사왕) 위에 두어 대묘(大廟)라고 불렀다.

＊혜공왕 6년에 대아찬인 김융의 반역 복주사건을 김유신 장군은 말하고 있는 듯하나, 김융이 유신의 후손인지는 자세히 알 수가 없다. 삼국사기 김유신 본전(本傳)에도 김유신의 무덤에서 회오리 바람이 일어났다고 적고 있으나 김융의 복주사건은 기술하지 않고 있다.

5

호접(蝴蝶)의 장

15야(夜)

　견훤이 장성을 함에 따라 그의 미목(眉目)은 청수처럼 수려(秀麗)하였고 기골은 장대하였다.

　얼굴 가득히 재기(才氣)가 넘쳐 흘렀고 품위는 범상치가 않았다.

　군인이 되어서는 서남방의 해변에서 변경을 지킬 때에도 늘 손에 든 무기를 놓지 않았다. 항상 사병(士兵)의 으뜸이 되었으므로 장군은 견훤을 비장(裨將)으로 삼아 막하에 두었다.

　이 무렵이 진덕왕(眞德王) 재위 6년이었는데 도처에서는 도둑의 무리가 들끓어 나라 안팎이 시끄럽기 그지없었다.

　"나라꼴이 이 모양인데 장차 무슨 일을 꿈꿀 수 있겠는가. 필히 거병(擧兵)을 하는 이들이 많을 것이로다. 일이 이러하건대 지금이 하늘이 내려준 기회이리라."

　견훤은 내심으로 다짐을 하고 나서 사병을 모아 주(州)와 현(縣)을 침범하니 기근과 폭정에 시달린 백성들이 호응을 하여 어느덧 견훤을 따르는 무리가 5천이나 헤아리게 되었다.

　무진주(武珍州)라는 지금의 광주(光州)로 견훤은 이곳을 침략하여 스스로 말을 하였다.

"나는 지금부터 썩어 빠진 나라의 기강을 바로 잡고자 신라서남도 통행전주자사(新羅西南都統行全州刺史) 겸 어사중승상주국한남국 개국공(御史中承上柱國漢南國開國公)이라 하노라!"

견훤의 외침이 떨어지자 많은 병사들이 정기를 흔들며 환호하였다.

이때가 신라 진성왕 3년이었다.

이즈음 북원(北原)에서는 양길(良吉)이 큰 세력을 이루어 신라의 불운한 왕자인 궁예(弓裔)가 스스로 그 휘하에 들어갔다.

견훤은 양길에게 비장의 직위를 준 다음 서쪽으로 순행하였다. 완산주(完山州)에 이르니 모든 주민(州民)들이 견훤을 크게 환영하는지라 견훤은 주위를 둘러보며 크게 외쳤다.

"백제가 개국(開國)을 한 것은 6백여 년이나 되는데, 당의 고종이 신라의 요청으로 소정방(蘇定方)을 보내고 수군(水軍) 13만을 보내어 신라의 김유신과 이 나라에 쳐들어 와서 황산(黃山)에 시산혈해(屍山血海)를 이루고 백제를 공멸(共滅)하였으니 어찌 이곳에 도읍을 세우지 않을 수 있겠는가. 원통히 죽은 백제의 한을 씻고자 나는 봉기하였노라!"

주민(州民)들의 환호는 극에 달하였다. 견훤은 스스로 후백제(後百濟)이라 일컬으며 관직을 나누어서 설치하였다.

민심이 다시 흉흉하여지더니 견훤은 고려 태조의 등극을 하례하고 공작선(孔雀扇)을 비롯하여 지리산의 죽전(竹箭) 등을 바치어 겉으로는 화친을 도모하였다.

고려 태조와 대병전(大兵戰)을 불사한 것은 태조 3년 10월의 일이었다.

견훤이 조물성(曹物城)에 기병 3천을 이끌고 나아가자 태조도 정병(精兵)을 이끌고 나와 대적을 하였다.

견훤의 군병이 워낙 날래고 사나워서 태조는 종제인 왕신(王信)을 볼모잡히어서 화친을 도모하였다.

견훤도 역시 사위인 진호(眞虎)를 보내어 교환을 하였다. 그 후 거서(居西) 등의 20여 성을 쳐서 빼앗은 다음 당(唐)에 사자를 보내어 스스로를 번신(藩臣)이라 칭하였다.

당나라에서는 견훤에게 검교태위(撿校太尉)겸 시중판백제군사(侍中判百濟軍事)란 작명을 주고 예전과 같이 식읍을 2,500호로 하였다.

고려에 간 사위 진호가 4년 만에 갑자기 죽으니 필시 고려에서 사위를 죽인 것이라 하여 왕신(王信)을 가두고 총마를 돌려보내라 하였다.

고려 태조 10년에는 9월에 이르러 견훤이 근품성(近品城)을 공격하여 빼앗으니 신라의 왕이 고려에 구원을 청하였다.

태조는 정기(精騎) 5천을 거느리고 지금의 대구 팔공산(八公山) 아래에서 견훤을 맞이하여 싸웠으나 태조의 장수 김락(金樂)과 신숭겸(申崇謙)이 전사하고 크게 대패한 뒤 구사일생(九死一生)으로 태조만이 탈출을 하였다.

바람을 탄 연처럼 이 기세를 몰아서 견훤은 대목성(大木城) 경산부(京山府), 강주(康州)를 짓쳐가고 곡성(谷城)을 쳐나가니 의성부(義城府) 태수인 홍술(洪述)도 전사하고 말았다.

"아, 나의 오른 팔을 잃고 말았구나. 이 수모는 반드시 갚으리라."

태조는 크게 탄식을 하며 이를 갈았다.

신라 진성 여왕 즉위 3년인 서력 889년, 온 나라에 도둑의 무리가 활거한 때로부터 42년이 되는 경인에 견훤이 안동(고창군)을 치려고 군사를 일으키니 태조는 석산(石山) 밑에서 100보의 가량에서 대치하여 진(陣)을 쳤다.

이 싸움에서 견훤은 대패하였고 시랑(侍郞) 김악(金渥)이 사로잡혔다.

다음날 견훤이 후퇴하여 순성(順城)을 했으나 성주(城主) 원봉(元逢)을 막지 못하고 패주하였다.

견훤이 말머리를 신라로 돌리려 하다가, 태조의 반격이 후미(後尾)를 칠 기세를 두려워하여 교언(巧言)의 서신을 태조에게 보냈다.

"연전(連前)에 신라의 국상(國相) 김웅렴(金雄廉) 등이 족하(足下)를 서울로 불러들이려고 한 것은 마치 작은 자라가 큰 자라의 소리에 호응을 하는 것과 같습니다. 그것은 메추라기가 매의 날개를 헤집는 것과 같아서 모든 백성들을 도탄에 빠지게 하고 사직의 안전을 져버리는 것입니다. 그리하였기에 본인이 먼저 조편(祖鞭)을 잡고 홀로 한금호의 부월을 휘둘러 휘하 백관(百官)에게 밝은 해를 주며 맹세하여 의풍(義風)으로서 신라를 설유(說諭)하였는데도 간신들은 도망을 하고 경애왕(景哀王)이 세상을 떠난 바 되었습니다. 그리하여 헌강왕의 외손으로 왕위를 잇게 하였소이다. 족하(足下)는 앞뒤의 충고를 자세히 살피지 않고 한갓 소술만으로 왕위를 엿보고 있으면서도 여러 방면으로 침공을 하였으나 나의 머리카락 한 올도 건드리지 못하였소.

초겨울에는 도두(都頭)인 색상(索湘)이 성산진(星山陣) 아래에서 묶인 바가 되었고 이 달에 이르러서는 좌장(左將) 김락(金樂)은 그 해골을 미리사(美利寺) 앞에 드러낸 바 되었소. 서로간에 죽인 사람도 많고 사로잡은 사람도 많으니 강약(强弱)을 가히 짐작할 수 있을 것이오.

원컨대 나는 활을 평양성의 문두에 걸고 나와 말을 패강(浿江)에서 목을 축이게 하는 것이지만 지난 달 7일의 오월(吳越)의 사신 반상서(班常書)가 이곳에 이르러 조서를 전하기를 '경이 고려와 오랫동안 화호(和好)를 통하고 서로간에 맹약을 맺은 줄 알았는데 가까이 볼모간 이의 죽음에 따라 옛 우호(友好)를 잊고 국경을 침노하였으니 사자를 보내어 경의 본도(本道)로 감을 종용하고 서로간에 화친하기로 이 글을 올립니다.' 하였소이다.

나는 왕실을 높이는 의(義)를 두텁게 하기 위하여 이 조서를 받으려고 하지만 지금 족하(足下)와의 싸움을 그만둘 수 없으므로 조서를 사필(寫筆)하여 보내니 유심히 살피기 바라오.

토끼와 개가 서로 지치면 비웃음을 면키 어렵고 조개와 황새가 서로 버티면 웃음을 살 것이니 거듭 잘못을 거울로 삼아서 후회함을 초래하지 말도록 합시다."

천성(天成) 2년 정월에 태조가 답서를 보냈다.

태조는 답서(答書)에 몇 가지의 고사를 지적하면서 견훤이 병마(兵馬)의 움직임을 멈춘다면 상국(吳越)의 은혜에 합하면서 동방의 실마리를 이을 수 있으나 그렇지 않으면 후회할 것이라고 경고하였다.

다시 얼마의 휴전이 진행된 것이다.

고려 태조 15년이 되었다. 견훤은 신하 가운데 지략과 용맹이 풍부한 공직(龔直)이 태조에게 투항을 하자, 견훤은 공직의 두 아들과 딸을 잡아서 화수로 다리 힘줄을 지져서 끊어버렸다.

"일길(一吉)을 들라 하라."

견훤의 서슬이 시퍼런 명이 일길에게 떨어지자, 일길(一吉)은 수군

(水軍)을 나아가 예성강(禮成江)에 들어가 3일을 머무르면서 열주와 백주·진주 등에 있는 선척 100척을 불질러 버렸다.

태조가 운주(運州)에 출진하였다는 말을 듣고 급히 군사를 내었으나 진영도 설치하기 전에 예도를 휘두르니 3천의 수급이 마른 땅에 대를 적시었다.

이렇게 되니 술사(術士) 종훈과 의원 지겸을 비롯하여 맹장인 상봉·작필 등이 모두 투항을 하고 말았다.

견훤을 그 아들을 불러 앉히고,

"아비가 후백제라 하여 군사를 일으킨 지 여러 해가 되어 그 군세가 막강하기로는 태조를 능가하였다. 그럼에도 전세는 이렇듯 불리하니 이것은 필히 하늘의 보살핌이 고려에 있는 것이로다. 그러니 이제 병마의 움직임을 접고 태조에게 귀순하여 여생을 마칠까 하노라."

"그것은 당치 않은 말이옵니다. 아직도 우리의 군위(軍威)가 저들보다 못하지가 않습니다."

태자 신검(神劍)을 비롯하여 용검(龍劍), 양검(良劍) 등은 반대를 하였다.

본래 견훤에게는 아홉의 아들이 있었다. 큰 아들은 신검(神劍)이라 하였고, 둘째가 태사(太師) 겸뇌(謙腦)이며, 셋째가 좌승(佐承)인 용술(龍述), 넷째가 태사 총지(聰智)이며, 다섯째가 대아간 종우였다.

여섯째는 지금껏 이름이 전하지 않으며, 일곱째는 좌승 위흥(位興)이고, 여덟째가 태사 청구(青丘)이며, 일녀(一女)는 국대 부인(國大夫人)으로 모두 상원 부인(上院夫人)의 소생이었다.

그 외에도 처첩들 사이에 아들 10여 명을 두었는데 4남인 금강

112

(金剛)이 지략이 출중하여 견훤이 그에게 왕위를 계승하려하자, 신검과, 양검, 용검 등이 알고 근심을 하였다.

이찬인 능환(能奐)이 강주(康州)와 무주(武州)에 사람을 보내어서 양검 등과 공모한 다음에 견훤을 금산(金山)의 절에 가둔 다음 신검(神劍)을 보위에 오르게 하였다.

신검은 스스로 대왕이라 일컬은 다음 경내의 죄인을 사면하여 주니 고함치는 소리가 견훤의 침소에까지 들렸다.

"이게 무슨 소리인지 알아보아라."

견훤이 시비에게 말하려는데 신검이 문을 열고 들어와 고한다.

"대왕께옵서 연로하시어 군국(軍國)과 정사(政事)에 어두우므로 소신이 부왕(父王)의 왕위를 계승하였사온 바 휘하 장수들이 저렇듯 즐거워 고함을 치고 있습니다."

신검은 파달(巴達) 등 30여 명의 장사로 지키게 하니 견훤은 후궁과 나이 어린 남녀 두 사람, 그리고 시비 고비녀(古比女)와 나인(內人) 능우남(能又男) 등과 함께 갇히었다.

이때 견훤의 사위인 영규(英規)가 그의 처와 의논을 하여 태조에게 자신의 의사를 전하였다.

"임금께옵서 의기(義旗)를 들면 마땅히 나는 대응을 하여 왕사(王師)를 맞이하겠습니다."

태조는 후히 사자에게 예물을 주어 돌려보냈다. 견훤도 이같은 내용의 서신을 태조에게 보냈는데, 9월에 이르러 고려의 대군이 밀어닥치니 황산(黃山)의 탄현(炭峴)에서 신검의 두 아우와 장군 부달(富達)·능환(能奐) 등 40여 명이 항복을 하였다.

＊견훤이 태조에게 보낸 서신 중에 매와 메추라기의 비유가 있는데, 매는 후고려를 말함이고 메추라기는 신라와 후백제를 말함이다.

서동(薯童)의 노래

제30대 백제 무왕(武王)의 이름은 장(璋)으로 일찍 과부가 된 그의 어머니가 남쪽의 못가에서 모옥을 짓고 살았는데, 어느날 향기가 온 방안에 진동하여 잠을 깨어보니 건장한 사내가 방에 들어와 말을 하였다.

"나는 이곳에 사는 용신(龍神)의 아들이오, 상계(上界)에서 죄를 얻어 이곳에 산지가 여러 해가 되었소이다. 평소에 그대의 자태가 고웁기로 그대와 인연을 맺고자 이렇게 왔소이다. 부디 허물치 말아 주시오."

그 밤을 사내와 함께 하고 난 후 몸에 태기가 있어 아들을 낳았는데, 이름을 서동(薯童)이라 하였다.

서동이라고 함은 항상 마(薯蕷)를 캐어서 팔았기에 그런 이름이 붙은 것이다.

그의 도량은 크고 재주와 기예가 넘쳐 사람됨의 크기를 짐작하기가 어려웠다.

서동은 신라 진평왕(眞平王)의 세째 따님인 선화 공주(善化公主)가 아름답다는 말을 듣고 머리를 깎은 다음에 신라에 들어가 동네의 어린아이들을 꾀어 노래를 부르게 하였다.

善化公主主隱
他密只嫁良置古
薯童房己
夜矣卯抱遺去如

선화공주님은
남몰래 정을 통하여 주고
서동방을
밤에 몰래 안고 잔다.

동요는 바람을 타는 연처럼 삽시간에 대궐에까지 들어가게 되었다.

"대왕마마 이런 해괴한 동요가 더 파급이 되기 전에 선화 공주님을 귀양 보냄이 가할 듯 하옵니다."

처음에는 선화 공주의 무고함을 나타내보려 하였지만 대신들의 우격다짐에 어쩔 수 없이 대왕은 선화 공주를 귀양 보내게 하였다.

"얘야, 이건 순금 한 말이다. 귀양을 떠나는 노자로 쓰도록 해라."

어머니의 말에 선화 공주는 비오듯이 눈물을 흘렸다.

귀양터에 이르는 길에 서동이 나와서 안내하겠다고 하였으므로 공주도 쾌히 수락을 하였다.

"그대는 어디서 온 누구시오?"

"그것은 차차 아실 것입니다."

어느날 밤 서동은 공주와 꿈길같은 좋은 인연을 맺었다. 다음날 서동이 말을 하였다.

"나의 이름은 서동이라고 합니다."

"네?"

공주는 소스라치게 놀라고 말했다. 그것은 항간에서 어린아이들이 부르는 동요 속의 인물이었기 때문이었다.

두 사람이 백제로 돌아오자, 공주는 어머니가 준 순금을 꺼내어 서동에게 주었다.

"이게 무엇이오 공주?"

"이것은 한평생을 부(富)를 이루고 살만한 금이옵니다."

그러자 서동이 큰 소리로 웃으며 말했다.

"나는 어려서부터 마를 캐왔기에 동산만큼의 황금을 쌓아두고 있소이다."

공주가 크게 놀라면서 말했다.

"이것은 참으로 귀한 것입니다. 그러하온즉 이것을 아버님(진평왕)이 계신 곳으로 옮기는 것이 어떻습니까?"

서동도 쾌히 좋다고 말을 하였다.

다음날 서동은 금을 모아놓고 용화산(龍華山)에 있는 사자사(師子寺)의 지명 법사(知命法師)에게 금을 운반할 계획을 물었다.

"그것은 별로 어렵지 않은 일입니다. 운반을 할 금이나 가져오시오."

공주가 편지를 써서 금과 함께 갖다 놓으니 법사는 신통한 도술로 그 금을 신라의 궁전으로 옮겨다 놓았다.

진평왕은 그 신비로운 일을 기이하게 생각하여 편지로서 서동의 안부를 물었다.

서동은 이 일로 말미암아서 인심을 얻더니 급기야는 왕위에 오르게 되었다. 이 분이 바로 백제 30대의 무왕이시다.

＊무왕(武王)의 연대를 산출함에 있어 유사의 본문에서는 무강(武康)이라고 하고 있는데 학자에 따라서 무령의 잘못 표기라고 하고 있다.

하늘이 마련해 준 배필

제21대 지철로왕(智哲老王)의 성은 김씨인데 이름을 지도로(智度路) 또는 지대로(智大路)라고 하였다.

시호는 지증(智證)으로 신라의 시호는 이때부터 시작이 되었다고 한다.

왕은 음경(陰莖)의 길이가 한 자 다섯 치가 되어 배필을 구하지를 못하였다.

어느날 사자를 불러 명하였다.

"그대들은 곳곳을 뒤져 왕의 배필됨 같은 여자를 구하도록 하라."

사자(使子)들은 평소부터 왕의 음경 길이가 크다는 것을 소문으로 들어서 알고 있었기 때문에 비밀리에 궁을 빠져나갔다.

"어디 가서 왕의 배필됨을 구할 수가 있을까?"

사실 그렇지 어디 까놓고 얘기를 할 수 있는 처지가 아니기 때문에 전전긍긍 수소문을 하였다.

한 사자가 모량부(牟梁部)의 동로수(冬老樹) 아래에서 쉬고 있었다.

날씨가 더워서인지 훌훌 마의(麻衣)를 벗고 개울로 내려갔다.

"참으로 무더운 날씨로다."

사자는 찬물에 잠시 동안 수족을 담그고 나서 일어섰다.

"오늘은 어디로 가볼까?"

사자가 괴나리 봇짐을 한껏 올리고 그곳에서 몇 걸음 거닐었을 때였다.

가까운 곳에서 개 두 마리가 서로 으르렁 거리고 있었다.

"허어, 세상사의 이치가 약육강식이라 하였도다."

그런데 사자가 가만히 살펴보니 그것은 둥그스름한 것이었다.

"저것은 틀림없이 사람이 뿌려놓은 오물같은데 어디?"

사자가 가까이 다가서자 두 마리의 개는 또 다른 침입자에게 먹이를 빼앗길까봐 사자를 향하여 몸을 낮게 깔고 으르렁거렸다.

"허어, 이 녀석들이."

사자가 가볍게 한 손을 휘젓자 두 마리의 개는 저만치 나동그라졌다.

개들을 쫓아버리고 사자는 개울가로 내려갔다.

그곳에는 예닐곱 살의 소녀가 빨래를 하고 있었다.

"잠깐만 물어보아도 되겠는가?"

소녀는 하던 일을 멈추고 일어섰다.

"지금 숲길 저쪽에 북만한 모양의 사람의 오물이 있는데 그 임자가 누구인지 알겠는가?"

소녀는 즉시 대답을 하였다.

"조금 전에 이곳 부의 상공 따님이 빨래를 하다가 수풀 속에 숨어서 눈 것입니다."

"고맙도다."

사자는 모량부의 상공 집으로 향하였다.

"이리 오너라."

큰 대문을 두드리자 하인이 밖으로 나왔다.

"상공께선 지금 안에 계신가?"

"그러하옵니다만……. 어디서 오셨는지요?"

"나는 궁에서 나온 사람이로다."

"네?"

"어서 안에 들어가서 알리도록 하라."

하인이 본채에 들어가 아뢰자, 잠시 후에 상공이 나왔다.

"안으로 드시지요."

상공은 사자를 안으로 불러들였다.

"따님을 좀 만나 뵈올 수가 있겠습니까?"

"무슨 일로……."

상공의 얼굴에 일말의 불안한 그림자가 스쳐 지나갔다.

그러나 사자는 웃으며,

"결코 나쁜 일이 아니니 괘념치 마십시오."

잠시 후 상공의 딸이 그 자리에 나타났다.

신장(身長)은 일곱 자 다섯 치나 되었다.

사자는 즉시로 궁에 파발을 띄웠다. 그러자 지철로왕은 수레를 보내어 상공의 딸을 궁중으로 맞아들였다.

이 왕후가 성이 박(朴)씨인 연제 부인(延帝夫人)이다.

＊삼국유사에는 마립간(麻立干)의 칭호가 지철로왕 때부터 시작하였다고 하고 있으며, 삼국사기에는 내물왕 때부터 사용하였다고 하고 있다. 마립간은 향찰로 우리말의 군주(君主)라는 말이다.

6

불사(佛事)의 장

학의 깃

오대산의 월정사에 내려오는 고기(古記)를 보면 다음과 같은 기록이 있다.

자장 법사는 문수 보살의 화신(化身)을 보기 위하여 산 기슭의 양지녘에 띠로 엮은 모옥(茅屋)을 한 채 짓고 이레 동안을 그곳에서 기구하였는데, 문수 보살이 현신하지 않자 가장 법사는 묘범산(妙梵山)으로 들어가서 그곳에다 정암사(浄岩寺)를 짓고 불도(佛道)에 정진하였다.

자장 법사가 떠나고 난 모옥에 신효 거사(信孝居寺)라는 이가 와서 살았다. 물론 이 후에도 범일(梵日)의 문인인 신의두타(信義頭陀)가 와서 암자를 세웠고, 다음으로 수다사(水多寺)의 장로(長老) 유연(有緣)이 살면서 절의 규모는 점점 커지기만 하였는데, 어쨌거나 지금의 얘기는 전후를 각설하고 신효거사의 얘기를 하고자 한다.

신효 거사(信孝居士)는 석가모니가 전세의 보살로 연등불(燃燈佛)에 공양할 때의 이름인 유동 보살(幼童菩薩)의 화신이라고 후대 사람들은 불렀는데, 그의 어머니에 대한 효성은 지극하였다.

"애야, 오늘도 물론 고기 반찬이겠지?"

"네, 틀림없이 고기 반찬을 진배하겠습니다."

"암 그래야지 그래야 내 자식이지."

신효(信孝)의 일과는 어머니의 고기 반찬을 준비하는 것으로 보내었다. 너무나 고기를 좋아하여서 그의 어머니는 채식은 일체 금하였다.

어느날 그가 산속에 연한 오솔길에 멀지 않은 곳에 접어 들었을 때 갑자기 노송(老松) 위에서 다섯 마리의 학이 비상하고 있었다.

"옳다구나 학은 천 년을 살기로 저걸 잡아서 어머님께 봉양하면 얼마나 즐거워 하랴."

신효는 궁시를 잰 후에 살을 날렸다. '끼륵'하는 소리와 함께 학의 깃털 하나가 춤추듯 내려올 뿐 다섯 마리의 학은 유연한 나래짓을 하며 멀리 날아가 버렸다.

신효가 실없이 깃털을 주어드니 참으로 투명한 학의 깃털을 눈에 대어 보고 싶은 충동이 일었다.

그런데 이상한 일이 벌어졌다. 그 학의 깃털을 눈에 대고 보니 모든 사람들이 짐승으로 보였다.

'참으로 이상한 일도 다 있구나. 어찌 사람들이 짐승으로 보인다는 말인가?'

신효는 더 이상 금수의 무리를 추급하지 못하고 산에 내려왔다.

'어찌한다. 어머니는 고기 반찬이 아니면 진지를 들지 못하시는데 …… 그렇구나 나의 허벅지 살이라도 베어 구어 드려야 겠구나.'

신효는 자신의 넙적 다리의 살을 베어 내어 그 고기로 어머니를 봉양하였다.

신효가 경주의 경계인 지금의 강릉군 하솔(河率)에 이르러서 깃을 통해 사람을 보았더니 비로소 사람들이 인간의 형상인지라 길에서 본 늙은 부인을 보고 살만한 곳을 물었다.

늙은 부인이 신효에게 말하기를,

"이곳에서 서쪽으로 보이는 고개를 넘으면 북으로 연한 골짜기를 볼 수가 있을 것입니다. 그곳의 경관이 수려하여 살기에 넉넉할 것입니다."

"고맙습니다."

하고 신효가 인사를 하고 고개 들어 앞을 보자, 조금 전까지도 자신에게 길을 일러 준 늙은 부인의 모습이 보이지를 않았다.

'오, 틀림없이 관음보살의 현신이로구나.'

신효는 그것이 틀림없이 관음보살의 가르침이라 믿고 곧바로 성오 형을 지나서 연전(連前)에 자장 법사가 모옥을 지은 곳에 다다랐다.

신효가 그곳에서 거한지 며칠이 지나 다섯 사람의 중이 와서 물었다.

"그대의 이름이 신효인가?"

"그렇습니다."

"그렇다면 그대가 가져온 가사 한 폭을 내놓으시게."

"가사라니요?"

그러나 나이가 가장 연장자인 듯한 스님이,

"그대가 학의 깃으로 사람을 보았지 않은가. 그게 바로 가사로다."

신효가 급히 학의 깃을 내어주니 한 스님의 없어진 가사의 폭 사이에 집어 넣으니 신기하게도 꼭 맞았다. 신효가 학의 깃이라고 여겼던 것은 깃이 아니고 가사의 베였다.

신효는 배례하고 다섯 성중(聖衆)과 헤어졌다.

*후일 지관(地官)이 말하기를, '이곳은 나라안에서 가장 불법이 번성할 곳이로

다.' 하였는데, 역시 이곳에 월정사(月精寺)가 지어져 불법(佛法)이 크게 성하였
다.

두 성인(聖人)

이 얘기는 백월산(白月山) 양성성도기(兩聖成道記)에 나오는 기록
이다. 옛 노인들은 즐겨 이 얘기를 후대에 전한다.

당나라의 황제가 궁 안에다 못(池)를 하나 팠는데 보름날 전이면
기이하게도 못 가운데에 산이 하나 나타나고 사자 형상의 바위가
꽃 사이(花間)에 은은히 금파(金派)를 헤치며 나타났다.

"여봐라 어서 빨리 화공(畵工)을 들라 하라."

명을 받은 화공이 부복을 하자 왕이 분부하였다.

"그대는 용소(龍沼)에 나오는 사자암과 신산(神山)을 그리도록
하라."

명(命)을 받은 화공이 용소의 경관을 화선지에 달림을 그치자
황제는 여러 사자들에게 그림을 보이며, 조속한 시일 내에 이 산의
행방을 찾아내게 하였다.

사자(使者)들은 천하 각지를 돌아다니며 수소문하였다.

사자 한 사람이 해동국(海東國) 신라에 이르러 영산을 살펴보니
큰 사자암(獅子岩)이 있고 그곳에서 서남쪽의 방향으로 삼산(三山)
이 있었는데 그 산을 화산(花山)이라 불렀다.

이 산을 삼산이라고 하는 데에는 몸채는 하나인데, 봉오리가 셋이

기로 그렇게 불렀다.

"해동국에 명산이 많기로 어쩌면 절경일 줄이야!"

사자(使者)는 깊이 심호흡을 하고 나서 가만히 생각에 젖었다.

"형상으로 보아서 성궁(聖宮)의 용소에 나타나는 사자암임에는 틀림이 없는 것 같은데, 이를 어찌 증명할 수가 있을까?"

사자(使者)는 잠시 생각에 젖어있다가 무릎을 치며 읊조렸다.

"그렇구나, 여기에 나의 신 한짝을 걸어놓고 간다면 쉬이 증명이 되겠구나."

사자는 신 한짝을 사자암의 꼭대기에 걸어놓고 궁으로 돌아와 상주(上奏)하였다.

"폐하, 해동국에 산세가 드높고 절경인 영산이 있사와 그 정상에 다다르니, 용소에 나타나는 사상(事象)과 같음을 인지(認知)하였나이다."

황제는 얼굴 가득 미소를 떠올리며,

"과연 그러하다면 확인할 길을 모색해 두었는가?"

"그렇사옵니다. 소신이 그곳 사자암의 정상에 나의 신 한짝을 걸어두고 왔나이다."

"신을?"

"그렇사옵니다."

"그렇다면 어서 후원으로 나아가서 용소를 살펴보도록 하라."

황제와 여러 시신들이 못가에 이르자 용소에 영산(靈山)이 나타나고 다음을 이어 사자암이 나타났는데 그 정상에는 어김없이 사자(使者)의 신 그림자가 어른거렸다.

"오호라, 어김없는 사실이로다. 참으로 기이한 일이로다."

황제는 보름 전에 어김없이 그림자가 못에 나타나므로 백월(白

月)이라고 하였는데, 그후 어느 때인가부터 산 그림자가 용소에서 사라져 버렸다.

각설하고, 이 화산(花山)의 동남쪽으로 3천 보 정도가 되는 곳에 하나의 촌(村)이 있었는데 이름하여 선천촌(仙川村)이라 하였다.

그곳에는 두 사람이 살고 있었는데, 한 사람은 노힐부득(怒肸夫得)이었고, 다른 사람은 달달박박(怛怛朴朴)이라 이름하였다.

두 사람 모두 기품있는 풍골(風骨)이 범연치 않았고 속세의 홍진을 멀리하여 서로 나이 20에 이르러 지금의 경상도 창원군 백월산에 있는 법적방(法積房)에서 머리를 깎고 중이 되었다.

박박(朴朴)이 속세를 떠날 생각으로 부득에게 말했다.

"옥토에 풍년이 들어 사람사는 즐거움을 만끽하는 것도 좋은 일이긴 하나, 의식이 생각하는 대로 생기고 저절로 배가 불러 따뜻함을 얻는 것보다는 못하도다. 처자권속과 화락(和樂)하는 가정이 좋기는 하지만, 공덕무량(功德無量)하고 광대장엄(廣大莊嚴)의 세계에 있는 연지화장(蓮池華藏)을 어찌 따라갈 수가 있겠는가. 그 속에서 부처님과 함께 노닐며 앵무새와 공작새를 희롱하는 것만 못하도다. 진(眞)을 닦으면 진(眞)을 얻을 수 있으니 어찌 풍진에 젖은 세속의 무리와 함께 살겠는가."

두 사람은 입산(入山)을 결심하고 잠자리에 들었다. 그날 밤 두 사람의 꿈에 부처님의 눈썹 사이에 난 백호(白毫)의 빛이 서쪽으로부터 서서히 다가오더니 그 빛가운데에서 금색(金色)의 찬연한 빛줄기가 팔처럼 뻗어 내려와 두 사람의 몸을 감쌌다.

두 사람이 황망중에 깨어나 얘기를 하니 꿈의 내용이 여일(如一)하였다.

두 사람은 백월산의 무등곡(無等谷)에 들어가 박박은 북쪽 고개의 사자암을 중심으로 하여 8척의 판잣집을 지어 살았고, 부득은 동쪽 고개의 무더기돌 아래에 있는 곳을 차지하여 집을 짓고 살았는데 이 승방(僧房)을 뇌방(磊房)이라고 하였다.

부득은 연일 미륵불을 근실하게 구하였고 박박은 아미타불(阿彌陀佛)을 염송(念誦)하였다.

두 사람이 수도에 전념한 지 3년이 훌쩍 지나갔다.

성산(聖山)의 낙조가 유난스레 붉은 기운을 뿌리고 있는데, 난데없이 사향처럼 감미하고 난초처럼 그윽한 향기를 풍기며 한 낭자가 북암(北嵓)에 찾아 들었다.

낭자는 다음과 같은 글귀를 지어 박박에게 바쳤다.

行逢日落千山暮
路隔城遙絶四隣
今日欲投庵下宿
慈悲和尚莫生嗔

해 저무는 산속에는 갈 길은 멀고
길 없고 인가가 머니 어찌하리오.
오늘밤은 이곳에서 자려고 하오니
자비하신 스님께선 화내지 마십시오.

이 글을 보고 나서 박박이 말했다.

"이곳은 부처님의 사찰(寺刹)이오이다. 그렇기에 항상 정(淨)해야 함은 새삼 일러 무삼하리오. 낭자는 날이 더 어둡기 전에 지체하지 말고 이곳을 떠나시오."

하고 말하고 안으로 들어가 버리자 낭자는 다시 남암(南庵)으로 내려
가 시를 지어 부득에게 바쳤다.

　　日暮千山路
　　行行絶四隣
　　竹松陰轉邃
　　溪洞響猶新
　　無宿非迷路
　　尊師欲指津
　　願惟從我請
　　且莫問何人

　　해 저문 산중에서 날이 지는데
　　아무리 걸어가도 인가는 없네
　　대나무와 소나무의 그늘은 그윽한데
　　계곡의 물소리는 한결 새롭구나
　　길을 잃어서 찾아왔다고 하진 마시오
　　나에게 무엇을 지시하고자 하지 마오
　　원컨대 나의 청을 들어주시고
　　내가 누구인지를 묻지 마시오.

깜짝 놀라 부득이 놀라며 말했다.
"이곳은 여인이 범접할 수 있는 곳이 아닙니다. 그러나 깊은 심산
에서 홀로 보낸다는 것은 보살행(菩薩行)이 아닌 터이니 어서
안으로 들어가십시오."

부득은 마음을 가라 앉히고 독경에 온 힘을 경주하였다.

희미한 등불이 벽에 빛 그림자를 만들어도 종내 무심하였다.

삼경이 가까워 오자 낭자가 말했다.

"내가 불행하게도 오늘밤에 해산(解産)의 징후가 있으니 스님께서는 짚자리를 준비해 주셨으면 합니다."

부득이 그 정경을 가엾게 여겨 거절을 하지 못하고 은근히 대하자 낭자는 다시 부득에게 목욕하기를 청하였다.

부득이 마지 못하여 그 말에 따라 목욕을 하였더니 전신이 상쾌해짐을 느낄 수가 있어 부지중에 옆을 보니 연화대(蓮花台)가 생겨났다.

"어서 저기에 앉으시오. 나는 관음보살로 대사를 도와 대보리(大菩提)를 이루어 준 것입니다."

부득이 미륵존장이 되어 금빛의 광채를 내쏘자, 다음날 박박이 머리를 숙여 예를 올리며 말했다.

"나는 마음의 장애가 생겨서 부처님을 보고도 알아보지를 못했습니다. 대덕지인(大德之人)께서는 부디 지난 날의 교분을 잊지 마시고 나를 도와주십시오."

"저기 목욕통에 금액이 남아있으니 서두르십시오."

박박이 목욕을 하니 부득처럼 무량수불이 되었다. 두 부처가 서로 연좌하여 있자 산 아래의 백성들이 몰려들었다.

그러자 두 부처는 불법의 오묘함을 잠시 설법하고 나서 구름을 타고 하늘로 날아가 버렸다.

＊무량수(無量壽)란 무량수불의 이름으로 아미타불을 높이 일컫는 말이다. 경남의 양산군 '원효산 설화'에서는 부득은 원효이고 박박은 의상으로 표기되어 있다.

효선(孝善)의 불국사

모량리(牟梁里)에 경조(慶祖)라고 하는 가난한 여인이 살고 있었다.

그 여인에게는 아이가 하나 있었는데, 이마는 평석(平石)처럼 평평하고 머리는 유난히 커서 그 이름을 대성(大城)이라 하였다.

집안이 너무나 곤궁하여서 그는 부자인 복안(福安)의 집에 가서 품팔이를 하며 그 집에서 얻은 약간의 밭으로 소작(小作)을 일구며 의식의 근간을 삼았다.

어느날의 일이었다. 고승(高僧) 점개(漸開)가 육륜회(六論會)를 흥륜사에서 베풀고자 하여 복안의 집에 와서 시주를 청하였다.

"변변치는 않으나 베 50필을 시주하겠습니다. 스님!"

"나무아미타불 관세음보살 세세년년(歲歲年年) 이 댁에 크나 큰 은덕이 내릴 것입니다. 부처님은 영검하셔서 시주님께서 하나를 보시(布施)하면 열 배 스무 배의 덕을 얻게 되고 천신(天神)이 보호하여 주실 것입니다."

그때 문 가까이에서 대성(大城)이 이 소리를 듣고 뛰어가서 어머니에게 말하기를,

"어머니 지금 내가 문 밖에서 들으니 흥륜사의 법회에 하나를 시주하면 열 배 스무 배를 얻을 수가 있다고 합니다. 제가 그동안 품을

팔아서 얻은 소작(小作)을 그 법회에 보시하면 어떻겠습니까?”

“그래, 참으로 좋은 생각이구나. 그렇게 하려무나.”

어머니도 좋아하였으므로 대성(大成)은 그 밭을 점개에게 보시하였다.

홍륜사의 법회에 보시를 한 지 얼마되지 않아서 대성은 갑자기 죽었는데, 그날 밤 국상(國相) 김문량(金文亮)의 집에 하늘에서 부르는 소리가 들렸다.

김문량이 깜짝 놀라서 밖으로 나가니,

“들을지어다.”

김문량이 머리를 조아리자,

“지금 모량리(牟梁里)에 사는 대성(大城)이란 아이가 오늘 밤에 죽었기로 너의 집에 환생(還生)할 것이니 그리 알도록 하라.”

사람들은 모두 다 깜짝 놀랐다. 김문량이 급히 모량리로 사람을 보내어 알아보니 하늘에서 말한 바와 똑 같았다.

그날로부터 김문량의 부인이 임신하여 아이를 낳았는데, 태어날 때부터 왼손을 꼭 쥐고 있다가 일주일 만에 손을 폈다.

그 손엔 금간자(金簡子)로 ‘대성(大城)’이라는 글이 쓰여 있었었기에 아이의 이름을 대성이라 하고, 모량리에 사는 전(前)의 어머니를 데려다가 봉양하였다.

대성은 장성하면서 이곳 저곳을 다니며 사냥하기를 매우 좋아하였다.

하루는 토함산(吐含山)에 올라가서 곰을 잡아가지고 해가 저물어 산 끝의 마을에 유숙을 하였다.

그날밤 꿈에 쏘아잡은 곰이 나타나서 말하기를,

“네가 어찌하여 나를 죽였느냐? 나는 너와 원수진 일이 없지 않느냐? 나도 너를 죽여 원을 풀고 말리라.”

“뭐라고?”

“이미 내가 죽었으니 내세에 환생을 하여 너를 잡아 먹으리라.”

“아니오이다. 내가 잘못하였소. 어떻게 하면 그대의 원을 풀 수가 있겠소.”

“없는 것은 아니로되 약속을 지키지 않을까 걱정이로다.”

“말해 보시오. 무엇이건 내가 할 수 있는 일이면 다 들어주겠소이다.”

“좋다. 그렇다면 그대는 나를 위하여 절을 세워 주겠는가? 맹세를 할 수 있는가?”

“맹세할 수 있소이다.”

대성은 이후로는 사냥을 않고 지내다가 곰을 위하여 그 자리에 장수사(長壽寺)를 지었다.

대성은 전생의 부모를 위하여 불국사(佛國寺)를 세우고, 이승의 부모를 위하여 석불사(石佛寺)를 세운 다음에 신림(神琳)과 표훈(表訓) 두 성사(聖師)를 청하여 머무르게 하였다.

불국사를 지을 적에 큰 돌을 다듬어 뚜껑을 만드는데 갑자기 돌이 세 토막으로 갈라졌다. 그러나 밤 사이에 천신(天神)이 내려와 하나로 만들어 놓고 돌아갔다.

불국사의 운제(雲梯)와 석탑은 여러 절 가운데에서 가장 으뜸이라고 전하고 있다.

＊물론 이것은 향전(鄕傳)에 전하고 있으나 절에 보존된 기록에는 경덕왕 때에 대상(大相) 대성(大城)이 천보(天寶) 10년 신묘에 세우기 시작하여 대력(大歷) 9년 갑인 12월 2일에 대성(大城)이 죽으니 나라에서 완성하였다고 전하고 있다.

이차돈의 순교

신라의 관작(官爵)은 모두 17등급으로 되어 있는데, 염촉(厭觸 :이차돈)의 조부는 습보(習寶) 갈문왕(葛文王)의 아들이었다.

갈문왕이란 곧 추봉(追封)한 왕을 가리키는 것인데, 증조는 걸해 대왕(乞解大王)이었다.

곧잘 세상의 사람들은 이차돈의 품위를 곧고 바른 죽백(竹柏)에 비유하였고, 그의 통찰력이 있는 자질을 수경(水鏡)으로 여겼다.

마음 씀씀이와 뜻을 펴는 기상은 선덕(善德)을 쌓은 가문(家門) 의 자손으로 부족함이 없었는데, 일찍이 사인(舍人)의 관직에 있음을 희망하였다.

어느날 대왕이 신하들에게 말하기를,

"예전에 명제(明帝)는 채음(蔡愔)을 인도로 보내어서 명승(名僧) 을 맞아오게 하여 낙양(洛陽)에 백마사(白馬寺)를 세워 불국(佛 國)을 반석 위에 올리는 초석이 되었소. 짐이 왕위에 올라 널리 안민을 위하여 복을 기리고 죄를 사할 곳을 마련코자 하는데도 조신(朝臣)들이 마땅히 따르지를 않으니 실로 애석한 노릇이 아닐 수 없도다."

"전하, 그것은 마땅치 않은 일인 줄 아옵니다."

대왕은 탄식하면서,

“내가 불교에 뜻을 두고 있는 것은 위로는 음양의 조화가 모자람에 그 이유가 있음이요, 아래로는 백성들의 안민(安民)함을 도모함이 그 소이(所以)였도다. 어느 누가 있어 나와 함께 이 일을 도모하리오.”

그런데 사인(舍人)인 이차돈이 복명하였다.

“대왕마마, 신이 듣자옵기는 꼴을 베고 땔나무를 하는 사람에게도 옛사람들은 계책을 물었다 하옵니다. 그러하와 소신은 중죄를 무릅쓰고 삼가 아뢰나이다.”

법흥 대왕은 지그시 내려다 보면서

“너의 할 일이 아니로다.”

하고 말했다.

“나라를 위하여 살신(殺身)함은 장부된 자로서 그 절개의 으뜸이며, 임금을 위하여 목숨을 바치는 것은 무릇 신하된 자의 의미입니다. 참수하여 널리 백성들에게 알리옵소서. 그러하다면 만민이 전하에게 굴복하고 명을 어기지 못할 것입니다.”

그러자 대왕이 다시 말했다.

“예전에 시비왕(尸毗王)이 고행을 할 때에 제석천왕(帝釋天王)은 매로 변하고 석제환인(釋帝桓因)은 메추리로 변한 다음에 매에 쫓긴 메추리가 쫓기어서 왕의 품속으로 뛰어들었느니라. 시비왕은 그때 메추리를 살리고자 하였는데, 그러하니 자연 매를 굶기게 하는 것이어서 메추리의 무게 만큼 자신의 살을 매에게 주기로 하였도다. 그런데 아무리 자신의 살을 베어 내도 메추리의 근 수(斤數)만큼 나가지를 않아서 시비왕은 자신의 온몸으로 저울대 위에 올라간 다음 혼절하고 말았다. 다음날 시비왕이 눈을 떠보니 몸은 예전과 같이 정상으로 돌아와 있었고 마음은 더없이 맑아

깨우침의 길에 들었음을 알았느니라. 사인(舍人)은 이를 알고 있는가?"

"황공하옵니다 전하. 대지도론(大智度論)에 이르는 해육평구(解肉枰軀)가 아닌가 하옵니다."

"그대의 말이 틀림이 없도다. 이는 해육평구이니라. 또한 자신의 몸을 보시하여 일곱 마리의 짐승을 살린 세혈최명(洒血摧命)함도 있었도다. 짐은 널리 사람을 구함에 그 뜻이 있거늘 어찌 무고한 사람을 죽일 수가 있겠는가. 사인(舍人)은 들으라!"

"네!"

이차돈이 더 깊숙이 머리를 조아리자, 대왕은 굽어보며 말하기를,

"그대는 자신의 이익보다는 공덕을 끼치려 하지만 죽음만은 피하는 것이 좋겠도다."

"대왕마마 일체를 버리기 어려운 것은 자기의 신명(身命)일 뿐입니다. 그러하오나 소신이 저녁에 죽어 불교가 아침에 행해진다면 이 나라에 불법은 다시 일어나고 성상(聖上)께옵서는 오래도록 평안할 것입니다."

왕은 오래도록 말이 없다가 이윽고 결단을 내리었다.

"신조(神鳥)인 난새와 봉새는 어릴 때부터 하늘 높이 치솟아 올라 그 기상이 하늘을 뚫을 마음이 있고 큰 기러기와 고니는 날 때부터 물결을 헤칠 기세가 있도다. 만일 그대가 그렇게만 할 수 있다면 불가에서 보살이라 이르는 대사(大士)의 행위라 할 수 있겠도다."

대왕은 잠깐동안 말을 그친 다음에 추상같은 명을 내렸다.

"여봐라 풍도(風刀)와 상장(霜仗)을 갖추도록 하라."

잠시의 사이를 두고 뜰에는 무시무시한 형구(刑具)가 갖추어졌다.

"대신들은 들으라. 그대들은 내가 정사(精舍)를 지으려 하는데 고의로 이 일을 지연시켰도다. 이것은 왕명을 어긴 중죄가 분명하도다."

"황공하옵니다."

대신들은 몸을 벌벌 떨면서 머리를 조아렸다.

"사인(舍人)을 잡아 대령하라."

명을 받은 형리(刑吏)가 이차돈을 잡아 대령하였다.

"짐이 그대에게 명을 내린 지가 수삭(數朔)이 지났거늘 아직도 정사(精舍)의 완공을 보지 못하고 있으니 이는 짐의 명을 어긴 중죄임이 분명하도다. 사인(舍人)은 죽음을 면할 말이 있거든 하여 보라."

이차돈의 얼굴빛은 약간 핼쑥하게 변하였지만 기상은 여전히 늠름하였다.

왕이 형리(刑吏)에게 이차돈을 참영하라는 명을 내리자, 유사(有司)가 그를 관아(官衙)로 끌고갔다.

"사인(舍人)이여, 할 말이 있거든 하여 보시오."

"하늘이시여, 소인 미천한 일개 사인(舍人)의 몸으로 감히 하늘에 맹세합니다. 대성 법왕(大聖法王)께서 불교를 일으키고자 하여 미거한 소인의 목숨을 돌보지 않고 결연(結緣)을 버리고자 하오니 하늘은 마땅히 상서로움을 보여 만민에게 두루 보여 주소서!"

옥리(獄吏)의 칼날이 빛을 발하니 이차돈의 목은 나가 떨어졌고 목젖에서는 하얀 피가 한 길이나 솟구쳐 올랐다.

그러자 천지사방이 침침해지고 땅이 진동을 하더니 하늘에서는 우화(雨花)가 내렸다.

사람들이 입을 모아 말했다.

"개자추(介子推)가 다릿살을 베어 진문공의 굶주림을 면하게 한 충정도 염촉(이차돈)의 고절에는 비할 수 없으며, 위의공(衛懿公)의 간 앞에서 복망을 하고 자신의 배를 갈라 그 간을 자신의 배에 넣고 죽은 홍연(弘演)의 가상한 충절이 어찌 염촉의 장렬함을 따를 수 있겠는가. 임금의 신력을 붙들어 아도(阿道)의 본심을 이룬 것이니 과연 성자(聖者)로다."

그후 나인(內人)들은 좋은 곳을 가려서 절을 짓고 공덕을 기려 사람마다 불도를 행하여 불법의 이익을 보게 되었다.

＊향전(鄕傳)에 고을의 늙은이들이 죽은 날을 당하면 사(乍)를 만들어 홍륜사에 모였다고 하는데, 팔월 초 5일은 이차돈이 목숨을 버리고 불법에 순응하는 날이라고 한다.

비법(秘法)

문무왕이 즉위한 신유년(661)네 사비(泗沘)의 남쪽 바닷가에 여자의 시체가 있었다.

하룻밤 사이에 물 속에서 떠오는 것인지 아니면 근처의 산야(山野)에서 내려온 것이지 그것도 아니면 누군가가 갖다 놓은 것인지 모르지만, 어쨌든 그곳에 여자의 시체가 있었다.

키는 73척(尺)이나 되고 발은 6척이나 되었고 음문(陰門)의 길이는 3척이나 되었다.

문무왕이 총장 원년(元年)인 668년에 왕은 김인문(金仁問)과 김흠순(金欽純) 등과 함께 당군(唐軍)과 함께 고구려를 멸망시켰다.

당장(唐將) 이적(李勣)이 보장왕을 데리고 본국으로 돌아갔는데 이때에 당나라 유병(遊兵)인 장졸(將卒)들이 남아서 신라를 급습하기 위해서 은인자중하였다.

세작(細作)이 돌아와 왕께 복명하였다.

"지금 당나라의 장수인 이적이 고구려의 왕을 데리고 자기 나라로 돌아갔습니다. 그런데 본국으로 귀환을 하는 군사보다도 그곳에 남아있는 유병들이 많은 것은 장차 우리 신라를 습격코자 함이 분명하오니 대왕께서는 이에 신속히 대처함이 옳을 것이라고 사료됩니다."

"그것은 짐도 어렴풋이 생각하고 있는 터이오. 그렇다면 인문(仁間)과 흠순(欽純)을 들라 하시오."

문무왕은 군사를 내어 당의 유병을 깡그리 소탕하여 버렸다.

이를 알고 다음해에 당(唐)의 고종(高宗)이 유병들을 학살한 인문(仁間) 등을 불러 호통을 쳤다.

"너희 신라는 참으로 불인(不仁)하도다. 백제의 의자왕이 혹세무민하기로 우리 당병으로 하여금 너희를 도와 백제를 멸하였고 근자에 이르러서는 너희의 요청에 의해 고구려 또한 멸하였거늘 너희는 어찌하여 불의(不義)를 저질러 짐을 진노케 하려드는가. 고구려를 멸함에 있어 부상자가 부지기수여서 잠시 고구려에 머물러 신병을 치료케 하였는데 너희는 무슨 억하심정으로 우리의 군사들을 학살하였는가. 이는 짐을 우롱하는 불인(不仁)한 처사가 아닐 수 없도다."

고종(高宗)은 인문을 가두고 군사 50만을 급히 교련하여 설방(薛邦)으로 하여금 신라를 토벌케 하였다.

이때 명승 의상 법사(義湘法師)가 당의 유학길에 인문(仁問)을 찾았는데 옥에 갇혀 있음을 알고 황급히 인문(仁問)을 면회하였다.

"대사님, 지금 당의 고종이 군사 50만을 내어 우리 신라를 치려고 하는 바 조속히 환국을 하여 비책을 마련케 하소서."

의상(義湘)이 급히 신라로 돌아와 문무왕께 상주(上奏)하였다.

"지금 당의 황제가 유병(遊兵) 척살을 기화로 군사 50만을 조련하여 불원간(不遠間) 내습코자 하옵니다. 전하께옵서는 조신(朝臣)을 불러 이에 대한 대책을 마련하소서."

문무왕은 황망히 놀라며 대소신료들을 조당(朝堂)에 모이게 한 다음 좋은 양책(良策)을 하문(下問)하였다.

각간(角干) 김천존(金天尊)이 복명하기를,

"근일(近日)에 명랑 법사(明朗法師)가 용궁(龍宮)에 들어가서 비법을 배워왔다고 하오니 급히 명랑 법사에게 사람을 보내어 물으심이 가할 듯 하옵니다."

얼마 후에 명랑 법사가 궁에 들어와 아뢰었다.

"전하 이 일은 크게 걱정할 일이 못되옵니다."

문무왕은 얼굴을 활짝 펴서 양책을 물었다.

"낭산(狼山)의 남쪽에 신유림(神遊林)이 있사옵니다. 그곳에 사천왕사(四天王寺)를 세우게 하시옵소서."

왕은 즉시 사천왕사(四天王寺)를 세우게 하였다.

그 즈음에 지금의 경기도 개풍군의 정주(貞州) 사람이 주야를 달려와 고하였다.

"지금 당나라의 수십만의 군사가 우리 국경에 인접한 바다 위에서 순회를 하고 있습니다."

일이 화급지경이어서 문무왕은 명랑 법사를 불러 이 일을 의논하였다.

"일이 화급지경에 이르렀으니 어찌하면 좋다는 말인가?"

"전하 너무 심려치 마옵소서. 채백(彩帛)을 가지고 일시로 절을 만들면 될 것이옵니다."

왕명을 받은 역사(役事)가 급히 이루어졌다. 채백으로써 절을 지은 다음에 풀로써 다섯 방위의 신상(神像)을 만들고, 잠잠히 좌정하여 신력(神力)을 펼치는 유가(瑜珈)의 명승(名僧) 12명이 명랑을 우두머리로 하여 중신종(中神宗)의 문두루(文豆屢)의 비밀법을 지었다.

그러자 당나라의 군사와 신라병사 간에 아직 접전을 하지 않았는데도 갑자기 바람이 불고 물결이 드높게 출렁이더니 당선(唐船)들이 모두 침몰하고 말았다.

그후 당나라에서는 조헌(趙憲)을 장수로 하여 군사 5만으로 내습을 하였으나 같은 비법을 쓰자 예전과 같이 병선들이 침몰하였다.

고종은 인문(仁問)과 함께 있은 한림랑(翰林朗)인 박문준(朴文俊)을 불러 그 까닭을 물었다.

"그대의 나라에 무슨 비법이 있기에 짐이 두 번이나 군사를 내었는데도 아무런 소득이 없다는 말인가?"

계하에 엎드려 있던 문준이 말을 하였다.

"저희와 같은 배신(陪臣)들이 상국(上國)에 온 지가 10년이 지나갔습니다. 그러하옵기에 소신들도 본국의 일을 전연 알지를 못합니다. 다만 바람결에 들리는 바로는 상국(上國)의 은혜를 힘입어 새나라를 열었기에 성상(聖上)의 은혜를 기리고자 낭산(狼山)의 남쪽에 사천왕사(四天王寺)를 지어 성상의 홍복을 빈다고 하옵니다."

"그 말이 어김없는 사실이렷다."

“그러하옵니다.”

고종(高宗)은 예부시랑(禮部侍郎) 악붕귀(樂鵬龜)를 신라에 보내어 사천왕사를 살펴오게 하였다.

중국에서 사신이 온다는 얘기를 듣고 급히 나라에서는 새로운 절을 지었다.

사신이 와서 말하기를,

“신라에서 사천왕사(四天王寺)를 짓고 황제의 홍복을 기린다고 하였기로 먼저 그곳에 들려 분향(焚香)함이 좋을 듯 하옵니다.”

나라사람이 사신과 함께 새로 지은 절 앞에 다다르자 악붕귀는 흔연히 뒤로 물러서며 말했다.

“이곳은 사천왕사(四天王寺)가 아니라 망덕요산(望德遙山)의 절이 아니오?”

하며 끝내 들어가기를 거부하였다.

나라사람이 황금 1천 량을 악붕귀에게 주니 그는 당나라로 돌아가서 아뢰었다.

“폐하, 신라에서는 사천왕사(四天王寺)를 짓고 황제의 수복(壽福)과 영화있음을 대대손손 빌고 있나이다.”

이때에 박문준의 서찰을 급히 신라에 보내어 당의 황제가 인문(仁問) 등을 풀어 줄 뜻이 있음을 고변하였다.

그래서 문무왕은 사량(沙梁) 사람으로 유학에 도가 높은 강수 선생(强首先生)으로 하여금 표(表)를 짓고 사인(舍人)으로 있는 원우(遠禹)로 하여금 당의 황제에게 상주(上奏)케 하였다.

황제는 표문을 보고 눈물을 흘리더니 곧바로 인문(仁問)을 풀어주었는데 환국을 하는 뱃길에서 인문은 병사(病死)하였다.

중국의 사인 악붕귀가 낭산 남쪽의 새 절을 망덕요산(望德遙山)

의 절이라 했으므로 그 절을 망덕사(望德寺)라 하였는데, 문무왕은 영면(永眠)하기 직전에 해룡(海龍)이 되어 나라를 지키겠다고 하여 승하하자 나라 사람들은 왕의 어신을 동해(東海)의 신령스런 바위속에 안배(安排)하였다.

*고구려를 멸함에 있어 유사는 인문(仁問)과 흠순(欽純)만을 기록하면서, 김유신의 출정에 대해서는 알 수가 없다고 하였다. 주(註)를 씀에 있어서 후대의 사람들은 김유신이 병(病)으로 출정을 못하였다고 하고 있다.

큰스님 표훈(表訓)

경덕왕(景德王)은 음경의 길이가 여덟 치가 되었는데 슬하에 아들이 없었다.

왕력표(王歷表)에 이르기에도 선비 3모 부인(先妃三毛夫人) 출궁무후(出宮無候)라고 하였듯이 왕비를 폐하여 사량 부인(沙梁夫人)으로 봉하였다. 후비인 만월 부인(滿月夫人)의 시호는 경수태후(景羞太后)로 의충(依忠) 각간의 딸이었다.

후비를 간택한 지 오래지 않아서 왕은 표훈(表訓) 큰스님을 불러 말하였다.

"짐이 복이 없어 슬하에 자식이 없으니 마땅히 후사가 걱정이 되오이다. 원컨대 대덕(大德)께서는 상제(上帝)께 고하여서 짐에게 아들 하나를 점지시켜 주시오."

표훈은 왕의 명령에 한참동안이나 머리를 조아리고 있다가 상주하였다.

"대왕마마 소신 표훈은 인간사의 병마는 마땅히 치유케 할 수 있사
오나 인자(人子)를 점지함은 하늘의 일이옵니다. 상제께 고하여
대왕의 뜻을 살피어 보겠나이다."

"오, 그렇게 하여 주시오."

표훈은 단을 높이 쌓고 몸을 정갈히 한 다음에 향을 피웠다. 몇
날을 그러자니 돌연 표훈의 몸에서 한가닥의 하얀 기류(氣流)가 하늘
로 치솟아 올라갔다.

은은한 실안개인 듯한 기류가 옅게 뿌린 듯 하고 향기가 은연한
곳에 이르자 하얀 기류는 이승의 표훈의 몸으로 화(化)하였다.

표훈이 상제 앞에 이르러,

"널리 인간사의 모든 법을 주관하시는 옥황상제이시여, 저희 해동
국(海東國)의 경덕왕께서 슬하에 자식 없음을 슬퍼하시고 계시옵
나이다. 이를 어여삐 여겨 후사를 이을 왕자를 점지시켜 주소서."

"허허허, 그대의 정성이 참으로 가상하도다. 허나 해동국(海東國)
의 경덕은 머지 않아서 딸을 순산할 것이로다."

표훈이 다시 간한다.

"대왕마마 부디 공주의 탄생을 왕자의 탄생으로 바꾸어 대내에
기쁨을 주옵소서."

"그것은 어려운 일이나 불가(不可)한 일은 아니로다. 허나 그렇게
된다면 나라 안팎이 위태로워질 것이로다."

표훈이 황망중에 오체투지의 예를 올리고 내려오자 그것은 다음날
새벽이었다.

다음날 경덕왕이 표훈을 부르자,

"대왕마마 만약에 왕자가 이 나라에 태어난다면 나라가 위태롭다

하옵니다.”

“그렇다 하더라도 짐은 아들 얻기를 바라오이다 대사.”

“알겠사옵니다.”

그날밤 표훈의 꿈에 옥황상제께서 현몽하여 말하기를,

“그대는 다시 나에게 이 나라의 대통을 아들로 잇기를 빌고자 함인가?”

“그러하옵니다.”

“그렇다면 딸의 몸을 아들로 바꾸어 주리라. 허나 이후부터는 다시 하늘에 오르면 안 되느니라. 그대는 이곳을 이웃의 마을처럼 왕래를 하고 있으니 이는 곧 천기를 누설하고 있음을 말함이로다. 하여 금후에 다시는 상계(上界)에오르지 말도록 하라.”

“알겠사옵니다.”

표훈이 꿈을 깨어보니 잠시 후에 새벽 닭이 울었다.

그후 왕비에게서 태기가 있어 만월왕후(滿月王后)가 아들을 낳으니 이가 곧 혜공 대왕(惠恭大王)이다.

태자가 여덟 살 때에 왕이 붕어하여 보위에 올랐는데 너무 어려서 태후(太后)가 대신 정사를 보살피었다.

혜공왕 2년에 지금의 경남 진주인 강주(康州) 관서의 대당(大堂) 동쪽의 땅이 점점 꺼져 나가더니 나중에는 못(池)를 이루었다.

못의 길이는 세로가 13척이고 가로는 7척이나 되었는데 그곳에 넣어둔 잉어 5,6마리가 점점 커지니 나중에는 못도 또한 커지기 시작하였다.

또한 천구성(天拘星), 즉 혜성이 동루의 남쪽에 떨어졌는데 머리는 항아리와 같이 생겼고 꼬리는 3척 가량 되었는데 빛은 활활 타올랐다. 이 천구성이 떨어질 때에는 천지가 진동하였다.

또 이 해에는 금포현(今浦縣)의 5경(頃) 정도의 눈 속에서 모든 쌀낱이 이삭을 이루었고 7월에는 북궁(北宮)의 뜰 안에 별이 선후 모두 합하여 3개가 떨어지더니 모두 땅 속으로 사라져버렸다.

또한 두 줄기의 연(蓮)이 나타나더니 경북의 경주시에 있던 봉성사(奉聖寺)의 밭 가운데서도 연이 났다.

지은이는 자세히 알 수가 없지만 병법에 관한 옛 기록인 안국병법(安國兵法)의 하권에는 이러한 변괴가 있으면 병란이 일어난다고 했으므로 왕은 대사면을 베풀었다.

이해 7월 3일에 각간 대공의 적도가 크게 일어나고 서울과 5도의 주군 16명의 각간이 크게 싸웠다.

각간 대공의 집이 멸망을 하니 그 집의 재산은 모두 다 왕궁으로 옮겨졌다.

어쨌거나 이러한 일들은 표훈이 걱정한 바이었는데 왕은 여자가 될 몸이 남자로 탈퇴환골 하였음인지 항시 부녀자가 하는 짓만 하였다.

비단 주머니를 차는 걸 좋아하고 도사(道士)들을 희롱하더니 마침내는 선덕왕(宣德王)과 함께 거병을 한 이찬(伊湌) 김경신(金敬信) 등에게 죽음을 당하였다.

천기(天機)를 누설하였음인 지 신라에 표훈(表訓) 이후로는 성인(聖人)이 나타나지를 않았다고 한다.

＊삼국유사의 본문에는 선덕왕과 김양상(金良相)에게 혜공왕이 죽음을 당했다고 했는데 이것은 원문에서 지적하였듯이 잘못이 아닐 수 없다. 왜냐하면 선덕왕(宣德王)은 보위에 오르기 전의 이름이 김양상(金良相)이기 때문이다.

환생(還生)

망덕사(望德寺)에 선율(善律)이라고 하는 중이 있었다.

선율은 시주를 받은 돈으로 반야경(般若經)을 간행하고 있었는데 작업이 아직 끝나기도 전에 지옥의 사자에게 붙잡혀 명부(冥府)로 끌려가게 되었다.

지옥의 명사(冥司)가 물었다.

"너는 하계(下界)에서 무슨 일을 하였느냐?"

선율(善律)이 대답을 하였다.

"나는 만년에 이르러 반야경을 간행하려다가 작업이 끝나기도 전에 이렇게 왔습니다."

그러자 명사(冥司)가 말하였다.

"지옥에 있는 생명록(生命錄)에 너의 수(壽)는 이미 끝나 있으나 소원을 마치지 못하였으니 너는 하계로 다시 내려가서 작업을 끝내 도록 하여라."

명사의 말이 끝나자 선율은 터널같은 꼬불꼬불한 미로를 걸어 나왔 다.

도중에 한 여자가 울면서 그의 다리를 잡고 말했다.

"나는 남염주의 신라인으로 금강사의 논 이묘(畝)를 빼앗은 죄로 연좌되어 이곳에 왔습니다. 지금 법사께서 고향에 가옵시면 우리 부모에게 속히 그 논을 돌려 주라고 하십시오. 그리고 제가 하계(下界)에 있을 때 참기름을 상 밑에 묻어 두었고 곱게 짠 베 한 필을 침구 사이에 넣어놓고 왔사오니 원컨대 법사께서는 기름을 가져와서 불등(佛燈)을 켜시옵소서. 또한 베 한 필은 경폭(經幅)을 삼아주시면 황천에서라도 그 은혜가 백골난망이로소이다."

"그대의 집이 어디요?"

"나의 집은 사량부(沙梁部)의 구원사(久遠寺)의 서남쪽에 위치하고 있습니다."

선율이 이 말을 듣고 가려고 할 때에 이미 그는 하계(下界)에서 소생을 하였다.

선율은 무덤 속에서 자신이 살아있다고 소리를 쳤다. 3일째 되는 날 목동이 이 소리를 듣고 절에 와서 고하니 중들이 가서 무덤을 팠다.

선율이 중들에게 지난 사실을 말하고 나서, 명부에서 만난 여자 집을 찾으니 그 여자는 죽은 지 15년이나 된 뒤였다.

선율이 그 여자가 원하는 대로 하였더니 문득 여자의 혼이 나타나서 은혜를 입어 고뇌에서 벗어났다고 말을 하였다.

이 말을 들은 모든 사람들은 크게 놀랐다. 많은 사람들이 보전(寶典)을 도와 경전을 완성하였는데 지금은 경주의 승사서고(僧司書庫)에 있다.

해마다 이를 펼쳐 읽어서 재앙을 물리치곤 하였다.

*이 경문을 살펴보면 이렇다. 부럽도다 스님은 좋은 일을 하려던 인연으로, 혼이 돌아와 옛 고향에 돌아왔구나. 부모가 딸의 안부를 묻거든, 나를 위해 빨리 한 이랑 논을 돌려주라 하소서.

7

애린(愛悋)의 장

호랑이 처녀

　신라의 풍속에는 복회(福會)라는 것이 있었는데 이것은 글자 그대로 복을 빌기 위한 모임으로 해마다 2월 초파일에서부터 보름까지 남자와 여자들은 홍륜사(興輪寺)의 전탑을 돌며 복을 빌었다.

　원성왕 때의 일이다.

　젊은 귀공자인 김현(金現)이 밤이 깊도록 탑 돌기를 쉬지 않았는데 그 뒤를 이어 한 처녀가 염불을 하며 김현의 뒤를 따랐다.

　잠시의 사이를 두고 눈짓이 마주치니 김현이 나직이 말을 하였다.

　"낭자, 나의 이름은 김현이라 하오이다. 긴히 낭자에게 할 말이 있으니 절 뒤의 백양나무 숲으로 잠시만 오셨으면 합니다."

　처녀는 김현을 한번 바라보고 나서 이내 알았다는 듯이 고개를 끄덕였다.

　탑돌이를 그치고 김현은 백양나무 숲으로 나갔다.

　스산한 하늘에는 별빛에 겨운 달빛이 애잔스럽기가 그지없다. 잠시인가 싶게 처녀가 숲길에 나타났다.

　"여기오이다 낭자!"

　김현이 어스름이 짙은 숲길에서 나직이 말을 하자 처녀가 다가와 다소곳이 고개를 숙이며 말했다.

"무슨 일로 낭군(郎君)께서는 저를 부르셨는지요."

처녀가 뾰족이 튀어나온 암반에 걸터 앉는 것을 기다리며 김현이 말을 하였다.

"저는 김현이라 하오이다. 아직은 혼전의 몸으로 어여쁜 처자와 가연(佳緣)을 맺고자 모처럼만에 흥륜사의 탑돌이의 복회(福會)에 참가하였습니다. 보람이 있어서인지 그대와 같은 어여쁜 낭자와 만날 수 있으니 이 모두가 부처님의 가호있음이라 사료되옵니다. 낭자는 어디에 사시는 누구이온지요?"

처녀가 고개를 들어 김현을 바라보고 나서 말했다.

"저는 서산 기슭에 살고 있는 호녀(虎女)이옵니다. 저도 낭군과 같이 가연을 얻을 수 있으리라 생각을 하고 복회에 참가하였나이다. 그리하와 낭군과 같은 훤훤장부를 만나뵐 수가 있으니 천은(天恩)에 감읍할 따름입니다."

"낭자도 그리 생각하고 있소이까?"

김현이 앞으로 나서며 처녀의 손을 꽉 부여잡았다. 살포시 김현의 어깨에 기대인 호녀의 몸에서는 무어라 형언할 수 없는 내음이 김현의 코끝을 간지럽혔다.

"낭자!"

김현이 호녀를 푸른 풀밭에 뉘이자 호녀는 두 눈을 꼭 감은 채 김현이 하는대로 몸을 맡겼다.

조금은 쌀쌀한 날씨인데도 두 사람의 몸은 불덩이처럼 달아올랐다.

하나씩 하나씩 호녀의 몸에 걸친 옷들이 벗기어 나가자 추위 탓인지 호녀는 조금씩 움츠려 들었다.

풋풋한 풀냄새가 차라리 안온하게 두 사람을 맞는 듯 하였다.

눈보다도 더 흰 호녀의 나신(裸身)이 적나라하게 드러나자 김현의 입술이 호녀의 입술을 덮쳐갔다. 눈에서 귀, 목덜미에서 가슴으로…… …. 호녀의 숨소리는 살랑거리는 바람결에 아련히 들려왔다.

김현의 손은 부지런히 움직였고 그때마다 호녀의 입에서는 마지 못할 신음소리가 연연히 흩뿌려지고 있었다.

한식경이 훨씬 지나 두 사람은 홍륜사 밖으로 나왔다.

"낭군님, 인연이 있으면 다시 만날 터이니 여기서 그만 헤어지기로 해요."

"아니오 낭자! 내가 낭자에게 몹쓸 짓을 행하였으니 그대의 부모 님을 뵙고 사실을 고변코자 하오."

"낭군이시여 오늘만은 아니되옵니다."

"그렇다면 조금만이라도 낭자를 더 배웅하고 싶소이다. 이 야밤에 혼자 보낸다는 것은 나의 마음이 허락하지 않구려."

"십 리를 전송한다고 하여도 이별은 이별이라는 말이 있습니다. 제발 여기쯤에서 헤어지기로 해요."

"아니되오. 낭자는 이미 내 사람이 된 터이니 어찌 홀로 이 밤에 혼자 보낸다는 말이오. 집앞까지만이라도 배웅을 해주고 싶소이 다."

처녀가 할 수 없다는 듯 앞서가기 시작하자 김현도 총총히 호녀의 뒤를 따라갔다.

이윽고 서산 기슭에 있는 초옥에 다다라 그 안으로 들어가니 육순 이 훨씬 지난 할머니가 호녀에게 물었다.

"애야 같이 온 사람이 도대체 누구냐?"

잠시 망설이는 듯한 처녀가 사실대로 말하자 육순 노파는 입맛을

쩍하고 다시고 나서,

"애야 너의 행려가 비록 좋은 일이지만 하지 않느니만 못하는구나. 그러나 이미 일이 이렇게 되었으니 이제와서 새삼 나무랄 수만은 없구나. 어서 빨리 저 사람을 구석진 곳에 숨겨두어라. 너의 형제가 저 사람에게 나쁜 짓을 할까 두렵구나."

"알았습니다."

처녀는 김현에게 손짓을 하여 따라오라고 한 후 구석진 곳에 몸을 숨기게 하면서 말했다.

"낭군께서는 잠시 후에 무슨 소리가 나더라도 나오시면 안 됩니다."

"무슨 일이오 낭자!"

"그것은 차차 아시게 될 것입니다. 저희 오라비가 돌아올 시간이 다 되었습니다."

처녀가 김현의 주위를 잘 단속하고 밖으로 나서자 으르렁 거리는 세 마리의 호랑이가 나타나 사람의 말로 중얼거렸다.

"아니 이게 무슨 냄새지? 비릿한 내음이 나는 것이 이 부근에 무슨 요깃거리가 있는 것 같구나."

그러나 노파가 꾸짖는다.

"너희들이 나쁜 행각을 일삼고 돌아다니니 코가 비뚤어져 있어서 그런게야. 너희들은 하늘의 벌을 피할 수가 없을 것이로다."

"천벌이 있다구요 어머니."

"너희들이 악업을 저지르니 하늘인들 그냥 있을 것 같으냐?"

그러자 세 호랑이는 큰소리로 웃어젖혔다.

그때였다. 갑자기 하늘이 어두워 지면서 하늘로부터 한 소리가 들려왔다.

152

"너희들은 들으라."

그러나 세 호랑이와 노파, 그리고 호녀는 깜짝 놀라서 자리에 주저앉아 버렸다.

"너희들은 무고한 살생을 너무나 많이 저질렀도다. 마땅히 너희 중에 하나를 택하여 징계하고자 하노라."

그곳에 있는 호랑이들은 기가 질린 듯 사색이 되어 벌벌 떨었다. 그때 호녀가 말하기를,

"세 분 오빠께서는 아무런 근심도 하지 마십시오. 부디 이곳에서 멀리 떠나 지은 죄업을 뉘우치고 근신하면서 좋은 일을 하신다고 나와 약조를 한다면 하늘에서 내린 벌을 내가 받겠나이다."

"그게 정말이냐?"

"그러하옵니다."

호랑이들은 모두 기뻐하며 꼬리를 드날리며 사라져 버렸다.

잠시후 처녀는 김현이 있는 곳에 들어와 말을 하였다.

"제가 낭군께서 저희 집에 오시는 것을 꺼린 것은 부끄러움 탓도 있는 것이지만 기실은 낭군과 같은 사람이 아니기 때문입니다. 하오나 낭군과 저는 비록 하룻밤이라 하더라도 부부지연을 맺은 바 있으니 굳이 남이라고 할 수는 없음이라 생각됩니다. 지금 저희 세 분 오라비의 악업은 하늘에 닿아 하늘에서 그 한 사람을 징계하고자 하는데 보통 사람의 손에 죽는 것보다는 차라리 낭군의 손에 죽어 은덕을 갚겠습니다."

김현이 깜짝 놀라서 외치듯이 말했다.

"아니되오 낭자, 내가 어찌 낭자를 죽여 공을 이룰 수 있다는 말이오. 장부는 마땅히 정의로움이 아니면 궤계를 취하지 않는 것이오이다."

호녀는 처연한 눈빛으로 김현을 바라보고 나서,

"내일 내가 성중(城中)에 들어가 사람들을 다치게 하면 임금께옵
서는 높은 관작을 내걸고 나를 잡고자 할 것입니다. 낭군께서는
겁을 내지 말고 성북(城北)쪽의 방향으로 오셔서 숲길에 다다르면
그곳에서 제가 낭군을 기다리고 있겠습니다."

"사람끼리의 관계는 인륜대도(人倫大道)가 있는 것이지만 그렇지
않은 관계에 있어서 어찌 자신의 배필을 죽여 그에 대한 은작을
받을 수 있으리오. 나는 차마 그런 일을 할 수 없소이다."

"낭군께서는 제발 그런 말을 하지 마십시오. 무릇 모든 삶에는
수요(壽夭)가 있는 법이지만 이것은 모두 하늘의 뜻이니 너무
괘념치 마십시오. 제가 죽음은 나의 소원이기도 하거니와, 이는
낭군께옵서는 경사가 되는 것입니다. 또한 모든 사람에게는 기쁨을
주는 것이니 이보다 더 다행스러운 일은 없을 것입니다. 어서 그렇
게 한다고 약조를 해 주십시오."

김현과 호녀는 울면서 헤어졌다. 다음날 성안이 발칵 뒤집혔다.

난데없이 들이닥친 호랑이가 인명을 살상한다는 것이어서 원성왕
은 호랑이를 잡는 사람은 2급의 벼슬을 주겠다는 방(傍)을 붙이게
하였다.

김현이 성상(聖上)께 나아가서 호랑이를 잡겠다고 하자 원성왕은
벼슬을 내려 그를 독려하였다.

김현이 칼을 들고 성북의 숲에 이르니 호랑이는 낭자로 변하여
반갑게 김현을 맞이하였다.

"낭군께서는 제 말을 잘 들으십시오. 오늘 저에게 살상(殺傷)을
당한 사람은 홍륜사의 장을 상처부위에 바르면 나을 것입니다.
그리고 죽은 사람은 상처부위에 장을 바르고 홍륜사의 나팔소리를

들으면 깨어날 것입니다. 부디 대대손손 홍복을 누리시기 바랍니다.”

말을 마친 호녀는 김현의 칼을 빼앗아 순식간에 목을 찌르고 죽고 말았다.

지금도 민간 의약으로 상처를 치료함에 있어 장을 바르는 일이 전래되어 오고 있다.

김현은 벼슬길에 나서자 서천의 맑은 냇가에서 호원사(虎願寺)를 짓고 호녀의 저승길을 인도하였다.

∗김현이 영면하기 전에 지나간 일에 깊이 감회하여 붓을 들어 전기를 만든 것이 논호림(論虎林)으로 지금까지 일컬어 오고 있다.

안길과 차득공

하루는 대왕이 서제(庶弟)인 차득공(車得公)을 불러 은밀히 말하였다.

“이보시게 그대에게 재상의 직위를 내릴까 하네마는 자네의 의향은 어떤가?”

다감한 왕의 말에 차득공은 황망히 옳지 못함을 간하였다. 대왕은 얼굴 가득히 홍조를 떠올리며,

“그대가 재상이 되어서 백관(百官)을 통솔하기 바라오.”

차득공은 왕의 의중을 헤아려보는 듯이 잠시 숙연히 있다가,

“폐하의 성은에 감읍할 따름입니다. 하오나 소신은 백면서생(白面

書生)이나 다른 바가 없습니다. 그러하와 만약 폐하께서 소신으로써 재상을 삼으시려거든 마땅히 신이 나라 안팎을 암행하면서 백성들의 부역과 일의 노고를 두루 살피고 조세(租稅)의 경중과 관리의 청렴 그리고 탐관오리의 행패를 알아본 다음에 돌아와서 관직을 맡겠사옵니다.”

“정히 그러시다면 공의 뜻대로 하시오.”

다음날 차득공은 승복을 입고 거사(居士) 차림으로 손에 비파를 든 채로 서울을 떠났다.

차득공이 지금의 명주인 아슬라주(阿瑟羅州)를 거쳐 우수주(牛首州), 북원경(北原京)으로 하여 무진주(武珍州)에 이르렀을 때였다.

여러 곳의 마을을 돌아다니다가 해가 저물어 무진주의 관리인 안길(安吉)의 집에 이르렀다.

안길은 차득공을 한눈에 비범한 사람으로 판단하였다.

저녁을 극진히 대접을 하고 나서 안길은 아내와 세 사람의 첩을 불러 나직이 말하였다.

“내가 이렇게 말함은 나 한 사람의 일이 아니기 때문에 은밀히 부탁하고자 하는 것이오.”

아내와 첩은 조금은 불안한 표정으로 안길의 모습을 살폈다.

“오늘 밤 우리 집에 찾아온 거사(居士)와 함께 동침을 한 사람은 평생 나와 함께 늙을 것이오.”

두 아내는 펄쩍 뛰며 부당하다고 말했다.

그때 한 사람이 말했다.

“당신이 만약에 종신토록 함께 살기를 허락한다면 당신의 뜻대로 하겠나이다.”

“오, 참으로 가상한 말이로다. 어서 임자는 차비를 서두르시오.”

그 여인은 조촐한 주안상을 마련한 다음 가볍게 화장을 하고 나서 차득공이 있는 방으로 들어갔다.

"주인께옵서 손님의 시중을 들라고 하셨습니다."

"허어!"

차득공은 잠시 어색한 듯 헛기침을 몇 번 하고 나서 들어온 여인을 바라보았다.

시골 사람이어서 그런지 밤에 보아도 약간은 피부가 검어 보인다. 건강미가 넘쳐 흐르는 모습에서 박꽃과 같은 청초함이 아련히 엿보이는 것 같았다.

가을밤의 풀벌레 소리는 온갖 정취를 일구어 놓고 멀리에서 다듬이 소리와 개짓는 소리가 아련하다.

"참으로 자야오가(子夜吳歌)의 정취로구나!"

하고 차득공이 혼잣말로 읊조리자 여인이 빙긋이 웃으며,

"어른, 그 시는 하일평호로(阿日平胡虜)로 양인파원정(良人罷遠征)의 구(句)가 앞 귀의 정취에 맞지 않는다는 이설(異說)이 있는 것이옵니다."

"오호!"

차득공은 깜짝 놀랐다. 이백(李百)의 자야오가(子夜吳歌)의 이설을 알고 있다면 규중 여인 몸으로서는 대단한 실력이 아닐 수 없다.

"그대는 자야오가(子夜吳歌)를 알고 계시오?"

"너무 오래 전에 알고 있었던 싯귀라 기억이 어떨까 모르겠습니다. 잘못이 있더라도 너무 나무라지 마십시오."

"무슨 소리를, 어서 한 번 음낭하여 보시오."

차득공의 다그침에 여인은 낭낭히 은쟁반에 옥구슬을 굴린 듯 노래하기 시작하였다.

長安一片月
萬戶擣衣聲
秋風吹不盡
總是玉關情
阿日平胡虜
良人罷遠征

서울 장안의 밤하늘에 작은 달빛이 은은한데
집집마다에서 나는 다듬이 소리는 처량하구나
가을 바람은 쉬지 않고 부는데
이것은 모두 옥관의 정일레라.
오랑캐를 평정할 날이 언제련가
언제나 원정에서 돌아오려나

차득공은 매우 흔쾌하게 웃으며 잔을 들었다.
"자, 그대도 한잔 하라."
차득공은 여인에게 술잔을 돌리고 나서 그윽하게 말하였다.
"미주(美酒)가 있고 가효(佳肴)가 있고 더불어 가인(佳人)이 있으
니 어찌 이 밤을 그대로 보낼 수 있으랴. 참으로 우인회숙(友人會
宿)이로다."
하고 말하더니 눈을 지그시 감고 한 수의 시를 읊조렸다.

準蕩千古愁
留連百壹飮
良宵宣且談

皓月不能寢
醉末臥空山
天地郎衾枕

천고의 시름을 씻어버리고자
즐거운 자리 떠나기 싫어 술을 마신다.
좋은 밤 얘기는 한없이 길고
달은 밝은데 어찌 잠을 잘손가.
취하여 공산에 눕는다면
천지가 바로 금침이로세.

그날 밤 차득공은 오랜만에 정인(情人)을 만난 듯 마음껏 회포를 풀었다.

다음날 일찍 떠날 때에 차득공은 안길에게 다음과 같이 말을 하였다.

"나는 본시 서울에 사는 사람인데 나의 집은 황룡사의 월성의 서면에 있는 황성사(黃聖寺)의 중간에 있고 내 이름은 단오라고 하오이다. 주인께서 서울에 오시거든 꼭 내 집을 한번 찾아 주기 바랍니다."

차득공은 곧 서울에 올라와서 재상이 되었는데 그 이후에 기인(其人)제도의 발판이 된 향리의 자제들을 서울의 여러 관청에 보내어 지키게 하였다.

이 제도에 따라 안길이 서울에 올라와서 지킬 차례가 되었다. 문득 차득공과의 약속이 있었기에 길을 가다가 집을 물으나 아는 사람이 없었다.

그때 한 노인이 길을 가다가 안길의 얘기를 듣고 말하였다.

"황룡사와 황성사의 중간에 있는 집이라면 그것은 대궐이 분명한 것이고, 단오라는 것은 차의(車衣)를 뜻함이니 지금의 재상이 외군(外郡)에 미행(尾行)을 할 때에 그대와 인연있는 약속이 있었던 것 같소."

안길이 자초지종을 말하자 노인은,

"이쪽을 쭉 나가면 바로 궁성의 서쪽이오. 그곳에 귀정문(歸正門)이 있으니 그곳에 가서 출입하는 궁녀에게 사실을 말하고 기다리시오."

안길이 노인의 말을 따라 그대로 하였더니 차득공이 급히 밖으로 나와서 안길의 손을 잡고 궁으로 들어가더니 그의 아내와 함께 잔치를 크게 베풀었다.

그런 다음에 무진주 상수리의 소목전(燒木田)으로 성부산 밑의 땅을 하사하고 민간의 벌채를 금하였다.

산 밑에는 30묘(畝)가 있었는데 이곳에 종자를 석 섬이나 심었다.

그런데 이상하게도 이 밭이 풍작이면 무진주도 풍작이 되고, 이곳이 흉작이면 무진주 또한 흉작이 되었다.

＊여기에서 차득공(車得公)의 단오는 '수리'의 차자(借字)인 차의(車衣)를 말한다.

수로부인(水路夫人)

성덕왕(聖德王) 때의 일이다.

순정공(純貞公)이 지금의 명주인 강릉 태수(江陵太守)로 부임을 하는 길에 바닷가에서 점심을 먹게 되었다.

높이가 천 길이나 되어 보임직한 기암괴석이 병풍처럼 둘러쳐져 있는 그 앞쪽으로는 연연한 바다가 금파(金派)를 자랑하고 있었다.

순정공의 부인인 수로(水路)가 석벽에 널부러지게 피어 있는 철쭉 꽃을 보고 말하였다.

"참으로 아름다운 꽃이로구나. 누가 나를 위하여 저 꽃을 꺼어다 주겠는가?"

옆에 있는 종자들이 말하기를,

"저곳은 인적(人跡)이 닿지 않은 유현(幽玄)한 곳입니다. 도저히 사람의 힘이 닿지 않는 곳입니다."

모두들 고개를 설레설레 저으며 그 자리를 회피하였다.

그때 그 자리를 지나가던 촌로(村老) 한 사람이 벼랑을 타고 올라가 꽃을 꺾어다 수로 부인에게 바쳤다.

물론 촌로(村老)가 어떤 사람인지는 알 수가 없다.

柴布岩乎邊希

執音乎手母牛放教遺
吾肹不喩慚肹伊賜等
花肹析叱可獻乎現音如

검붉은 바위 가에
잡은 암소를 놓게 하고
나를 아니 부끄러이 여기신다면
꽃을 꺾어 바치리라.

그후 순정공 일행이 임해정(臨海亭)에서 점심을 먹게 되었다.

그때 일진의 바람이 크게 일어나더니 커다란 용(龍)이 나타나 부인을 바람결로 싸올리더니 바다 속으로 끌고 가버렸다.

"아니 이 무슨 변괴란 말인가?"

순정공이 발을 동동 구르며 안타까워하자 예의 촌로(村老)가 나타나서 말하기를,

"공(公)께서는 걱정하지 마십시오. 옛말에 이르기를 여러 사람의 입은 무쇠도 녹인다고 하였으니 인근 경내(境內)의 백성들을 불러 모아서 노래를 지어 부르고 막대기로 언덕을 두드린다면 어찌 짐승인들 두려워하지 않겠습니까?"

"참으로 그렇게 하면 되겠소이까?"

노인은 그렇다는 듯이 고개를 끄덕였다.

잠시 후 경내의 백성들이 모여서 노래를 부르기 시작하였다.

龜乎龜乎出水路
掠人婦女罪阿極

汝若憶逆不出獻
人網捕掠燔之喫

거북아 거북아 수로를 내놓아라
남의 부녀자를 빼앗은 죄 얼마나 큰가
만약에 내놓지를 않는다면
그물로 잡아 구어서 먹으리라.

노래가 그치기가 무섭게 용(龍)은 수로 부인을 데리고 나와서 곱게 바치었다.

"얼마나 놀라심이 크셨소. 부인."

순정공이 말하니 수로 부인은 잠시 망연히 있다가,

"바다 속에는 7보(七寶)로 된 궁전이 있었는데 그곳에는 맛있는 음식이 있었습니다. 모두 정갈하고 혀끝을 녹이는 신묘한 맛이었는데 인간 세상의 음식은 아니었습니다."

아닌게 아니라 수로 부인의 몸에서는 이상스런 향기가 풍겼다.

물론 수로 부인의 이런 횡액은 이번만이 아니었다. 그것은 수로 부인이 워낙 절세의 미인인지라 깊은 산이나 큰 못을 지날 때에는 이런 신물(神物)에게 납치를 당하곤 하였다.

*수로 부인의 설화는 도화랑이나 처용에서처럼 인간의 육체미를 존중하고 있음을 엿볼 수 있다. 가락국기(駕洛國記)의 '귀하가(龜何歌)'에 나오는 가사와 비슷한 일면이 많다.

견훤(甄萱)의 출생

후백제(後百濟)의 왕인 견훤에 대하여는 여러 가지의 출생 설화가 전해 내려오고 있다.

삼국사(三國史)의 본전에서는 견훤의 출생에 관하여 다음과 같이 언급하고 있는데 보통은 이를 따른다.

견훤은 본시가 상주(尙州)의 가은현(加恩縣)의 사람으로 당(唐) 의종(懿宗) 8년, 즉 신라의 경문왕 7년 정해에 태어났다.

본래의 성(姓)은 이씨(李氏)였는데 후에 견씨로 성을 삼았다. 그의 아버지 아자개(阿慈介)는 농사를 생업(生業)으로 하다가 상주에 웅거하여 자칭 장군이라 칭하였다.

아자개에게는 4명의 아들이 있었는데 그중에서도 훤(萱)이 지략이 뛰어나고 걸출하여 인근에 많이 알려졌다.

또 우리 나라의 고대의 기록인 이제가기(李磾家記)에 의하면,

진흥 대왕의 비(妃)인 사도(思刀)의 시호는 백융 부인(白絨夫人) 이었다. 그의 세째 아들 구륜공(仇輪公)의 아들인 파진간(波珍干) 선품(善品)의 아들 각간 작진(酌珍)이 어여쁜 여인인 왕교파리(王咬巴里)를 아내로 맞이하여 각각 원선(元善)을 낳으니 이가 곧 아자개였다.

아자개의 첫째 부인은 상원 부인(上元夫人)이었고, 둘째 부인이

남원 부인(南院夫人)이었는데 슬하에 5남 1녀를 두었다.

여기에서 5남 1녀를 피력하여 보면,

맏아들이 상부(尙父)인 훤(萱)이요,

둘째는 장군 능애(能哀)이며,

세째는 장군 용개(龍蓋)이며,

네째는 보개(寶蓋)이며,

다섯째 아들은 장군 소개(小蓋)였다.

딸의 이름은 대주도금(大主刀金)이었다.

고기(古記)를 보면 재미있는 탄생 설화가 기술되어 있다.

옛날에 어떤 부자가 광주(光州)의 북촌(北村)에서 살고 있었다.

딸의 용모가 극히 빼어나 이곳 저곳에서 많은 혼처가 들어왔으나 이상하게도 부자의 딸은 혼처를 거절하였다.

어느날 그 부자의 아내가 딸을 불러 앉히고 나서 자초지종을 물었다.

"네가 이미 혼기(婚期)에 접어들었는데도 이곳 저곳의 혼처를 거절하는 것은 무엇 때문이냐? 행여 마음 속에 정해 둔 정인(情人)이라도 있는 것이냐?"

묵묵히 고개를 숙이고 있다가 딸은 천천히 고개를 들어 자기 어머니를 바라보았다.

까맣고 큰 두 눈에는 깊은 수심이 어려 있었다.

"말해 보거라. 너는 내 뱃속에서 나온 나의 딸이 아니더냐. 너의 아버지에겐 말을 못한다 하더라도 어미에게 만큼은 숨김이 없어야 하느니라."

딸은 무엇을 생각하였는지 그의 아비가 있는 자리에서 말을 하겠다고 하였다. 그렇잖아도 요즈음 딸의 표정이 예사롭지 않음을 알고 있던 부친도 함께 자리를 같이 하였다.

"부모님이 함께 계신 자리에서 무엇을 숨기오리까마는 저는 혼처를 구할 수 없는 몸이 아닌가 싶습니다."

"그게 무슨 소리냐?"

딸의 말에 부모는 크게 놀라며 서로의 얼굴을 바라보았다. 입술을 지그시 깨물며 딸이 얘기를 꺼내었다.

"두 이레(14일) 전의 일이었습니다. 그날따라 달빛이 흐려 소녀는 방 안에서 화판에 수를 놓고 있었습니다. 비몽사몽간에 향긋한 바람이 창으로 넘어오더니 나의 몸을 무언가 신이(神異)한 기운이 싸올리는 것 같았습니다."

"신이한 기운이?"

"그러하옵니다. 그래서 소녀가 엉겁결에 눈을 뜨니 자색(紫色)의 서기(瑞氣)가 어리는 의복을 입은 건장한 장부가 눈 앞에 서 있는 것이었습니다."

"그래서?"

"그 다음의 일은 꿈길처럼 아련하기만 합니다. 그 사내는 나와 함께 동침을 하였는데 나는 그 사내의 제의에 거절을 할 엄두가 없었습니다. 그저 모든 것이 감미(甘味)롭고 알싸한 향기가 코끝을 간지럽혀 그 사내가 오게 되면 이미 나의 혼백은 달아나고 없었습니다."

"어디 사는 누구인지도 모르더란 말이냐?"

"그러하옵니다."

딸의 아비는 입맛을 쩍하니 다시고 나서,

"사내가 돌아갈 때는 어떠하였느냐?"

"그것이 참으로 신기하옵니다. 사내가 들어올 때는 향기가 온 방안에 가득하여 들어온 것을 알 수 있으나 돌아갈 때는 향기가 스러질 때까지 취해 있었으므로 알 수가 없었습니다.”

“얘야, 이는 참으로 괴이한 일이로다. 오늘 밤에는 그 사내가 오거든 바늘끝에 가는 명주실을 꿰어서 그 사내의 옷깃에 봉침을 하여 두어라.”

“그리하겠습니다.”

딸이 아버지의 말대로 하였다. 다음날 아침에 그 실끝을 따라 가보니 북쪽 담 아래에 큰 지렁이가 죽어 있었는데 그 허리에 바늘이 박혀 있었다.

그후 임신을 하여 아들을 낳았는데 장성하여 열다섯이 되자 스스로 견훤이라고 하였다고 전한다.

어렸을 때에 견훤은, 부친이 들일을 할 적에 따라갔는데 점심 때가 되어 아이를 숲길에 놓아두고 그의 어머니가 남편의 식사를 준비하였다.

이때 큰 호랑이가 나타나서 견훤에게 젖을 주었다. 동네의 사람들은 참으로 이상한 일이라고 입을 모았다.

＊견훤(甄萱)의 탄생 설화에서 ‘甄萱’의 견(甄)을 ‘진’으로 읽는 데에서 지렁이의 설화가 나온 것이라고 한다.

8

신묘(神妙)의 장

영검한 왕묘(王廟)

신라 말기에 충지(忠至)라는 잡간(匝干)이 있었다.

금관성(金官城)을 쳐서 빼앗은 다음에 성주 장군(城主將軍)이
되었다.

본시 성주(城主)라고 하는 것은 군의 태수나 현령 등의 이름이고
장군(將軍)은 군관(軍官)의 최고 칭호였다.

그런데 성주 장군(城主將軍)이란 신라 말기에 와서는 지방을 무력
으로 굴복을 시켰기에 이런 칭호를 썼다고 한다.

어쨌든 충지(忠至)가 성주 장군이 되었는데 그 휘하에 영규(英
規)라는 아간(阿干)이 충지의 위세를 빌어 횡포가 대단하였다.

수로왕의 위패를 모신 사당에 들어와서 소리소리 고함을 쳤다.

"너희 나라가 우리에게 허물어졌는데도 격식을 차려 제사를 지내
는 것은 우리를 능멸함이 분명하다. 이제부터는 우리가 제향을
받들어 주겠노라."
하고 제향(祭享)을 빼앗은 후 음사(淫祀)를 펴니 모두들 원망이
대단하였다.

단오날이 되어 제향을 올리는데 그 격식이 조촐하고 조금의 성의도

없었다. 그때 갑자기 사당의 대들보가 까닭없이 무너져 영규는 그 자리에서 즉사하고 말았다.

이에 충지(忠至)는 깜짝 놀라며 휘하 군졸들에게 명하였다.

"다행스럽게도 전세의 인연을 힘입어서 황공하게도 성상(聖上)이 계시던 국성(國城)에서 제를 올리게 되었다. 나는 마땅히 성상의 진영(眞影)을 그려 모시고 향과 등을 받들어서 성상의 은혜를 갚아야 하겠도다."

충지는 남해(南海)에서 산출되는 비단 3척으로 진영을 그린 다음에 조석(朝夕)으로 촛불을 밝혀 경건히 받들었다. 3일째 되는 날이었다.

제향을 모시는 주위의 관원이 혼겁하여 충지에게 말하였다.

"장군, 수로왕의 진영(화상)이 피눈물을 흘렸습니다."

"뭐라구?"

장군이 급히 묘(廟)에 다다라보니 수로왕의 진영에는 아직도 피눈물이 흐르고 있었고 그 아래에는 3말은 족히 됨직한 피가 고여 있었다.

"어서 저 진영을 불살라 버려라!"

충지는 휘하 병졸에게 이와같이 명하고 나서, 수로왕의 직계손인 규림(圭林)을 들라하였다.

다음날 아침 규림이 배알을 하니 충지는 아직도 두려움에 젖어서,

"들은 바와 같이 어제는 불상사가 있었네. 왜 이런 일이 거듭되는지 나는 알 수가 없네. 내가 생각하건대 정녕 묘(廟)에 위령이 있어 내가 진영(眞影)을 그려 제사지냄을 불손하다고 노한 것같으니 어찌하면 좋겠는가?"

규림은 잠시 마음을 가다듬고 생각을 하다가,

"장군, 저는 성상의 직계손이니 마땅히 그전대로 제가 제사를 지내는 것이 좋겠습니다."

충지는 규림에게 명하여 그전대로 제향을 올리게 하였다.

확실히 옛사람들이 말하는 것처럼 정성과 성의를 다하지 못하는 제사는 복을 받지 못하고 재앙을 받는다고 함이 옳은 일이다.

한 번은 도적들이 이 사당에 금은 보물이 많이 있다고 하여 훔쳐 가려고 하였다.

그러자 몸에 갑주를 입고 활을 든 무사가 사당에서 나와 연신 화살을 날리었다. 이 바람에 도둑들 7~8명이 맞아 죽었다.

그 후로 다시 야음을 이용하여 도둑들이 다시 나타났는데 이번에는 길이가 30척이나 되는 큰 구렁이가 나타나 7~8명을 물어 죽이니 도둑들은 혼비백산하여 달아났다.

이는 모두 신물(神物)이 보호하여 주고 있음을 말함이었다.

당(唐)나라 사람으로 중종 때 좌습유(左拾遺)가 되고 예종 때에는 우대전중시어사(右台殿中侍御史)가 되었다가 현종 때 영왕부장사(潁王付長史)가 된 신체부(辛替否)는 '멸망하지 않은 나라가 파괴되지 않겠는가'하고 말을 하였지만 유독 가락국만은 수로왕의 사당이 허물어지지 않고 그의 말을 비꼬기나 한 것처럼 의연하기만 하였다.

＊수로왕을 사모하는 놀이로는 매년 7월 29일에 술과 음식으로서 즐기며, 망산로에서 율로로 말발굽을 달리고 고포(古浦)로 달리는 놀이가 있다. 대개 이것은 옛날에 유천간과 신귀간이 허 왕후가 오는 것을 바라보고 수로왕에게 급히 고함을 나타낸 것이라 하겠다.

괴변(怪變)

　백제의 마지막 임금인 의자왕(義慈王)은 무왕(武王)의 맏아들로 태자(太子)로 있을 때에는 재기(才氣)가 넘쳐흐르고 용맹하고 그 부모에 대한 효(孝)와 형제간의 우의가 두터워 칭송이 자자하였다.

　그래서 사람들은 중국의 종성(宗聖)으로 불리는 증자(曾子)가 환생하였다 하여 태자 의자(義慈)를 해동증자(海東曾子)라고 말했다.

　그런데 어이된 일인지 정관(貞觀) 15년에 보위에 오른 뒤부터는 총명을 잃고 연일(連日)을 주지육림(酒池肉林)에 파묻혀 주색(酒色) 잡기에 혈안이 되어 정사(政事)는 항상 뒷전이었다.

　이때 좌평(左平) 성충(成忠)이 극력으로 간(諫)을 하였으나 왕은 이를 물리치고 오히려 성충을 옥에 가두었다.

　신병(身柄)이 쓸쓸하고 기력이 쇠하여지자 아무래도 죽을 날이 멀지않음을 알고 성충은 자신의 식지(食指)를 깨물어 혈서(血書)를 쓰고 기암하여 버렸다.

　성충이 표(表)하며 말하기를,

"충신은 죽어도 그 임금을 잊지는 않습니다. 하여 소신의 천수(天壽)가 명재경각에 달하였기로 죽음을 각오하고 상주(上奏)코자 합니다. 대저 소신이 천하의 시세를 살펴본즉 불원간(不遠間)에 반드시 병란(兵亂)이 있을 것이옵니다. 하여 소신은 마지막 전하의 후은(厚恩)에 보답하고자 몇 말씀을 남기고자 합니다. 본시 용병(用兵)을 함에 있어서는 그 지세(地勢)를 살펴야 함은 정한 이치입니다. 다행히 저희의 지세가 위태로움을 면할 수 있는 곳이어서 상류(上流)에 배진을 하여 적병을 맞이한다면 위급에서 나라의 안전을 도모할 수 있으리라 봅니다. 하오나 적의 군병이 육로로 나아온다면 천연의 요새인 탄현(炭峴)을 넘어오지 못하게 하시옵고, 만약 수군(水軍)이 밀려온다면 기벌포(伎伐浦)에 들어오지 못하게 하면 될 것입니다. 부디 험한 곳에 웅거를 하여 적병의 침입을 막으시옵소서.”

혈지(血紙)를 받아든 의자왕의 손끝이 파르르 떨리더니 노기가 충천하여 소리쳤다.

“참으로 해괴망측한 소리로다.”

하고 의자왕은 귀에 담지 않았다.

현경(現慶) 4년인 659년 백제의 오회사(烏會寺)에 괴변이 일어났다.

“붉은 말이 나타났다!”

기이하게도 이 말은 주야로 여섯 시간을 돌아다녔고, 2월에는 여러 마리의 여우(狐)가 궁안에 들어왔는데 그 중에서 백여우 한 마리가 좌평의 책상에 걸터앉았다.

그해 4월에는 태자궁에 있던 암탉이 작은 참새와 교미(交尾)를 하였고, 5월에는 사비수의 강 언덕에 큰 물고기가 나와 죽었는데 그 길이가 무려 30자가 넉넉하였다.

많은 사람들이 그 고기를 먹고 죽었다. 또한 9월에는 훼나무가 사람의 울음소리로 온 밤을 시끄럽게 울어대더니 해가 서산녘으로 넘어가니 귀신들이 밤으로 울어댔다.

5년 경신인 660년 2월에는 서울에 있는 우물물들이 피빛으로 붉게 물들었고 서해(西海)에서는 많은 고기가 나와 죽었다.

사비수(泗批水)의 물이 핏빛으로 화(化)하더니 4월에 이르러서는 수만을 헤아리는 개구리들이 나무 위에 모여들었고 도성의 시민들이 무엇에 쫓기어 놀라 달아나듯 하다가 엎어져 죽은 사람이 백여 명이나 되었다.

6월이 되자 왕흥사(王興寺)의 모든 중들의 눈에 배가 물결을 헤치며 도장(道場)으로 들어오는 듯 환영(幻影)이 비치어 들었고 들사슴과 큰 개의 무리가 왕궁을 향하여 크게 짖기 시작하더니 수유간에 어디로 갔는지 알 수가 없게 되었다.

귀신이 몇 날을 성중(城中)에 들어와 소리쳤다.

"백제는 망한다."

"백제는 망한다!"

몇 번을 소리치고 땅속으로 들어가 버리자 근신(近臣)들이 이 사실을 왕에게 고변을 하였다.

"허어, 참으로 괴변이로다."

왕이 몸소 그곳에 나아가니 성안의 무리들이 수군거렸다.

"물러서라!"

왕궁의 근위 무사들이 길을 트자 왕이 그곳에 이르러 그곳을 파게 하였다.

역사(力士)가 석 자가량 땅을 파고 내려가니 놀랍게도 그곳엔 거북이 한 마리가 나타났다.

"대왕, 거북이가 나타났습니다."

"등에 무슨 글귀가 써 있지 않는가. 어서 살펴보도록 해라."

학사(學士)가 나아가 글귀를 살펴보니,

百濟圓月輪
新羅如新月

백제는 온달같고
신라는 초승달과 같다.

의자왕은 즉시 무녀(巫女)를 들라 하여 이에 대한 답을 구하였다.

무녀는 한참을 망설이고 있다가 나직이 말했다.

"대왕마마 이것은 불길한 기운이옵니다."

"무엇이 불길하다는 말인가. 어서 숨김없이 말하여 보라."

무녀(巫女)는 명을 받들어 조용히 읍하고 나서,

"우리 나라가 온달이라 함은 꽉찬 것을 뜻함이니, 곧 이지러짐을 나타내는 것이요, 신라가 초승달이라고 하는 것은 날이 갈수록 세력이 확장되어 크게 찬다는 것이옵니다."

"이런 천하에 못된 것 같으니, 그렇잖아도 도성 안팎이 변괴가 있다고 하여 민심이 어지러운데 너는 무슨 궤계로 혹세무민하려 드는가? 어서 저것을 참수하라."

왕이 노하여 소리치자 금위 무사들이 달려가서 무녀를 그날로 목베어 버렸다.

궁인(宮人) 중의 한 사람이 왕께 나아가 무녀의 지론을 뒤집으며,

"본시 온달이라는 것은 꽉찬 것이니 세력이 충만함을 뜻하는 것이

오며, 초생달은 극히 미약한 것을 뜻하는 것이옵니다. 반추해 보건대 우리는 더욱 강하여지고 신라는 점점 미약해진다고 사료되옵니다.”

의자왕은 참으로 합당한 말이라고 파안대소하였다.

이때에 태종 무열왕은 백제에 괴변이 많이 있다는 말을 듣고 김인문(金仁問)을 당나라에 보내어 청병(請兵)하였다.

당나라에서는 좌무위대장군(左武衛大將軍)에 형국공(荊國公), 소정방(蘇定方)을 신구도행군총관(神丘道行軍總管)으로 삼고 좌위장군(左衛將軍) 유백영(劉伯英)과 좌무위장군(左武衛將軍) 풍사귀(馮士貴)와 좌효위장군(左驍衛將軍)을 반효공(庞孝公)으로 하여 12만 2천 7백 11인과 병선(兵船) 1,900척을 보내어 신라군과 합류하여 백제를 치게 하였다.

소정방이 군사를 이끌고 지금의 산동성(山東省) 문등현(文登縣)에서 바다를 건너 신라의 덕적도(德積島)에 이르니 태종은 김유신에게 정병 5만을 주어 합류하게 하였다.

좌평 의직(義直)이 세작(細作)의 정보를 접수하고 의자왕께 나아가 진언하였다.

“대왕마마 지금 당(唐)의 군선은 먼길을 왔기 때문에 무척 지쳐있을 것입니다. 더구나 그들은 수전(水戰)에서 익숙치 못하옵고 우리 백제를 경시하는 입장에서 자만하고 있을 것입니다. 우리가 병선을 내보내어 당군(唐軍)과 수전(水戰)을 불사하오면 신라의 병마들이 감히 짖쳐오지는 못할 것입니다. 이점 통촉해 주시옵소서.”

의직의 진언을 달솔(達率) 상영(常永)이 반대하였다.

“대왕마마, 좌평의 의견은 사리에 맞지 않다고 봅니다.”

의자왕이 상영에게 되물었다.

"맞지 않다는 것은 무슨 말인가?"

"지금 당나라의 군사들은 먼 길을 왔기 때문에 모든 전투를 속전속결하고자 할 것입니다. 또한 신라의 군사는 우리의 군사들에게 수차 패한 바 있기 때문에 우리의 군세(軍勢)를 바라보면 두려워함이 사실입니다. 지금의 소신의 생각으로는 마땅히 그들이 피로하기를 기다려 그들의 예기(銳氣)를 끊는다면 단 한 사람의 병마(兵馬)도 희생하지 않고 싸움에 승리할 수 있을 것입니다."

의자왕은 곤혹스런 표정으로 말했다.

"도대체 갑론을박으로서는 확실한 단언을 내리기가 촉(獨)나라 길내기 보다도 어렵단 말인가. 여봐라 고마미지현(古馬彌知縣)에 귀양가 있는 홍수(興首)에게 사람을 보내어 그의 의견을 알아보라."

사신(使臣)이 좌평 홍수에게 나아가서 묻기를,

"좌평, 지금 나라의 존망(存亡)이 화급에 처하였으니 이를 어찌하면 좋겠소?"

"그것은 마땅히 성충(成忠)의 의견을 따라야 할 것이오."

사신이 궁에 들어와 복면을 하자 여러 신하들이 앞을 다투어 반대하였다.

"좌평 홍수는 나라에 죄를 얻어서 귀양을 가 있는 처지이오니 대왕을 원망하는 마음이 간절할 것이옵니다. 그러하와 소신들의 생각으로는 당나라 수군으로 하여금 백강(白江)을 따라서 내려오되 배를 나란히 타고 오지 못하게 하옵시며, 신라의 군병으로서는 탄현(炭峴)에 올라와서 소로(小路)를 따라서 내려오되 말머리를 나란히 하고 오지 못하게 하는 것이 좋을 것입니다. 이때를 놓치지 않고 우리의 군사를 놓아 적병을 친다면 그것은 마치 닭장에 든

닭을 치는 것과 같고 그물에 든 고기를 잡는 것과 같을 것이옵니
다."

"참으로 옳은 말이로다."

의자왕은 이 의견을 수렴하였다.

얼마 후 당나라와 신라의 군사들이 백강과 탄현을 지났다는 소식이
들려오자 의자왕은 계백 장군에게 결사대 5천을 내주어 황산벌에서
신라의 군사와 싸우게 하였다.

네 번의 전투를 계백은 승리로 이끌었지만 워낙 군병의 수가 적은
탓으로 군병(軍兵)의 의기는 소침하였다. 이윽고 그 다음의 전투에
백제는 전멸을 당하였고 계백 장군 또한 전사하였다.

나당 연합이 진격을 하여 진구(津口)에 다다르자 문득 소정방의
군막 위에 새 한 마리가 선회하며 날고 있었다.

소정방이 점치는 사람을 불러 길흉을 점사(占辭)하였다.

"군막 위에 새가 노니는 것은 아무래도 상서로운 일은 아닌 것
같습니다. 소신의 점괘로는 반드시 원수(元帥)께서 크게 상(傷)
하실 것이옵니다."

"나의 생각도 그러하도다. 내키지 않는 걸음은 옮기지 않아야 하는
법, 아무래도 이번 싸움은 그만 두어야만 할 것 같도다."

김유신이 패검으로 땅을 힘차게 짚으며 말했다.

"장군, 그게 무슨 말이오이까? 한갓 미물의 행동으로 어찌 천시
(天時)를 헤아릴 수 있다는 말이오이까. 하늘의 뜻에 따라 불인
(不仁)한 무리를 치고자 함인데 어찌 상서로움이 없으리오."

하고 신검(神劍)을 뽑아 새를 겨누니 새는 양쪽 날개가 찢어져 떨어
져 내렸다.

이후로 진군을 하니 백제의 군병들은 크게 패배하였다.

　나당의 연합군이 성중에 밀어닥치니 의자왕은 탄식하여 마지 않았
다.

　"참으로 원통한 일이로다. 성충(成忠)의 의견을 따르지 않아 결국
　에는 이 나라가 망하는구나."

하고 뉘우친다.

　성안에 궁녀들은 나당의 연합군이 밀어닥치자 여러 후궁과 함께
부여성(扶餘城)의 북쪽 모퉁이에서 떨어져 죽으니 이곳이 바로 낙화
암(落花岩)이다.

　의자왕이 당(唐)에 잡혀가 그곳에서 죽으니 당의 황제는 의자왕에
게 금자광록대부 위위경(金紫光祿大夫 衛尉卿)을 증직(贈職)하고
신하들에게 조상함을 허락하였다.

＊백제 고기에 의자왕과 후궁들이 화를 면하지 못함을 알고 이곳에 와서 떨어져
죽었기로 타사암(墮死岩)이라 한다고 하였는데, 이것은 속설이라고 기술하고 있
다.

묘정과 구슬

　원성왕 때의 일이다.

　어느날 왕이 하루는 화엄사의 명승인 지해(智海)를 대궐로 청하였
다.

　그것은 지해로 하여금 왕 앞에서 50일간 화엄경(華嚴經)을 강론하
게 함이었다.

이때 지해(智海)를 따라온 사미(沙彌)가 있었는데 이름을 묘정(妙正)이라고 하였다.

묘정은 매일 김광정(金光井)이라 하는 우물에서 바리때를 씻었는데 이 우물은 대현 법사(大賢法師)가 명(名)한 바로 그곳이었다.

묘정이 바리때를 씻으면 항시 자라 한 마리가 떠올랐다가는 잠기곤 하였는 바 묘정은 매일 나머지의 밥을 자라에게 먹이면서 희롱을 일삼았다.

50여 일의 법석(法席)이 끝나가려할 때에 묘정이 자라에게 말을 하였다.

"내가 너에게 은덕을 베푼 지가 이미 오래 되었거늘 너는 무엇으로써 나의 은덕을 갚으려고 하느냐?"

법석(法席)이 다 끝날 즈음하여서 자라는 한 개의 작은 구슬을 입에 물고 올라왔다. 그것은 마치 묘정에게 그 구슬을 주려는 듯한 표정이었다.

묘정은 그 구슬을 받아서 허리띠 끝에 달았다.

이후로 묘정을 보는 사람들은 모두다 그를 사랑하였다.

대왕도 묘정을 내전에 불러 항상 가까이 두었다.

그때에 잡간(匝干) 벼슬에 있는 한 사람이 당나라에 서신으로 가게 되었는데 이 사람 또한 묘정을 지극히 사랑하게 되어 당나라로 동반케 되었다.

잡간과 묘정이 당나라에 들어가니 당나라의 황제 또한 묘정을 보고 사랑하기를 마지 않더니 나중에는 모든 승상(承相)과 근신(近臣)들까지도 모두다 그를 존경하고 따르기 시작하였다.

점술(占術)에 능한 사람이 묘정을 보고 나서 황제에게 말을 하였다.

"묘정이라는 해동국(海東國)에서 온 중은 자세히 살펴보니 얼굴에 길한 상이라곤 조금도 없었습니다. 그런데도 남에게 신뢰와 존경을 받는데에는 틀림없이 기이한 물건을 몸에 지니고 있을 것입니다."

"틀림없는 말이렷다."

"어느 안전이라고 거짓을 주청하리오까?"

당나라의 황제가 묘정의 몸을 뒤적이게 하였는데 잠시 후에 묘정의 허리띠 끝에 작은 구슬이 매달려 있음을 발견하였다.

"짐이 여의주(如意珠) 4개가 있었기로 지난 해에 한 개를 잃어버렸도다. 이 구슬을 자세히 살펴보니 전일에 잃어버린 그 구슬이 분명하도다. 네가 이 구슬을 지니고 있는 연유를 일러 보아라."

묘정이 그 사실을 낱낱이 고하자, 황제는 잃어버린 날짜가 같음에 깜짝 놀라며, 묘정을 신라로 보내고 구슬만을 빼앗았다.

그후로는 묘정을 사람들이 만나도 옛날처럼 귀여워해주지를 않았다고 한다.

*본시 여의주(如意珠)란 용의 턱 아래에 있다고 하는 구슬을 말한다. 흔히 말하기를, 이 구슬을 얻게 되면 많은 변화를 얻을 수 있다고 한다.

거타지(居陀知)

신라 제51대 왕은 진성 여왕(眞聖女王)이었다.

왕은 보위에 오른 후 나라 살림에는 도시 관심이 없고 동남(童男)을 불러 모아 색도(色道)의 길을 걷기에만 급급하였다.

그래서 유모인 부호 부인(鳧好夫人)과 그의 남편인 잡간(匝干) 위홍(魏弘) 등이 권력을 잡고 제 마음대로 정사(政事)를 휘두르니 도처에서 도둑들이 벌떼처럼 일어났다.

항간에서는 일종의 주문(呪文)인 타라니(陀羅尼)의 은어(隱語)로 시문(詩文)을 지어 길에 버려졌다.

"아니 이게 무어란 말이오?"

"타라니의 은어로 어떤 불충한 자가 시문을 지어 우매한 백성들을 책동하고 있소이다. 나라 안팎이 매우 술렁이고 있는 차제에 이따위 불충한 짓을 누가 했다는 말인가?"

진성 여왕은 이마에 주름을 잡으며,

"그래 누가 그랬는지 모른단 말인가. 이는 필시 왕거인(王居人)의 소행이 분명하도다. 그놈이 아니라면 어느 누가 이따위 죽을 짓을 한다는 말인가."

진성은 노기가 충천하여 왕거인을 잡아들이게 하였다.

"너는 이 글을 알고 있겠지?"

잡혀온 왕거인에게 묻자, 왕거인은 포박당한 채 글을 내려다 보았다.

南無亡國
刹尼那帝
判尼判尼蘇判尼
于于三阿干
鳧伊娑婆詞

이런 글이었다.

물론 글의 내용이야 짐작이 가는 터였지만 필치는 자기의 것이 아니었다.

"대왕마마, 이는 소신의 필치가 아니옵니다. 통찰하여 주옵소서."

왕거인이 부복을 하며 말하자 진성 여왕은 얼굴에 한 웅큼의 조소를 띠우며,

"그래, 정녕 너의 필치가 아니란 말이냐?"

"정히 그러하옵니다."

"그렇다면 그 범어가 뜻하고 있는 바를 알 수 있겠느냐?"

"짐작은 하고 있습니다."

"좋도다, 너의 풀이가 맞는다면 방면하여 주리라. 어서 그 은어를 풀어보도록 하라."

여왕이 왕거인의 포박을 풀게 하자, 왕거인은 계하에 떨어진 범어의 종이를 집어들고 잠시 생각에 잠겼다.

여왕의 호통 소리가 왕거인의 귓가를 어지럽혔다.

"무엇하고 있느게냐? 어서 사실대로 말해 보렷다."

추상과 같은 여왕의 설침(舌針)이 떨어지자, 왕거인은 주섬주섬 다음과 같이 말을 하였다.

"대저 은어의 품으로 보아 찰니나제(刹尼那帝)라 함은 여왕을 말한 것이 분명하옵니다."

"다음은?"

진성 여왕은 입가에 싸늘한 기운을 돋우며 되물었다.

"판니판니소판니(判尼判尼蘇判尼)는 두 사람의 잡찬(匝飡)을 뜻한 것 같습니다."

'저런 고이연 놈 보았나?'

위홍은 내심으로 분해하며 눈에 산 불을 켜고 왕거인을 노려 보았

다.

"하여 말씀을 드린 바와 같이 소판은 관작의 이름이 분명하옵니
다."

"다음을 말하여 보라."

"네, 우우삼아간(于于三阿干)은 3, 4명의 총신을 말하는 것으로
소신의 생각으로는 이 글 아래에 자언삼사총신(者言三四寵臣)이
탈락된 듯 싶습니다."

"그래서?"

여전히 여왕의 표정은 싸늘하기만 했다. 왕거인은 심호흡을 한
번 하고 나서 다음의 말을 이어나갔다.

"또한 부이(鳧伊)라 함은 부호 부인을 가리킨 것이라 사료되옵니
다."

그러자 여왕은 자지러지게 웃어 넘겼다.

"참으로 현명하게 잘 말해 주었다. 틀림없이 네가 한 짓이 분명하
도다."

"그렇지 않사옵니다. 대왕마마!"

"그렇지 않다?"

여왕은 반문하듯 되묻고 나서,

"너의 해석은 나의 짐작하는 바와 같다고 할 수가 있으나 너는
이 글을 보고 어찌 6자가 탈락한 것까지 생각하여 냈느냐? 이 글을
쓰지 않은 이상 어찌 그처럼 소상하게 알 수가 있었더냐?"

여왕은 왕거인이 미처 해명하기도 전에 금위 무사에게 명을 하여
옥에 가두게 하였다.

참으로 많이 알고 있음을 불행으로 자탄하여야 했다. 왕거인은
우러러 하늘에 자신의 결백을 고하며 다음과 같은 시를 지었다.

燕丹泣血虹穿日
鄒衍含悲夏落霜
今我失途還似舊
皇天何事不垂祥

연단의 슬픈 울음으로 무지개가 태양을 뚫고
추연의 품은 슬픔이 여름에도 서리를 내리게 한다.
지금의 나의 처지가 그들과 같은데
황천은 어찌하여 징조가 없음인가?

왕거인의 이 글을 자세히 음미하여 보면 이렇다.

춘추 전국 시대에 연(燕)나라의 태자 단(丹)이 진(秦)에 인질로 잡혀 있다가 도망쳐 왔다.

진나라가 6국을 차례로 정벌을 하자 연나라에서는 멀지 않아서 화가 미칠 것을 두려워하여 자객인 형가(荊軻)를 시켜 시황제를 암살코자 하였는데 실패하였다.

진시 황제가 장수를 보내어 연나라를 치려할 때에 연나라의 왕은 재빨리 태자 단(丹)의 목을 베어서 진나라로 보내었다.

그러니 첫행은, 연나라의 태자인 단(丹)의 슬픈 울음에 무지개가 태양의 빛을 뚫었다고 하였다.

둘째 행(行)에서 추연(鄒衍)은 전국 시대에 제(齊)나라의 사람인데 대덕(大德)하여서 연나라의 소왕(昭王)이 그를 스승으로 맞이할 만큼 학문이 고절하였다.

나중에 혜왕(惠王)이 보위에 오르자 신하들이 갖은 모략으로 추연을 참소하여 혜왕이 옥에 가두었는데 여름철에도 서리가 내렸다고 한다.

자연히 이런 말이 된다. 제나라 사람인 추연의 무고함은 하늘이 알아서 여름에도 서리가 내리게 하였다.

다음의 세째 행(行)에서, 지금 나는 실도(失途)하였다고 함은 말이나 뜻을 얻지 못하였음을 이르는 말이다. 그런데도 하늘(皇天)은 왜 신이(神異)한 징조를 내지 않습니까? 하는 탄원문이나 마찬가지다.

그러나 마른 하늘에서 한 줄기 섬광이 지하 뇌옥을 쳐부수더니 왕거인을 그곳에서 나오게 하였다.

이 왕 때에 막내 아들로 아찬(阿飡)의 벼슬에 있는 양패(良貝)가 당나라에 사신으로 갈 때에 후백제의 해적들이 길을 막는다고 하여 정예 궁수 50명을 가려뽑은 다음 따르게 하였다.

배가 곡도(鵠島)에 이르렀을 때 갑자기 사위가 캄캄해지면서 물결이 사납게 일렁이었다.

"여기가 곡도인가?"

"그러하옵니다. 지금의 처지로는 배를 더 나가게 할 수 없으니 저곳에 잠시 기항(寄航)을 하였다가 나아감이 좋을 것 같습니다."

"그리하도록 하라."

일행이 곡도에 머물러 있는 동안 바다 바람은 더 크게 성내며 일렁이었다.

10여일이 훌쩍 지나가니 양패의 근심이 이만저만이 아니었다.

"이 무슨 징조란 말인가? 곁에 일관(日官) 없음이 한이로다."

그러자 주위의 사람들이 이구동성으로 말을 하였다.

"나리, 비록 그렇다고는 하나 유명한 복술가(卜術家)가 이곳에 있다 하오니 그를 부르심이 가할 듯 하옵니다."

양패가 그 사람을 불러 점을 치게 하였더니 복술가가 말하기를,

"이와 같은 일은 범상한 일이 아닌 듯 싶습니다. 소인의 생각으로 는 이곳에 신지(神池)가 있사옵기에 그곳에 제사를 지내어 보는 것이 좋을 것 같습니다."

"신지(神池)라……."

양패는 그곳에 다다라서 물 위에서 제사를 지냈다. 갑자기 못물이 한자 쯤이나 치솟아 올랐다.

양패는 곧 침소로 돌아와서 잠이 들었는데 꿈속에서 한 노인이 나타나서 말을 하였다.

"그대는 들으라. 순조롭게 항해를 하려거든 마땅히 활을 잘 쏘는 사람을 이곳에 남겨 놓으시오. 그렇다면 순풍을 얻을 수 있으리로 다."

공(公)은 꿈에서 깨어나 그 일을 주위의 사람들에게 말을 하였 다.

"참으로 기이한 일이옵니다. 소신의 생각으로는 그러한 선인(仙 人)이 현몽하였다면 일단 그리하여 보심이 가할 듯 하옵니다."

"신지(神池)에 누구를 남겨놓는 것이 좋겠소?"

그러자 복술가(卜術家)가 말을 하였다.

"선인(仙人)이 공의 꿈속에 현몽하였다면 그것은 필시 곡절이 있을 것이옵니다. 그러하온즉 함께 온 50의 궁사(弓士)들 이름을 목패(木牌)에 새긴 후 그것을 신지에 띄워 가라앉는 목패의 주인 을 남겨두는 것이 좋겠습니다."

"참으로 명안(名案)이로다."

양패는 즉시 그 의견을 따라 시행하였는데 가라앉은 목패는 거타지 (居陀知)라는 궁사(弓士)의 것이었다.

"이 모든 것이 신이(神異)함에 있으니 그대는 뜻을 받들도록 하라."

양패의 말에 거타지는 대답하였다. 그런 연후에 양패가 배를 짖쳐 나아가니 순풍을 만난 듯이 뱃그림자는 순식간에 수평선 너머로 사라져 버렸다.

거타지는 하염없이 물속에 가라앉은 하늘의 구름을 바라보며 수심에 잠겨 있었다.

그때 못 속에서 한 노인이 나와서 말하였다.

"나는 서쪽 바다의 신이오. 그런데 어느날 한 중이 해가 뜰 무렵에 내려와 타라니의 주문을 외우고 이 못을 세 바퀴 돌면 우리 부부와 자손들이 물에 뜨게 되는데, 그 중은 우리 자손들의 간을 빼내어 먹어버리어 자연 자손들이 끊길 위험에 직면하였소. 이제 남아있는 이는 우리 부부와 딸 하나이오. 그러하니 내일 아침에 그 중이 반드시 올 것이니 그대가 중을 활로 쏘아 주기 바라오."

의외의 일에 거타지가 넋을 잃고 있다가 황망히 말하였다.

"활을 쏘는 일은 제가 가지고 있는 장기(長技)의 으뜸이니 명령대로 따르겠나이다."

"허허허, 참으로 고맙소이다."

노인이 물 속으로 사라지자 거타지는 숲길에 몸을 감추고 중이 오기를 기다렸다.

다음날 해가 떠오르니 과연 한 중이 나타나더니 타라니의 주문을 외우고 못을 세 번 돌자 못 속에서 세 마리의 용이 떠올랐다. 그러자 그 중이 용의 간을 빼내려고 손을 폈다.

거타지가 화살을 잰 다음에 시위를 날리어 중의 심장에 명중을 하였다. 중은 즉시로 늙은 여우의 흉악스런 모습으로 변하였다.

"참으로 고맙습니다. 우리 부부와 딸의 목숨을 보전시켜 주었으니 내 딸을 공에게 주겠소이다."

못에서 나온 노인의 말에 거타지는 황망히 감사의 예를 올렸다.

노인은 그 딸을 한 가지의 꽃으로 변신시킨 다음에 거타지의 품속에 넣어두게 한 다음 이내 두 마리의 용을 시켜 앞서간 배를 따라가서 호위하게 하였다.

두 용이 호위를 하여 오니 당나라에서도 크게 잔치를 베풀어 사신들에게 금백을 후히 주었다.

거타지는 고국에 돌아와 꽃 가지를 꺼내 여자로 변하게 한 다음 백년을 해로하였다고 한다.

*옛날 중국에서는 동쪽의 바다 속에 부상(扶桑)이라는 신목(神木)이 있어 그곳에서부터 해가 뜬다고 믿고 있었다.

화공(畵工)의 솜씨

장승요(張僧繇)라는 사람이 있었다. 오(吳)나라의 사람으로 양무제 때 우장군(右將軍)과 오흥 태수(吳興太守)를 역임하였는데 그가 화선지에 산수(山水)를 치면 마치 산과 물이 살아서 움직이는 듯하고 조류(鳥類)를 치면 새가 나는 듯 하여 가히 천하의 명공(名工)이라 이르게 되었다.

중국의 천자에게 총애하는 후궁이 있어 여러 대신들에게 물으니 가히 장승요의 이름이 회자되어 칙명으로 그를 황궁으로 불렀다.

장승요가 천자 앞에 부복하니,

"그대가 산을 움직이고 물을 움직인다고 하는 장승요인가?"
하고 물었다.

"산과 물을 어찌 사람의 힘으로 움직일 수 있겠습니까. 원근(遠近)의 기법으로 그렇게 보일 뿐입니다. 하오나 산수(山水)를 치는 데에는 그 근원을 헤아림이 화공(畵工)의 솜씨이니 명공(名工)이라는 이름으로 불리우고자 한다면 산과 물의 형상보다는 그 속에 담긴 산의 정기(精氣)와 물의 흐름을 붓끝에 반추할 수 있어야 할 것으로 사료됩니다."

천자는 장승요의 말에 한참 동안이나 말을 잃고 있다가,

"짐이 총애하는 후궁이 그 자색이 뛰어나 그 미모를 미인도(美人圖)로 남겨 후세의 제왕(帝王)들에게 그 미색을 알리고자는 뜻이 있어 그대를 불렀는 바 그대는 즉시 사흘 안으로 미인도를 완성하도록 하라."

추상여일(秋霜如一), 어찌 천자의 명을 거역할 수 있겠는가. 장승요는 즉시 내관(환관)을 따라 후궁이 기거하는 선화당(宣化堂)으로 향하였다.

잠자리의 날개와도 같은 미삼을 걸치고 태극선을 든 모습은 가히 장승요가 가히 선경에 이른 듯하여 정신이 아득하였다.

장승요는 나직이 입속으로 중얼거렸다.

"심정중생정(心浄衆生浄)

심구중생구(心垢衆生垢)이니……."

자신의 마음의 유로(流露) 현상에 따라 화공(畵工)의 솜씨는 달라지는 것이니라.

장승요가 미인도를 완성시키고 붓을 드는 순간에 잠깐 동안에 붓을 놓치고 말았다.

"아뿔사, 이 일을 어찌하면 좋을까. 생전에 이런 실수가 한 번도 없었거늘 이 무슨 낭패란 말인가."

물론 시간이 많이 있는 경우라면 다시 그릴 수도 있으련만 오늘이 천자의 칙명을 받은, 약속한 사흘이니 다른 방도가 있을리 없었다.

장승요는 미인도를 그대로 천자에게 진배하였다.

미인도를 본 천자는 크게 노하였다.

"총비(寵妃)의 실물은 그런대로 비슷하다고 할 수 있으나 하복부에 있는 붉은 점은 어찌된 것이냐? 여기엔 총비가 태어날 때부터 붉은 사마귀가 있었던 곳인데 나를 속이고 두 사람이 음행(淫行)한 행동이 없었다면 어찌 그것까지 그릴 수 있었단 말인가? 짐의 눈을 속이고 어지러운 행동을 하였음이 분명하도다. 내 친히 국문을 할 것이니 형리는 준비를 서두르라."

그때 승상(丞相)이 복명하며,

"폐하, 장승요는 그 사람 됨됨이가 심산에서 흐르는 물줄기처럼 맑은 위인입니다. 지금 그를 벌주신다면 폐하의 위엄에 손상이 될까 걱정스럽습니다."

"그 무슨 소리. 경은 장승요가 잘못한 것이 없는데도 짐이 그를 벌주고 있다고 생각하는가?"

"폐하, 장승요는 가히 신인(神人)이라 불리우는 화공입니다. 그가 폐하를 우롱할 의향이라면 어찌 소상한 그림을 그릴 수 있었겠습니까? 그는 신력(神力)이 있어 가히 보지 않아도 그릴 수 있는 힘이 있다고 들었습니다. 이점 통촉하여 주시옵소서."

천자는 승상의 말을 잠시 동안 곱씹어 보다가,

"경의 말을 들으니 장승요가 신력(神力)이 있다고 하였는데 과연 그러한가?"

"그러하옵니다."

여러 대신들이 때를 기다려 복명을 하자 천자가 다시 말했다.

"경들의 의견이 정녕 그러하다면 나 또한 우매한 군주라는 소리는 듣고 싶지가 않도다. 과연 장승요가 신력이 있다면 그를 어찌 참형에 처할 수 있겠는가. 즉시 죄인을 이곳에 데리고 오도록 하시오."

장승요가 천자 앞에 부복을 하자 천자는 좌중을 한 번 쓸어보고 나서 다시 말을 하였다.

"그대가 신력(神力)이 있어 사해에 그 이름이 알려져 있다면 내 지난 밤에 꾼 꿈을 그릴 수 있겠는가?"

장승요가 깊이 머리를 조아리며 말했다.

"소인에게 죄가 있고 없음은 하늘만이 알고 있는 터입니다. 죄가 없다면 폐하의 어몽(御夢)을 그릴 수 있을 것입니다."

"가하도다. 그대는 즉시 실행하도록 하라."

장승요가 두 눈을 감고 두 손을 합장한 다음 5 체추지의 몸으로 엎드리자, 그의 뇌리에 한 모습이 선연히 떠올랐다.

그것은 한없는 자비심을 가지고 중생들이 괴로울 때 정성으로 그 이름을 외우며 그걸 듣고 곧 구제를 한다는 관세음보살(觀世音菩薩)의 모습이었다.

장승요는 즉시 십일면관음보살(十一面觀音菩薩)을 그리기 시작하였다.

이윽고 그림이 완성되자 천자는 크게 놀라며 소리쳤다.

"오호라, 어찌 나의 꿈과 똑같다는 말인가. 과연 그대는 신력(神力)이 있음이 분명하도다."

장승요는 죄를 피하고 천자는 그를 널리 중용(重用)하였다.

＊여기에서 등장하는 천자는 양(梁)·진(陣) 무렵의 천자라고만 신라의 고전에
적고 있다.

9

천도(天道)의 장

꿈

"에그머니, 흉칙도 하여라."

보희(寶姬)가 눈살을 찌푸리며 말하자, 동생 문희(文姬)가 언니에게 다가와 물었다.

"무슨 일이길래 흉칙하다고 해요."

보희는 한참동안을 망연한 표정으로. 있다가 동생에게 나직하게 말했다.

"아지(阿之＝문희)야, 세상에 별 일도 다 있구나."

"도대체 무슨 일인데 그래?"

"저 있잖니, 내가 꿈에 서악(西岳)에 바람을 쏘이러 올라갔지 않았겠니?"

"그게 어때서?"

"내 말을 좀 들어봐. 서악에서 잠깐 쉬고 있는데 소피가 마렵지 않겠어."

"소피가?"

하고 문희가 키들거리며 묻자, 보희는 심각한 표정으로 다음 말을 이었다.

"그래서 조금 으슥한 곳에서 소피를 보았는데, 어찌된 일인지 그치지를 않고 소피가 서울 장안에 가득가득 넘치게 차는 것이 아니겠니?"

문희의 눈빛이 번쩍 빛을 발했다.

"그러니 아지야, 어찌 흉칙한 꿈이 아니라고 하겠니?"

보희의 언짢아 하는 표정을 보고 있다가 문희가 말했다.

"언니, 그 꿈 나에게 팔아요."

"꿈을?"

흉칙한 꿈을 꾸었다고 생각하고 있는 때에 문희가 꿈을 사겠다고 하니 보희는 눈이 번쩍 뜨이는 모양이었다.

"내 꿈을 사겠다면 무엇을 주겠니?"

"글쎄, 무엇이 좋을까? 내가 아끼는 비단 치마를 주면 되겠어요?"

보희의 입이 크게 벌어졌다. 그 비단은 문희가 애지중지하던 것 중의 하나였다.

"좋아, 그 비단 치마를 나에게 주렴."

문희는 보희가 시키는 대로 치마귀를 잡고 꿈을 받을 준비를 하였다.

"자, 어젯밤에 내가 꾼 꿈을 문희에게 준다. 가져가거라."

한 사람은 간밤의 꿈을 주고 한 사람은 간밤의 꿈을 받는다.

이로부터 열흘쯤이 지나 신라 사람들의 풍속 놀이인 족구(축구)를 하다가 김유신이 잘못하여 김춘추의 옷고름을 밟아 버렸다. 본시는 이 놀이를 농주(弄珠)의 희(戲)라고 하는데, 정월의 상오 기일(上午忌日)이면 하는 놀이였다.

옷고름이 떨어진 김춘추를 데리고 김유신이 집으로 돌아와 보희에게 말했다.

"아해(阿海＝보희)야, 어서 공자의 옷고름을 달아드리도록 해라."

보희가 기쁜 낯으로 문지방을 들어서니 갑자기 코에서 줄기차게 코피가 쏟아졌다.

김유신은 할 수 없이 동생 아지(阿之)에게 김춘추의 옷고름을 달게 하였다.

젊은 남녀가 호젓한 한 방에 있게 되자 어찌 혈기가 방자하지 않을 수 있겠는가.

옷고름을 달고 있는 문희의 봉침을 하는 손끝이 가늘게 떨렸다.

처음에는 기실 모른척 하고 있었지만, 흘깃 손끝을 내려다보는 김춘추의 눈에는 선녀의 섬섬옥수인양 아련하기 그지 없는 문희가 어찌 범상하게 보이겠는가.

"소저, 수고를 끼쳐 죄송하오이다."

"별말씀을 다 하십니다."

김춘추는 몇 번인가 헛기침을 하며 마음의 설레임을 진정시켰지만 어찌 그것이 간단없는 마음으로 조절할 수가 있겠는가.

옷고름을 봉침하였지만 문희의 걸음 또한 떨어지지를 않는다.

"소저, 오늘의 수고를 다음날에 보답코자 하는데 내가 다시 이곳에 들려도 되겠소이까."

김춘추의 말에 문희가 이윽고 고개를 들었다.

선홍색의 두뺨은 잘 익은 홍도화처럼 붉으스레 하였고 깜박이는 검은 눈은 어떤 비밀의 말을 깊이 담은 듯 신비스럽기가 그지없었다.

"소저!"

김춘추가 문희의 손을 살며시 거머쥐었다. 문희의 얼굴은 더욱더 빨갛게 타올랐다. 고개를 숙인 문희의 가슴은 알지못할 고동소리로 숨쉬는 것조차 어지러웠다.

김춘추가 일어서며 말했다.

"내일 다시 오리다."

문희도 한 마디쯤은 해야겠는데 얼어붙은 입이 종내 떨어지지를 않는다.

"기……다리고 있겠습니다."

간신히 입을 떼고 문희는 건넛방으로 쏜살같이 사라져 버렸다.

김춘추는 내심 빙그레 웃으며 문희 또한 자신을 싫어하지 않음을 새삼 기뻐하였다.

다음날 김유신은 사냥을 빙자하여 멀리 출타하였다. 그 시간을 이용하여 김춘추는 몇 가지의 선물을 싸들고 문희의 집을 방문하였다.

"유신 공!"

김춘추의 목소리가 뜰 안쪽까지 쩌렁하게 울렸다.

문희가 쪼르르 달려나가 김춘추를 맞이하며 말했다.

"오라버니께서는 수렵을 가신 듯 하옵니다."

김춘추는 낭패한 표정으로 말했다.

"허어, 나는 그것을 몰랐네 그려. 내 잠시 안에 들어가 기다려도 되겠소이까?"

"그렇게 하십시오. 공자님!"

문희는 자신의 방으로 김춘추를 안내하였다.

방에 들어서자 김춘추는 지필묵을 당겨 다음의 싯귀를 일필휘지하였다.

好采生憂

好采生畏
無所好采
何憂何畏

그대로부터 걱정이 생기고
그대로부터 두려움이 생긴다.
사랑이 없으면 걱정이 없겠거니
또 어디에 두려움이 있겠는가.

문희는 얼굴 가득 기쁨을 나타내었다.
"내가 이곳에 오늘 온 것은 유신공을 만나고자 함이 아니라 소저를
만나고자 함이었소."
"………."
문희가 얼굴을 붉히며 고개를 숙이자 김춘추는 싯귀를 가리키며
다시 물었다.
"이 싯귀의 뜻을 알아보겠소이까?"
문희가 알고 있다는 듯 고개를 끄덕였다. 김춘추의 놀라움은 이만
저만이 아니었다.
문희가 나직이 읊조리듯 말했다.
"이 글은 법구경(法句經)의 애호품(愛好品)에 나오는 말이지요."
여기서 법구경에 대해 잠시 살펴보자. 법구경은 물론 석가모니가
작자이지만 그것을 모아 엮은 사람은 법구(法救)이며, 한문을 번역한
사람은 오(吳)나라 사람 유기난이라고 전하고 있는 서기 전 1세기쯤
의 서책이다.
김춘추의 표정이 밝게 빛나며 문희를 바라보더니,

"소저는 미려(美麗)한 수구(首句)를 기억하고 있소이까?"

김춘추의 말에 문희는 펼쳐놓은 한지에 다음의 글을 평사낙안(平沙落雁)의 필치로 일필휘지하였다.

深觀善惡

心知畏忌

畏勿不犯

終吉無憂

故世有福

念思紹行

善致其願

福祿轉勝

선악을 자세히 살피고

피해야 될 일을 마음으로 알아서

마땅히 두려워 범하지 않으면

걱정은 없어질 것이로다.

그 길을 알려주는 친구 만나면

그를 따라 마땅히 짝을 이루라.

이런 사람과 짝을 이루면

복록은 끝이 없는 것이어니…….

김춘추의 놀라움은 더욱 클 수밖에 없었다.

"소저!"

김춘추가 문희의 손목을 부여잡자 문희는 슬며시 김춘추의 품안으로 빨려들어갔다. 그 품속은 다감하고 안온하기가 그지 없다.

어른거리는 눈앞에는 환영(幻影)인 듯 싶게 쌍호접(雙蝴蝶)이 분분히 노니는 것 같았다.

숨차오르는 탓인지 문희가 춘추의 품속을 살며시 빠져나오며,

"주안상을 마련하겠습니다."

하고 일어섰다.

그로부터 몇 시각이나 지났을까? 이제는 서로의 사이가 흉허물 없이 옛친구를 만난 사이처럼 스스럼이 없어졌다.

밤은 점점 깊어가는데 김유신은 돌아오지 않는다.

돌아감을 망설이는 김춘추의 귀에, 이집 하인의 목소리가 들려온다.

"공께서는 내일까지 수렵을 계속하신다고 하옵니다."

내일까지 수렵을 계속한다는 것은 오늘밤을 노숙(路宿)한다는 것이니 집에는 못들어 올 것은 정한 이치다.

김춘추의 눈빛이 섬광처럼 빛을 뿜었다.

"소저, 나는 소저와 더불어 이 밤을 함께 할까 하오이다."

말을 마친 김춘추의 손이 문희를 싸안으며 넓은 가슴에 품어버렸다.

"소저!"

"공자님!"

누가 먼저랄 것도 없이 두 사람의 입술이 서로를 찾았다. 달달 문희의 이빨이 덜덜거리며 맞부딪쳤다.

"소저!"

어설픈 김춘추의 손놀림이 다급하여졌다.

타오르는 듯한 정염이 두 사람을 감싸자 문희가 숨가쁜 목소리로

말했다.

"불… 불을 좀 꺼주십시… 오."

그러나 춘추의 손과 혀는 문희의 몸을 애완하기에 여념이 없다. 금파(金派)처럼 극비한 경련이 문희의 몸에서 일어나고 열화로같이 타오르는 김춘추의 몸은 금방이라도 폭발할 것 같은 열기(熱氣)에 휩싸였다.

온몸을 꿰뚫는 통증을 느끼면서 문희는 어디서인가 애잔한 통소 소리가 들려옴을 느꼈다.

이것은 쓸쓸함이 아니요, 마음을 정화시키고 승화시키는 곡이었다. 그러나 추호의 추잡함을 느낄 수가 없었다.

김춘추의 몸놀림은 둔화되었다가는 다시 빨라지고…….

신명(晨明)이 가까워질 무렵 김춘추는 곤한 잠에 떨어져버렸다.

그 밤을 기점(基點)으로 하여 두 사람은 은밀한 사랑놀이를 계속하였다.

이것을 관망의 눈초리로 바라보면서 도외시하는 듯 하던 김유신이 어느날 다짜고짜로 문희를 불러앉혔다.

"너의 몸이 수척하여지고 토악질을 계속하는데 연유가 무엇이냐?"

"………."

문희는 김춘추와의 그동안의 전말을 얘기할 수 없었다.

"네가 부모의 윤허(允許)도 얻지 않고 임신하였으니 이는 마땅히 화형(火刑)으로 다스려야함이 옳을 일이로다."

김유신은 십자(十)형의 형틀에 문희를 묶고 그 아래 많은 장작을 쌓아놓게 하였다.

"너와 나는 비록 피를 나눈 형제이지만 실절(失絶)을 한 이 마당에 어찌 네가 살기를 바라느냐? 마지막으로 묻건대 네 뱃속의 아이는 누구의 피를 받았느냐?"

그래도 문희는 아무 말이 없었다.

"여봐라, 장작더미에 불을 붙여라."

명을 받은 하종배들이 머뭇거리자, 김유신은 한 번 더 질책을 하였다. 하인들이 김유신의 명을 어기지 못하고 눈물을 비오듯 쏟으며 장작더미에 불을 붙였다.

저승의 악다구니같은 시커먼 연기가 하늘로 치달아 올라갔다.

이 무렵 남산(南山)에는 선덕 여왕이 횡보하다가 연기를 보고 근신(近臣)에게 물었다.

"저곳은 유신 공의 집이 분명한데 어인 일로 연기가 치솟아 오르는가?"

곁에 있던 시종이 말했다.

"유신공의 누이 중에서 부모의 허락을 받지 않고 임신하였음이 드러나 뱃속에 든 씨의 임자를 물었으나 대답이 없기로 유신 공이 누이를 화형(火刑)에 처한다고 하옵니다."

"그렇다면 그 사람이 누구란 말인가?"

그러나 근신들이 입 열기를 주저하자 선덕 여왕은 옆에 있는 김춘추에게 물었다.

"너는 알고 있느냐?"

김춘추는 할 말을 잊고 귀밑까지 빨개진 채로 고개를 숙였다.

"오라, 네가 유신공의 누이와 가연을 맺었구나. 그 아이는 의리를 져버리지 않고 너의 이름을 밝히지 않았는데 너는 어찌 이곳에서 수수방관만 하고 있다는 말이냐? 어서 빨리 내려가서 목숨을 구하여라."

명을 받은 김춘추가 급히 김유신의 저택으로 내달아 문희의 화급을 구하였는데, 이후 왕명으로 두 사람은 혼례를 행하였다.

선덕 여왕이 붕어하시고 김춘추가 보위에 오르니 이가 곧 태종대왕(太宗大王)이며 유신의 누이 동생인 문희가 바로 문명황후(文明皇后)이다.

＊보희(寶姬)가 꿈을 문희에게 판 후 춘추 공이 유신의 집을 찾았을 때 보희는 남녀유별을 내세워 춘추공의 옷고름을 달아주지 않았다고 유사는 기록하고 있다. 여기에서는 고본(古本)을 따라 병으로 나오지 않았음을 쫓아 기술하였다.

밀계(密計)

제45대 임금인 신무 대왕(神武大王)의 이름은 우징(祐徵)이었다. 신무 대왕(神武大王)이 왕이 되기 전의 일이다.

어느날 우징이 협사인 궁파(弓巴)에게 말을 하였다.

궁파는 장보고(張保皐)에 대한 이름으로 궁복(弓福) 또는 궁파(弓巴)라고 한다.

"여보게, 궁파! 나에게는 같은 하늘에 머리를 두고 살 수 없는 원수가 있소."

"그게 누구입니까?"

"그것을 말하기 전에 내가 그대에게 먼저 물어 보리다. 나를 도와 줄 수가 있겠소?"

장보고는 아무런 말이 없었다. 우징은 궁파의 이런 심중을 알아보기라도 하는 듯이 말하였다.

"자네에게 그냥 도와달라는 말은 아닐세. 만약 나를 도와서 일을 성공한다면 그대의 딸을 반드시 왕비로 맞아 들이겠소."

"좋습니다."

잠시 후 우징은 자신의 원수에 대하여 말을 하였다. 물론 장보고도 내심으로는 짐작하고 있는 터수였다.

나중에 신무 대왕(神武大王)이 되는 김우징(金祐徵)의 원수는 신라 제44대의 성상인 민애왕(閔哀王)이었다.

민애왕은 우징의 아버지인 김균정(金均貞)을 살해하였고 그런 다음에 난을 일으켜서 희강왕(僖康王)을 시해한 다음 스스로 왕이 되었다.

당시에 장보고는 전남의 완도(莞島)에 청해진(淸海鎭)을 만들어 해상(海上)을 장악하고 있는 터여서 그 세력은 막강하였다.

우징의 제의에 궁파는 허락하고 군사를 일으켜서 능히 일을 성공시켰다.

어느날 어전 회의에서,

"내가 연전(連前)에 궁파에게서 받은 힘이 크도다. 만일에 흉도를 처치하게 되면 그의 딸을 왕비로 맞이한다는 약속을 하였는 바 나는 전일의 약속대로 그의 딸을 왕비로 삼고자 하오."

그러자 여러 신하들이 극력으로 반대를 하였다.

"대왕마마, 사기(史記)에 서(書)하여 이르기를 상부측미(尙父側微) 졸귀서백(卒歸西伯)이라고 하고 있습니다. 궁파는 본시가 미천한 태생이옵니다. 대왕께옵서 궁파의 딸을 왕비로 삼음은 옳은 일이 아닌 듯 싶습니다."

왕은 그 말을 옳게 여기어서 그 말을 따르었다.

그 무렵에 궁파는 청해진(淸海鎭)에 진을 치고 있었는데 궁안의 세작(細作)으로부터 이 소식을 접하고 크게 노하였다.

"한갓 미물도 은혜를 입음을 갚고자 함이거든 한 나라의 임금된 자로서 어찌 은혜를 원수로 여기고 전날의 약조를 어긴단 말인가. 그런 소인배에게 잠시간 속았던 것이 원통하고 분하도다. 내 이 빚은 언젠가 반드시 갚고 말리라."

장보고가 군사를 회동할 기미가 보이자 장군 염장(閻長)이 소식을 듣고 복명을 하였다.

"대왕마마, 지금 청해진(淸海鎭)에 있는 궁파(弓巴)가 난(亂)을 도모코자 하고 있습니다."

신무 대왕은 얼굴색이 변하여 염장을 내려다 보았다.

"그리하여 소신에게 하명(下命)만 하여 주신다면 제가 그곳에 가서 궁파를 제거하고 오겠나이다."

"참으로 가상하도다. 어서 그리하도록 하라."

왕은 기뻐하며 이를 허락하였다.

염장은 청해(淸海)로 가서 그곳으로 인도하는 사람을 만나 말을 하였다.

"나는 임금에게 조그만 원망이 있었습니다. 그리하여 이제껏 쫓김을 당하고 있는 처지였습니다. 하여 명공(明公)에게 이 몸을 의지하여 장차의 일을 도모코자 하옵니다."

"하하하, 이 무슨 허튼 소리를 하고 있느냐? 그대의 왕께서 나의 딸을 왕비로 간택하였는데도 그대들이 폐하여 놓고 이제 와서 세치의 혀로 감언이설을 늘어놓고 있다니 참으로 우스운 일이로다."

염장은 다시 말을 하였다.

"그것은 여러 신하들이 간한 것입니다. 나는 그 일에 참여를 하지 않았나이다. 공은 나에 대한 혐의를 푸시기 바랍니다."

"그렇다면 그대는 무슨 일로 이곳에 왔는가?"

"말씀드린 바와 같이 공의 휘하에 들어와 장차의 일을 도모할까
하옵니다."

"좋소이다."

두 사람은 흔쾌히 술잔을 나누며 기뻐하였다.

장보고가 술잔을 입에 댄 찰나에 염장은 소매자락 속에 숨긴 비수
로 궁파의 심장을 깊이 찔러버렸다.

궁파가 허둥거리자 염장은 걸어놓은 환도를 빼내어 궁파를 베어
버렸다.

궁파의 휘하 군사들이 모두 염장 앞에 꿇어 엎드렸다.

신무 대왕은 염장에게 상을 내린 다음에 아간(阿干)의 벼슬을
내리었다.

＊흔히 복명(復命)을 그냥 명에 따름을 뜻하고 있는데 이것은 명을 받고 일을 처리
한 사람이 그 결과를 보고하는 일이라고 하고 있다. 후한서(後漢書)에 孫堅謂張温
曰 明公親師王師 咸振天下라고 적고 있다.

세 가지의 일

신라 제27대 왕의 이름은 덕만(德曼)으로 시호는 선덕 여왕(善德
女王)이었다. 왕이 보위에 오른지 16년만에 기이한 세 가지의 일이
있는데 일화(逸話)로서 유명하다.

당(唐)의 태종(太宗)이 보내온 선물을 펴보니 자주, 빨강, 하양의

3색으로 그린 채색화(彩色畵) 한 점과 꽃씨를 3되 가량 보내왔다.

대신들은 상국(上國)에서 보내온 그림인지라 그림이 뜻한 바가 있을 것인데도 전후의 사정을 알 수 없어서 연일 노심초사하였다.

그러자 왕이 신하들에게 말을 하였다.

"이 그림은 모란을 그린 것으로 필경 보내온 씨도 모란이 틀림없을 것이오. 모란이 이렇듯 만개(滿開)하여 하늘을 조롱한 듯하여도 꽃에 호접(蝴蝶)이 분분하지 않으니 반드시 향기가 없을 것이오."

호접(蝴蝶)이란 '나비'를 일컬음으로 모란꽃에 나비가 날아들지 않음으로 하여 향기가 없음을 왕은 숙지한 것이다.

대신들이 왕의 지혜에 감탄하며 머리를 주억거리자,

"대저 이런 채색화를 보내온 것은 나의 배우자가 없음을 은근히 모멸한 것이 아닐 수 없는 것이오."

"음."

바꾸어 생각하건대 당 태종이 3가지로 채색된 모란꽃을 보내온 것이 왕의 배우자가 없는 것을 모멸을 한 것인지, 아니면 신라에 세 여왕, 즉 진덕(眞德), 선덕(善德), 진성(眞聖)이 있음을 예견한 것인지는 알 수 없는 노릇이리라.

한 번은 이런 일이 있었다.

지금의 경주시 성진리의 강가에 영묘사(靈廟寺)라는 절이 있었다. 이 절은 선덕왕 원년인 632년에 세운 것인데 궁의 서쪽에 위치한 옥문지(玉門池)라는 못에서 겨울철인데도 많은 개구리가 모여서 울고 있었다.

"대왕마마, 지금은 동면에 들어갈 개구리들이 옥문지에 모여들어 연 사흘을 울고 있다는 괴이한 일이 있습니다. 안팎의 백성들이 길흉을 알 수 없어 민심이 흉흉하여 지고 있습니다."

왕은 아미에 깊은 주름을 만들어 잠시 사유(思惟)에 빠지더니,

"각간(角干) 알천(關川)과 필탄(弼呑)은 들으라."

두 각간이 복명을 하자 왕은 빠른 어조로 명을 내렸다.

"경들은 즉시 정병(精兵) 2천을 뽑아서 서교(西郊)에 있는 여근곡(女根谷)을 탐문 수색하라."

두 각간이 의아로운 표정을 짓자 왕은 얼굴 가득 홍조를 떠올리며,

"그곳에 이르면 반드시 적병이 있을 것이오."

두 각간은 즉시 명을 받들어 각각 1천의 군병을 인솔하여 서교에 다다라 여근곡을 탐문하니 백제의 장군 오소(午召)가 남산의 바위 밑에 5백의 정병을 거느리고 와서 매복하고 있었으므로 이를 포위하여 일대 격전이 벌어졌다.

오소가 궁시(弓矢)에 맞아 죽으니 자연 싸움은 지리멸렬되어 백제의 잔당들은 소탕되었다. 또한 백제의 후속부대 1천 3백이 이것을 알지 못하고 다가오다가 신라의 정병을 만나 크게 대패하였다.

잔병(殘兵)들이 소탕되자 두 각간이 왕앞에 나아가 복명을 아뢰자,

"대저 옥문(玉門)이라 함은 여자의 생식기로 여자는 음(陰)이고 남자는 양(陽)이니, 옥문지가 궁서(宮西)에 위치하고 있으니 음(陰)의 빛깔인 백색과 같은 것이오. 하여 적병이 서쪽에 있음을 예견할 수 있었고, 남자의 생식기는 반드시 여자의 생식기에 들어가면 죽게 되는 것이니 필히 잔병들을 잡을 수 있으리라 생각한 것이오."

어느날 왕은 몸에 병이 없는 데도 죽을 날을 예견하여 말을 하였다.

"내가 어느날 어느 시에 죽으면 도리천(忉利川)에다 장사를 지내기 바라오."

여러 신하들이 왕의 뜻을 몰라 다시 물으니 왕은,

"도리천은 낭산(狼山)의 남쪽이오."

하고 말을 하였다. 과연 왕이 예견하는 날자에 영면(永眠)하니, 신하들이 왕의 유택을 낭산의 남쪽에 모셨는데, 10여년 후 문무 대왕(文武大王)이 사천왕사(四天王寺)를 왕의 무덤 아래에 세웠다.

＊도리천(忉利川)이란, 불교에서 말하는 욕계육천(欲界六天)의 하나로 곧 33의 숫자를 뜻한다.

해몽(解夢)

이찬(伊飡)의 벼슬에 있는 김주원(金周元)이 처음에 상재(수상)가 되었고 김경신(金敬信)은 각간(次相)이 되었다.

어느날 김경신의 꿈에, 귀인(貴人)이나 장원급제시에 쓰던 복두(幞頭)를 김경신이 벗고 하얀 갓을 쓰더니 손에는 가야금(12현금)을 들고 지금의 월성군 내남면의 일남리에 있는 천관사(天官寺)의 우물 속으로 들어갔다.

김경신은 꿈에서 깨어나 사람을 시켜 점을 치게 하였다.

복술(卜術)의 명인이라는 서맹인(徐盲人)이 점사(占辭)를 풀어 말하기를,

"이것은 길몽이 아닙니다. 내 입으로는 말하기가 어렵습니다."

"흉몽인가?"

"그렇습니다."

"그렇더라도 괜찮소. 사실대로만 말해주시오."

"알겠습니다."

서맹인은 다시 한 번 점사(占辭)를 풀어보고 나서,

"나리, 복두(幞頭)를 벗은 것은 관직에서 떠날 징조입니다. 가야금을 든 것은 형구(刑具)를 쓸 것이며, 또한 우물 속으로 들어간 것은 옥에 갇히게 될 징조입니다."

김경신은 마음이 심란하여 곡기를 끊고 자리에 눕고 말았다.

몇 날이 훌쩍 지나갔다. 그때 아찬(阿飡)의 직위에 있던 여삼(餘三)이 김경신에게 알현을 청하였으나 몸이 불편함을 이유로 하여 거절하였다.

여삼이 재차 청하자 김경신을 할 수 없이 여삼과 면대하게 되었다.

눈이 움푹하고 얼굴이 푸석푸석하였으므로 여삼이 걱정이 가득한 얼굴로 물었다.

"공(公)이 이토록 상심하는 것은 무슨 연유이신가요?"

김경신은 자기의 꿈을 여삼에게 말을 하였다.

꿈을 다 듣고나서 여삼이 벌떡 일어나더니 김경신에게 큰 절을 하였다.

"아니 이게 무슨 일이오?"

여삼은 일어나더니 다시 무릎을 꿇고 앉아서 말을 이었다.

"참으로 길몽이옵니다. 공(公)이 만일 높은 자리에 올라서 나를 져버리지만 않는다면 제가 해몽(解夢)을 해볼까 합니다. 주위를 물리쳐 주시옵소서."

　김경신은 주위에 있던 사람들을 물리친 다음에 나직이 여삼에게 해몽해 주기를 청하였다.

　"나리, 머리에 쓴 복두를 벗은 것은 다른 사람이 공(公)의 위에 앉을 이가 없음이요, 하얀갓을 쓴 것은 면류관을 쓰게 될 징조입니다. 가야금은 12현금이니 이는 12세손까지 대를 이을 상서로운 징조입니다. 천관사의 우물에 들어간 것은 필히 궁으로 들어갈 징조입니다."

　"허나……."

　김경신이 망설이자 여삼이 다시 묻는다.

　"나리, 무엇이 걱정이오이까?"

　"이보시게, 내 위에는 주원(周元)이가 있으니 어찌 내가 윗자리에 앉을 수 있다는 말인가?"

　여삼이 잠시간 궁리하고 나서,

　"그것은 비밀히 알천(북천) 신께 제사를 지내면 좋을 것 같습니다."

　김경신은 여삼의 말을 따라 그대로 하였다.

　얼마 후 선덕왕이 영면(永眠)을 하자 나라 사람들이 김주원에게 사람을 보내어 맞이하려 하였으나 알천의 물이 갑자기 불어서 모셔올 수가 없었다.

　이때 차상으로 있던 김경신이 궁에 들어가 보위에 오르니 이가 곧 원성 대왕(元聖大王)이다.

　김경신이 보위에 오르자 김주원을 따르는 무리가 모두 나아와서 배하(拜賀)하여 마지 않았다.

　이것은 모두 해몽 때문이라고 사람들의 입에 전한다.

　어느 해의 일이다.

이때 김주원(金周元)은 강릉에 물러가 있고 여삼은 이미 죽었으므로 그의 자손을 불러서 벼슬을 내리었다.

왕이 즉위한 11년의 일이었다.

당나라의 사자가 서울에 와서 한 달 동안이나 머물다 돌아갔는데 다음날 두 여인이 내정(內庭)에 와서 말을 하였다.

"그대들은 어인 일로 함부로 내정에까지 들어왔는가?"

그러자 여인이 말하기를,

"저희는 동지(東池)와 청지(靑池)에 있는 두 용(龍)의 아내이옵니다."

"오, 정말 그러한가?"

"그렇사옵니다."

"그런데 어인 일로 짐을 찾아왔는가?"

"당나라의 사자(使者)가 하서국(河西國)의 사람을 데리고 와서 우리 남편인 두 용과 분황사(芬皇寺)의 우물에 있는 용까지 잡은 다음에 저주를 하여 용의 모습을 작은 물고기로 바꾸어서, 조그만 통 속에 넣어가지고 돌아갔습니다. 부디 폐하께옵서는 그 호국용(護國龍)들을 이곳에 풀어주도록 하옵소서."

왕은 급히 영천(永川)의 서쪽에 있는 하양관(河陽館)까지 나아가서 큰 연희를 베푼 다음에 하서국(河西國) 사람들에게 말을 하였다.

하서국의 사람들이 왕명을 어기지 못하고 물고기 세 마리를 내놓자, 왕이 그 물고기를 각각 놓아주자 물에서 한 길이나 솟구치며 뛰놀더니 즐거이 달아났다.

＊원성 대왕에게는 손자가 다섯이나 있었는데 혜충 태자(惠忠太子)를 비롯하여 헌평 태자(憲平太子)·예영 잡간(禮英匝干)·대룡 부인(大龍夫人)·소룡 부인(小龍夫人)들이었는데 이후 대왕은 인생의 곤궁과 영달에 대한 신공사뇌가(身空詞腦歌)를 지었다고 한다.

10

접목(接木)의 장

여인들의 질투

"그대들은 들으라. 지금부터 민가(民家)의 아름다운 규수들을 가려뽑아서 원화(原花)로 삼을 것인즉, 널리 사람들을 보내어 궁으로 데리고 오도록 하라."

진흥왕이 대신들에게 원화 제도를 공표한 것이다.

본시 진흥왕은 항용(恒用) 법흥왕의 치적을 사모하여서인지 불교를 숭상하고, 많은 사탑을 세우기에 이른다. 그래서 민간의 사람도 승적(僧籍)에 적을 두기 시작하였다.

진흥왕이 민간의 규수들을 뽑아서 원화로 삼고자 함은 그네들로 하여금 효제(孝悌) 충신(忠信)을 가르침이니 이는 치국(治國)을 하는 대요라 할 수 있었다.

각 고을의 수령 방백들이 천거한 무리가 족히 3~4백명이나 되자 그 무리 중에서 남모(南毛) 낭자와 교정(姣貞) 낭자를 원화(原花)로 뽑기에 이르렀는데,

두 낭자는 재색(才色)을 겸비함에는 우열을 가리기가 힘들었으나 아무래도 교정(姣貞)은 시기심이 많고 덕(德)이 부족하여 항시 남모를 미워하였다.

교정이 어느날 측근의 무리에게 말하였다.

"남모(南毛)가 연전(連前)에 대왕을 뵈온 자리에서 은근히 우리들을 핍박하였다고 들었어요. 이대로 우리가 가만히 있다가는 무슨 일을 당할지 알 수가 없어요. 좋은 상책(上策)이 있거들랑 얘기를 해봐요."

교정은 몇 가지의 사실들을 애써 꾸미며 자기편 여인들을 꼬드리기 시작하였다. 그러자 한 눈에 보아도 탐욕스럽게 생긴 눈을 가진 여인이,

"그렇잖아도 남모(南毛)라는 년이 눈에 가시같이 보이던 차에 잘됐어요. 나의 사촌 오라비가 약방(藥房)을 하는데 나에게 비약(祕藥)이 있기로 그년을 한 번 혼내 주는 것도 괜찮을 것 같아요. 그 반질반질한 얼굴을 추물로 만들어 줄 것이오."

비약이라고 하는 것은 바로 미혹(迷惑)의 약으로 요즈음의 수면제와 같은 것이었다. 그 약을 먹인 다음에 남모의 얼굴을 망가뜨려 놓는다는 것이 이들의 공론이었다.

교정은 날을 잡아 남모(南毛)를 자기의 교각에 초청하였다.

"그대와 내가 성상(聖上)의 후은(厚恩)에 힘입어 이렇듯 원화(原花)의 자리에 있으면서도 내왕이 자주 없음을 궁인(宮人)들이 이상히 생각하여 그대와 내가 재어놓은 궁시(弓矢)처럼 위태하다고 하나 나는 여일(如一)함에는 추호의 의심이 없어요. 그리하여 모월 모일에 그대에게 소찬을 준비하여 향응코자 하니 부디 왕림하여 주기 바랍니다."

교정의 서찰을 받은 남모는 추호의 의심도 없이 교정의 교각에 이르렀다.

미주(美酒)와 가효(佳肴)가 교자상에 풍부히 넘치고 흥겨운 가락

216

들이 어우러져 분위기는 극에 달하였다.

시경으로 묻고 시경(詩經)으로 화창을 하였다.

두 시각도 못되어 남모(南毛)는 상(床)에 엎드려서 곤한 잠에 빠져버렸다.

교정이 주위를 둘려보고 나서 은밀히 말하였다.

"어서 이년을 북천(北川)으로 옮기세."

교정의 무리들은 남모를 북천으로 데리고 가서 구덩이를 판 다음에 그 속에 묻고 매장하여 버렸다.

남모(南毛)를 따르는 무리들이 백방으로 수소문을 하여 보았으나 종래 알 수 없어서 전전긍긍하고 있을 때 남모의 시신이 묻힌 곳을 노래하는 동요가 항간의 어린아이들 입에서 흘러나왔다.

그러자 남모의 무리들이 북천(北川)에서 시신을 찾아내어 눈물로써 대왕께 상주(上奏)하였다.

"저희가 평소에 대왕의 후은을 입고 있사옵고 효제와 충신에 대하여 덕을 쌓고 대왕을 흠모하기를 게을리 하지 않았는데 저 요사스런 교정(姣貞)의 무리가 교언영색(巧言令色)으로 남모 원화를 유인하여 북천(北川)에 생매장을 하였습니다. 원화(原花)의 원혼이 이승에 들지 못하고 땅으로부터 그 억울함을 저희에게 호소하고 있습니다. 대왕께서는 부디 통촉하시옵소서."

크게 놀란 왕은 교정의 무리에 벌을 내리고 남모의 원혼을 위로한 다음 원화 제도를 폐지하였다.

그후 여러 해가 지나 현모한 도(道)의 풍류를 일으키는 것이 나라 융성의 기조(基調)라 생각하고 양가의 덕행있는 사람을 뽑아서 화랑이라고 불렀다.

＊삼국사기에는 교정(姣貞)의 이름을 준정(俊貞)이라고 쓰고 있다. 왕이 원화 제도
를 세움은 천성이 멋이 있다는 얘기인데 여기에서는 송서(宋書)에 다음과 같은
말에서 따옴직 하다.——伯玉溫雅有風味 和勿能辨與人共事 紫爲深交

세 가지의 아름다운 행실

어느 때에 헌안 대왕(憲安大王)이 잔치를 연 자리에서 응렴(膺
廉) 화랑을 자리에 초대하였다.

헌안 대왕이 응렴에게 물었다.

"낭이 국선(國仙 : 화랑)이 되어 사방에 돌아다녔다고 들었는데
낭은 이상한 일을 본 적이 있는가?"

"그러하옵니다. 소신은 아름다운 행실이 있는 세 사람을 본 일이
있습니다."

"오호, 그래, 어서 그 얘기를 들려주게."

"제가 어느 한 곳을 지나게 되었는데 남의 윗자리에 있는 사람이면
서도 겸손하게 남의 밑에 있는 사람이 그 첫째였습니다. 그 다음으
로는 재물이 많은 부자이면서도 옷차림이 검소한 사람이 둘째였습
니다. 그 다음으로는 본시가 귀하고 세력이 있으면서도 그 위세를
보이지 않는 이가 세째였습니다."

"참으로 가상한 어짐이로다."

하고 대왕은 눈물을 글썽이었다.

잠시후 대왕이 나직하게 말을 하였다.

"나에게 과년한 딸이 둘이 있도다. 내가 낭의 시중을 들도록 하겠

노라."

응렴은 황망히 그곳에서 절을 하고 자리를 피하였다.

집에 돌아와 부모에게 이 사실을 고하니 부모들은 기뻐하며 집안의 사람들을 모아 이 일을 의논하였다.

"두 공주 가운데에서 맏공주는 매우 기색이 초라한 것에 반하여 둘째 공주는 성품이 비단결같이 고운데다가 그 자색 또한 뛰어난 바 있으니 마땅히 둘째 공주에게 장가를 가는 것이 좋겠구나."

하고 말하였다. 응렴도 내심 이 의견을 따르리라 다짐하였다.

그때 화랑의 무리 중의 으뜸인 범교사(範敎師)가 이 말을 듣고 응렴의 집에 찾아와 낭에게 물었다.

"대왕께서 공주를 공의 아내로 준다고 하셨다는데 그게 정말이옵니까?"

"그렇습니다."

"그렇다면 공(公)께서는 어느 공주에게 장가를 드실 작정이십니까?"

응렴은 잠시 망설이는 듯 하다가,

"집안의 부모님께옵서 둘째 공주에게 마땅히 장가를 드는 것이 좋을 것이라 합니다."

그러자 범교사는 처연한 표정으로,

"그러한 결정은 심히 유감인 듯 싶습니다. 내가 공의 면전에서 죽는다고 하여도 그 일만은 막을까 합니다."

"아니 그게 무슨 소리요?"

응렴이 화들짝 놀라며 뇌아리자 범교사는 표정을 고치며 말했다.

"공께서 둘째 공주에게 장가를 들게 된다면 반드시 하나의 이익됨도 없을 것입니다."

"그게 무슨 말이오, 범교사?"

범교사는 응렴의 말에는 대꾸하지 않은 채,

"만약 공께서 맏공주에게 장가를 간다면 세 가지의 좋은 일이 반드시 있을 것입니다."

"세 가지의 좋은 일이라니요?"

"그렇습니다."

"정히 그러한 일이 있다면 어찌 그대의 가르침을 따르지 않겠소. 어서 나에게 일러 주십시오."

그러자 범교사는 큰 인사를 할 뿐 입을 열지를 않았다. 평소에 범교사의 지혜가 남다름을 알고 있는 응렴으로서는 쾌히 범교사의 의견을 따르고자 수락하였다.

얼마후 헌안 대왕(憲安大王)은 사자를 보내어 응렴의 의중(意中)을 물어왔다.

"상감께옵서 공에게 공주의 간택을 서두르고 계시옵니다. 공께서 이미 마음에 정해 두신 것으로 알고 있사옵기에 그 답을 듣고자 하옵니다."

응렴은 마치 기다리고 있었다는 듯이,

"맏공주를 받들겠습니다. 사자께옵서 돌아가시면 그렇게 상주(上奏)하여 주기 바라오."

"알겠습니다."

사자는 궁으로 돌아와서 응렴이 맏공주에게 장가들기를 원한다고 복명하였다.

훌쩍 3개월이 지나갔다.

병마에 고생을 하던 대왕은 스스로의 목숨이 명재경각에 있음을 알았음인지 제신(諸臣)들을 불러 모으며 다음과 같은 교지를 내렸나.

"나에게 혈육이라고는 두 공주밖에 없는 터이니 필시 대통을 이음에 있어서는 불가할 것이오. 남손(男孫)이 없는 터이니 내가 죽은 후의 일은 맏공주의 부마인 응렴(膺廉)이 뒤를 잇도록 해야 할 것이오."

다음날 왕이 승하하자 응렴은 유언에 따라 왕위에 오르니 이가 곧 경문 대왕이다.

어느날 범교사가 대왕 앞에 나아가 말을 하였다.

"연전(連前)에 내가 대왕께 말씀을 올린 세 가지의 일이 모두 이루어졌사옵기로 돈수백배하고 축원을 드리옵나이다."

대왕이 얼굴 가득 미소를 떠올리며,

"그렇지 않아도 제가 궁금하던 참이었소. 그 세 가지의 좋은 일을 경은 말해 주시오."

그러자 범교사가 말했다.

"제가 대왕께 아뢰었던 세 가지의 일은 다음과 같습니다. 그 첫째는 맏공주에게 장가를 들었으니 보위에 오름이 그 첫째의 경하함이요, 둘째는 예전에 흠모를 하던 둘째 공주를 떳떳이 취할 수 있음이 바로 그것이옵니다. 더구나 맏공주에게 장가를 들게 되어 왕과 부인께서 매우 즐거워하셨으니 이것이 세째의 좋은 일입니다."

"참으로 옳은 말이오."

왕은 흠쾌한 목소리로 말하고 나서 범교사에게는 대덕(大德)이란 벼슬을 내리고 황금 130량을 하사하였다.

그런데 경문왕에게는 묘한 일화가 많이 전해 내려온다.

일찍이 대왕이 자는 침전(寢殿)에는 매일 저녁이면 많은 뱀들이 모여들었다. 갖가지의 뱀이었으니 궁인(宮人)들이 얼마나 혼겁하였겠는가!

"뱀이다!"

내정(內庭)에 있다고 하여도 경천할 일인데 침전에 많은 뱀들이 몰려드니 궁안의 사람들은 이 소동으로 인하여 왁자지껄하였다.

그러나 당사자인 대왕은,

"궁인(宮人)들은 놀라지 말라. 저들은 나의 친구와 진배 없느니라. 하루라도 뱀과 자지 않으면 마음을 편히 할 수 없으니 쫓아내지 말도록 하라."

하고 명을 내렸다.

그래서인지 대왕은 잠을 잘 때에는 뱀과 같이 혀를 쑥 내밀어 온 가슴을 덮고 있었다.

얼마후 대왕의 귀가 슬금슬금 늘어나기 시작하더니 하룻밤 사이에 나귀의 귀처럼 길어져 버렸다.

왕후를 비롯하여 궁중의 나인(內人)들까지도 알지를 못했으나 오직 한 사람이 희한한 비밀을 알고 있는 사람이 있었다.

그 사람은 임금의 머리에 쓰는 복두(幞頭)를 만드는 복두장(幞頭匠)이었다.

"만약 이 비밀을 토설한다면 너의 목이 백 개라 하여도 살아남지 못하리라. 알았느냐?"

"네, 상감마마."

복두장이는 이 비밀을 가슴에 안고 혼자서 전전긍긍하였다. 사실 남의 비밀을 알고서 말을 하지 않는다는 것은 상당한 고역임에는 틀림이 없다.

그래서인지 복두장이는 시름시름 앓기 시작하였다.

"이제 내가 죽을 날도 얼마 남지 않은 것 같은데, 이렇듯 비밀을 가슴에 품고 간다면 원귀가 될까 무섭구나. 어디 조용한 곳에 가서 후련히 소리라도 쳐보아야겠다."

복두장이는 도림사(道林寺)의 대숲 속으로 들어가서 외쳤다.

"임금님 귀는 당나귀 귀다."

몇 번을 고함을 지르고 나서 복두장이는 집으로 돌아왔다. 그날 밤 늦은 시각에 세상을 하직한 복두장이의 얼굴은 매우 평온하였고 만족스런 웃음이 얼굴에 번져 있었다.

복두장이가 죽은 지 얼마 되지 않아 바람이 우수수 부는 날이면 대나무 잎들이 흔들리며,

"임금님 귀는 당나귀 귀다."

하는 댓소리가 났다.

이 소문을 듣고 경문 대왕은 대나무를 모두 베어버리게 한 다음에 그곳에 산수유 나무를 심었다. 그런데 이번에는 바람이 불면,

"임금님 귀는 길다."

하는 소리만 들리어 왔다.

*삼국유사 본문에 낭의 무리 중에 으뜸인 범교사(範教師)라는 대목이 있다. 그런데 삼국사기(三國史記) 헌안왕 4년조에는 범교사가 흥륜사(興論寺)의 중이라고만 적고 있다.

신통력(神通力)

선덕왕(善德王) 덕만(德漫)의 병이 오랫동안 차도가 없자 대신들

은 흥륜사(興論寺)의 중 법척(法惕)이 영검하다고 하여 병치료를 맡겼으나 여전히 왕의 병은 가을밤의 수심처럼 깊어가기만 하였다.

  "왕의 병이 점점 위중하기만 하니 아무래도 밀본법사의 경문(經文)을 빌어야함이 옳지 않겠소."

  "옳은 일이오이다. 밀본 법사의 약사경(藥師經)은 그 효험이 지극하다고 나도 들은 바가 있습니다."

왕은 밀본 법사를 궁안으로 불러들였다.

궁에 들어온 밀본은 왕의 침실 옆에서 기숙하면서 약사경을 외고 나서 옆에 두었던 육환장(六環杖)을 들더니 쏜살같이 왕의 침소로 들어가 여우 한 마리와 법척을 찔러 뜰 안에 집어던졌다. 이 때에는 밀본 법사의 이마에 신광(神光)이 뻗쳐 보는 사람들이 모두 놀랐는데 왕은 그날로 병이 완쾌되었다.

  애기는 다시 거슬러 올라가서 승상(丞相)인 김양도(金良圖)가 어렸을 때에 갑자기 혀가 굳어져 말을 못하더니 몸을 가누지 못하고 쓰러졌다.

  양도가 혀가 굳은 중에 가만히 살펴보니 큰 귀신이 작은 귀신을 거느리고 와서 집안의 음식물을 모두 맛보는데 무당이 와서 제사를 지내면 모든 무리가 와서 즐겁게 목욕을 하였다.

  양도가 물러가라고 고함을 질렀으나 혀가 굳어 말이 나오지 않았으므로 그의 부친이 법류사(法流寺)의 중을 청하여 경문을 외게 하였다.

  "낄낄낄, 겁없는 놈이로다. 너까짓 정도의 도력(道力)으로 우리를 물리칠 수 있을까? 애야 혼을 내주도록 해라."

  큰 귀신의 명을 받은 작은 귀신이 쇠몽둥이로 중의 머리를 때리니 경문을 외던 중은 피를 토하고 그 자리에 쓰러져 버렸다.

"건방진 놈 같으니라구. 낄낄낄."

귀신들은 좋아라 하고 떠들어 대었다.

양도의 부친은 며칠 후에 밀본 법사를 청하여 오게 하였다. 사자가 돌아와 고하였다.

"주인어른, 밀본 법사께서 곧 오신다고 하였습니다."

이 말을 들은 작은 귀신이 얼굴 색깔을 변하며 말했다.

"밀본 법사는 도력(道力)이 높다고 하는데 일찍 피하는 것이 상책(上策)일까 합니다."

"무슨 소리를 하고 있느냐? 밀본 따위를 걱정하다니……."

그런데 바로 그 순간에 소갑옷과 긴 창으로 무장을 한 대력신(大力神)이 나타나 잡귀들을 잡아가고 밀본이 집에 들어와 경(經)을 펴기도 전에 양도는 혀가 풀려 말을 하였다.

양도는 이 일로 인하여서 홍륜사 오당(吳堂)의 주불인 미륵존장과 좌우보살을 소상으로 만든 다음 금색으로 당의 벽화를 입혔다.

＊본시 밀본이 수행할 적에 향로를 받들고 향을 피우며 인혜가 신통력을 부렸는데 밀본이 도력(道力)을 펼치니 인혜가 땅에 곤두박혀 하루를 지새게 되었다. 결국 김유신이 거사를 다시 보내어 인혜의 묶임을 풀어주게 하였는데 그후 인혜는 다시 재주를 팔지 못하였다고 한다.

11

돌이켜 보는 장

돌이 된 혜현 스님의 혀

혜현 스님은 원래 백제사람이었다. 그는 어렸을 때부터 생각하는 것이 남과 다른 점이 있었다.

"세상에는 배울 것도 많지만 그중에서도 부처님의 가르치심을 배운다는 것이 가장 보람된 일일 것 같아."

이렇게 생각한 어린 혜현은 집을 나와 깊은 산 속으로 들어갔다. 그는 조용한 절간에서 부처님의 가르치심이 적힌 글이라면 하나도 빼놓지 않고 모조리 읽었다. 그러한 보람이 있어서 젊은 나이에 그는 도를 통하게 되었다.

"부처님의 가르치심을 널리 퍼뜨려야겠구나."

혜현은 그 길로 수덕사로 갔다. 그곳은 신도들이 많이 찾아오는 절이었기 때문에 여러 사람을 위해 불법을 이야기하기가 아주 좋았던 곳이었기 때문이었다.

하루, 이틀, 한 달, 두 달……. 이렇게 시간이 흐름에 따라 혜현의 설법이 유명하다는 것이 온 백제 땅에 퍼지게 되었다.

수덕사에 차려진 법당 밖에는 언제나 설법을 듣는 사람들의 신발로 가득했다.

그러나 구름처럼 몰려드는 그 숱한 사람들에게 먹을 것과 잠자리를 베풀어야 하는 절에서는 큰 골치를 앓아야만 했다.

"스님, 부처님의 가르치심을 널리 전하는 일이 무엇보다도 중요하기는 하지만, 하루 이틀도 아니고 그 숱한 사람들을 어떻게 대접합니까? 그러니 설법은 이제 그만 하시는 게 좋겠습니다."

절을 운영하는 스님들이 이렇게 말했다. 뿐만 아니라 관청에서도 혜현을 아주 못마땅하게 여겼다. 혜현 스님만을 받들어 모시는 고을 사람들이 차츰 관청 사람들을 깔보기 시작했기 때문이었다. 고을 사람들은 관리를 업신여길 뿐만 아니라 그들의 잘못까지도 낱낱이 들추어내며 불만을 털어 놓았다. 혜현 스님의 설법으로 고을 사람들은 옳고 그른 것을 알게 되었고 자기들의 옳은 주장을 내세우는 용기를 얻게 되었던 것이다.

'이대로 나가다간 백성들이 난리를 일으키게 될지도 모른다.'

벼슬아치들은 누구나 다 이렇게 겁을 먹게 되었다. 그래서 그들은 혜현 스님을 다른 곳으로 쫓아버릴 음모를 꾸미기 시작했다.

"부처님의 가르침을 전한다는 핑계로 백성들을 모아 놓고 관청을 헐뜯은 그대의 죄는 묻지 않겠으니 어서 이 고을을 떠나시오."

혜현 스님은 더 이상 수덕사에 머물러 있을 수가 없었다. 또 머물러 있고 싶은 생각도 없었다.

혜현 스님은 어느 날 수덕사를 떠났다. 그가 떠나 간 곳은 달라산이었다. 달라산은 굉장히 험준한 산이었으므로 사람들의 내왕이 여간 힘든 곳이 아니었다.

혜현 스님은 그곳에서 다시 도를 닦기 시작했다. 평생토록 아무런 생각 없이 도만 닦았다. 그리고 그 깊은 산 속에서 조용히 그의 일생을 마쳤다.

달라산으로 들어올 때 따라온 몇몇 제자들만이 혜현 스님의 임종을 지켜보았을 뿐이다.

달라산은 험한 바위투성이의 산이었기 때문에 무덤을 쓰기가 적당치 않았다. 그래서 제자들은 혜현 스님의 주검을 그 바위굴 속에다 모셔 놓았다. 그런데 그날 밤, 그 바위굴 속에 호랑이가 몰래 숨어들었다.

호랑이는 혜현 스님의 살은 물론, 뼈다귀까지도 모조리 다 먹어 치워 버렸다. 그러나 웬일인지 혀만은 먹지 않고 남겨 두었다.

"참으로 이상한 일이로군."

"아마도 부처님의 가르치심을 널리 펴셨던 혀이기 때문에 호랑이도 벌을 받을까 봐 그것만은 먹질 못했나 봐."

혜현 스님의 제자들은 이렇게 말하며 남은 혀를 동굴 속 깨끗한 바위 위에다 잘 모셔 놓았다.

혜현 스님이 세상을 떠나고 난 뒤로 추위와 더위가 세 번씩이나 지나갔다. 그러나 스님의 혀는 여전히 살아 있을 때처럼 붉고 생생했다. 그러더니 얼마 후에는 돌처럼 단단하게 굳어졌다. 그러나, 그 붉은 빛깔은 조금도 변함이 없었다.

혜현 스님의 제자들과 그를 따르던 많은 사람들이 그 혀를 공경하여 돌탑을 쌓고 그 안에 모셔 간직했다.

혜현 스님은 한 번도 중국에 간 일이 없었지만 그의 높은 이름은 중국에까지 널리 알려졌으며, 그곳에서는 그의 일대기까지도 책으로 만들어졌을 정도였다.

다시 살아난 스님

　망덕사라는 절에 선율이라는 스님이 있었다. 절을 찾아온 신자들이 많은 보시(절에 바치는 금전이나 물건)를 했기 때문에 그는 그 돈으로 6백 권이나 되는 방대한 불경을 엮어 내려고 계획을 세웠다. 그러나, 그 6백 권의 책을 만들어 낸다는 것은 그렇게 생각처럼 쉬운 일이 아니었다.

　선율은 오랫동안 그 일에 몰두해 오다가 일이 채 끝나기도 전에 염라국(저승)의 사자에게 잡혀 가고 말았다.

　염라국에 다다른 선율은 염라대왕 앞에 꿇어앉게 되었다.

　"너는 인간 세상에 있을 때 무슨 일을 했느냐?"

　염라대왕이 선율에게 물었다.

　"저는 6백 권에 달하는 방대한 불경을 책으로 엮어 내려다 미처 그 일을 끝내기 전에 이렇게 불려 온 것입니다."

　그러자 염라대왕은 옆에 있는 신하에게 무언인가를 조사하게 했다. 그리고는 한참 후에 입을 열었다.

　"너의 수명부(사람의 목숨이 적힌 명부)를 뒤져보니 과연 네 목숨은 네가 이곳에 잡혀 오던 바로 그날로 끝나 버렸구나. 그러나 너는 불경을 책으로 엮어 내는 아주 훌륭한 일을 하다가 아직 그 일을 마치지 못하고 불려 왔으니 다시 인간 세상으로 돌아가 그 일을 끝내도록 하거라.”

얘기를 마친 염라대왕은 그를 데려왔던 사자를 불러 인간 세상에 다시 돌려 보내라고 명했다.

염라국을 떠나 다시 인간 세상으로 돌아오는 길인데 도중에 한 여자가 나타나더니 절을 하고는 서럽게 울어대기 시작했다.

“그대는 어째서 그렇게 우시는지요?”

선율의 물음에 그 여인은 서슴없이 대답했다.

“실은 저도 신라에 살았던 사람입니다. 그런데, 제가 신라에 살 때, 저의 부모님은 금강사라는 절의 논 한 마지기를 부당한 방법으로 빼앗았습니다. 저는 그러한 저의 부모님의 죄를 뒤집어 쓰고 이 염라국에 잡혀 왔으며 오랫동안 심한 고통을 받고 있습니다.”

“아하, 그것 참 딱하게 되었소.”

선율은 여인이 딱하다고는 생각했으나 자기로서는 도저히 어쩔 도리가 없었기 때문에 그 다음엔 입을 다문 채 멍하니 여인만 쳐다보고 있었다.

그러자 여인이 다시 입을 열었다.

“법사께서는 지금 신라로 돌아가시는 길이 아니옵니까?”

“그렇기는 하오만……..”

“그러면 법사께서 좀 수고스럽더라도 저의 집에 찾아가셔서 제 얘기를 전해 주시고 하루바삐 그 논을 되돌려 주라고 일러 주십시오. 그리고 제가 세상에 있을 때 참기름병을 찬장 밑에 묻어 두었고 또 곱게 짠 베를 이불장 안에다 감추어 두었습니다. 그러하오니 참기름은 가져다 부처님을 공양할 때 쓰는 등불을 밝힐 때 이용해 주시고, 베는 팔아서 불경을 책으로 만드시는 법사의 일에 경비로써 주십시오.”

"······."

선율은 여인의 갸륵한 뜻에 감동된 채 잠자코 있었다.

"그러면 저는 황천에서도 은혜를 입어 고뇌를 벗어 버릴 수가 있을 것입니다."

여인이 말을 마치자 선율은 그녀에게 조용히 물었다.

"그렇다면 그대의 집은 어디요?"

"사량부 땅에 구원사라 하는 절이 한 채 있사온데, 그 절 서남 쪽 마을에 있습니다."

여인의 말이 끝남과 동시에 선율은 죽음에서 깨어났다.

선율이 깨어난 날은 그가 세상을 떠난 지 꼭 열흘이 되는 때였다. 사람들이 그를 남산 동쪽 기슭에다 장사 지냈기 때문에 그는 그 속에서 빠져 나오지를 못하고 3일 동안이나 큰 소리로 외쳐야만 했다.

"나는 살아 있소. 나를 꺼내 주시오! 나는 귀신이 아니오. 어서 꺼내어 주시오!"

선율이 외치는 소리를 들은 사람은 근처에서 소에게 풀을 먹이고 있던 동네 아이였다. 그 아이는 절로 달려가 그 사실을 다른 스님들에게 알렸다.

"별 해괴 망측한 소릴 다 듣겠군."

스님들은 좀처럼 그 아이의 말을 믿으려 하지 않았다. 그러나 그 아이가 자꾸만 그 말을 내세우는 바람에 어쩔 수 없이 모두 무덤으로 몰려갔다. 무덤 속에서는 과연 그 아이의 말대로 구원을 청하는 목소리가 들려 나오고 있었다.

사람들은 놀라서 급히 무덤을 파헤쳐 보았다. 그러자 놀랍게도 죽었던 선율이 시퍼렇게 살아서 나오는 것이 아닌가?

"아니, 이게 어찌된 영문이오?"

선율은 궁금해 하는 사람들에게 자초지종을 자세히 설명하기 시작했다.

선율은 저승에서 만난 여인이 부탁한 대로 그 집을 찾아갔다. 그리고 여인에게 들은 대로 그녀의 부모에게 자세히 일러 주었다. 그러나 그녀의 부모는 그 말을 좀체로 믿으려 하지 않았다.

"우리 딸이 세상을 떠난 지 벌써 15년이나 되었소."

선율은 자기 말을 믿지 않는 그 여인의 부모를 데리고 다니며 참기름병도 찾아내고 감춰 둔 베도 찾아냈다. 그리고는 그 기름으로 등불을 밝히고 여인의 명복을 빌어 주었다. 그러자, 곧 그 여인의 혼이 선율을 찾아왔다.

"저는 법사의 은혜를 입고 이제 고뇌에서 벗어 났습니다."

여인은 그 말을 마치고는 금세 어디론가 사라져 버렸다.

선율의 그 이야기를 들은 모든 사람들은 마음 깊이 감동되어 그가 불경을 엮는 일을 적극적으로 도와주었다.

알몸이 된 스님

신라 제40대 임금님인 애장왕 때의 일이었다. 정수라는 한 스님이 있었는데, 그 스님은 황룡사에서 살고 있었다.

어느 겨울이었다.

스님이 삼랑사라는 절에 볼일이 있어 갔다가 돌아오는 길이었다. 눈이 끊일 새 없이 내렸고 날도 이미 저물어 가고 있었다.

　정수 스님은 부지런히 걸었다. 이윽고 스님은 천엄사의 문 밖을 지나게 되었다. 그때 문득 정수 스님의 발길을 멈추게 하는 것이 있었다. 저만치 웬 사람이 누워서 신음을 하고 있는 것이었다. 가까이 가보니, 한 여자 거지가 아이를 낳고는 추위에 떨고 있는 것이었다. 자칫하면 얼어 죽을 지경이었다. 정수 스님은 도저히 그냥 발길을 옮길 수가 없었다. 어떻게 하든 그 거지를 살려야만 했다. 그러나, 어떻게 해야 좋을지 그 방법이 막연하기만 했던 것이다. 한참 생각한 끝에 정수 스님은 그 여자 거지를 꼬옥 껴안았다. 자기의 몸으로 꽁꽁 언 여자 거지의 몸뚱이를 녹이려고 생각한 것이었다.

　얼마 동안을그러고 있자니, 얼음장 같던 여자 거지의 몸이 녹기 시작했고 마침내 그녀는 다시 살아나게 되었다. 정수 스님은 그제서야 껴안았던 여자 거지의 몸을 풀어 주었다. 그리고는 자기 옷을 모두 다 벗어 그녀를 덮어 주었다. 그러자 정수 스님은 발가벗은 알몸이 되어 버렸다.

　그런 알몸으로 황룡사까지 달려온 정수 스님은 거적대기로 몸을 덮고 밤을 새웠다. 한 벌뿐이던 옷을 거지에게 벗어 주었기 때문에 입을 옷이 없었던 것이다.

　그날 밤의 일이었다.

　임금님이 궁궐의 뜰에서 듣자니 하늘에서 이상한 소리가 들려오기 시작했다. 자세히 들어보니,

　"황룡사의 중 정수를 왕의 스승으로 책봉하라."

라는 것이었다.

　임금님은 급히 사람을 황룡사로 보냈다.

　그러자 황룡사에 다녀온 신하들이 정수 스님에게 있었던 일을 낱낱이 임금에게 아뢰었다. 임금님은 그 얘기를 듣자 크게 감복하고는

급히 의식을 올릴 수 있게 준비할 것을 명했다.

모든 준비가 끝나자 임금님은 정수 스님을 대궐로 맞아들여 국사(나라의 스승, 즉 왕의 스승)로 책봉하는 의식을 올렸다.

조신의 꿈

신라 때의 일이었다.

명주 날이군이라는 고장에 세달사의 농장이 있었다. (세달사는 지금의 경기도 개풍군에 있었던 큰 절이었다.) 세달사에서는 그 농장의 관리인으로 조신이라는 사람을 보냈다.

조신은 그곳에 와 지내는 동안 그 고장의 태수 김흔공의 딸을 좋아하게 되었다. 그녀는 선녀처럼 얼굴이 예뻤다.

'아! 저토록 아름다운 처녀가 있다니……, 내 아내로 삼을 수만 있다면 얼마나 좋을까?'

조신은 늘 이런 생각에 잠겨 있곤 하였다. 그러나, 이러한 혼자의 생각은 아무런 이득도 없는 것이었다. 공연히 밥맛만 없어지고 맥만 풀릴 뿐이었다.

'중의 몸으로 남의 집 귀한 딸을 달라고 할 수도 없지 않은가? 그러면 무슨 방법이 없을까?'

이렇게 생각을 하던 조신은 문득 무릎을 치며,

"됐다. 이 방법밖에 없어!"

라고 큰 소리로 외쳤다. 그리고는 그 길로 낙산사를 향해 달려갔다.

낙산사 관음 보살님께 자기의 소원을 빌 작정이었던 것이다. 관음 보살님께 지성으로 빌면 자기의 괴로운 마음을 풀 수가 있다고 생각했기 때문이었다.

"대자 대비하신 관음 보살님, 부디 제 소원을 들어주시옵소서. 저는 이곳 태수의 딸을 본 후로는 잠시도 잊을 수가 없게 되었습니다. 바라건대, 그녀와 소승의 인연이 맺어져 함께 지낼 수 있도록 보살펴 주시옵소서. 대자 대비하신 관음 보살님, 빌고 또 비옵니다."

조신은 매일같이 관음 보살께 이렇게 빌었다. 그러나 관음 보살님은 그의 소원을 들어주지 않았다.

그 동안 태수의 딸은 신랑감이 생겨 그만 시집을 가 버렸다.

"관음 보살님, 어찌하여 소승의 소원을 들어주시지 않사옵니까?"

조신은 태수의 딸이 시집 갔다는 소문을 듣자, 그 슬픔을 이기지 못하여 낙산사로 달려가 이렇게 관음 보살님을 원망하기 시작했다. 그리고는 슬피 울다가 지쳐서 그만 그 자리에서 잠이 들고 말았다.

조신은 잠이 들자마자 꿈을 꾸었다.

그 꿈에 태수의 딸이 나타나더니 조신이 있는 방으로 조용히 들어왔다.

그녀의 얼굴빛은 수줍음으로 가득차 있었다.

이윽고 그녀가 웃으며 말했다.

"저는 일찍이 스님을 뵙고 그날부터 홀로 스님을 사모해 왔었습니다. 밤이나 낮이나 스님을 잊은 적이 없었습니다. 하오나, 어느 날 부모님의 명에 못 이겨 억지로 시집을 가게 되고 말았습니다. 그러나, 스님을 잊지 못해 이렇게 도망을 쳐 왔습니다. 하오니, 지금부터라도 스님과 부부가 되어 평생토록 함께 살았으면 하옵니다. 스님, 제발 허락해 주시옵소서.”

“나도 그렇게 되기를 밤낮으로 빌어 왔었소.”

조신은 가슴이 터질 것만 같았다. 그리하여 그날로 당장 그녀를 데리고 자기 고향으로 도망을 쳤다.

마침내 행복한 생활이 시작되었다. 그리고 오랜 세월이 눈 깜짝할 사이에 흘러 갔다. 그들 부부에게는 그 동안 다섯 자녀가 생겼다. 조신에게도 이제는 많은 식구가 딸렸지만 벌이는 신통치 않아 가족은 늘 가난한 생활을 해야만 했다.

그들의 집은 간신히 울타리만 둘러쳐진 보잘것없는 오막살이였고 끼니도 제대로 때울 수가 없는 처지였다.

그들 일가족은 마침내 걸식을 하지 않을 수가 없게 되었다. 온 식구가 이곳 저곳을 돌아다니며 구걸한 음식으로 겨우 입에 풀칠을 했다. 이렇게 10여 년 동안 거지 생활을 하며 떠돌아다니다 보니 옷은 갈기갈기 찢어져 몸뚱이조차 가릴 수 없게 되고 말았다.

명주 땅, 해현령이라는 곳에서 열다섯 살인 맏아들이 굶어 죽고 말았다.

“부모를 잘못 만나 어린 나이에 이렇게 굶어 죽게 하다니.”

“하늘도 무심하시지.”

그들 부부는 통곡을 하며 땅을 쳤지만, 그런다고 죽은 아들이 살아 날 리가 없었다.

조신은 아내를 달래어 죽은 아들을 길가에 묻고 다시 길을 떠났다. 그리하여 우곡현이라는 곳에 이르게 되어 움집을 짓고 나머지 네 자녀와 함께 그 속에서 비바람을 피하게 되었다.

이제 그들 부부는 자리에서 일어날 수조차 없게 되었다. 늙고 병든 데다 먹을 것조차 없어 오랫동안 굶주렸기 때문이었다.

그들 부부는 어쩔 수 없이 열살 난 계집아이를 시켜 밥을 빌어 오게 하였다. 그러나, 동냥 나간 계집아이는 밥을 얻어 오기는커녕 개에게 물려 큰 상처만 입고 돌아와 몸져 눕고 말았다.

조신 내외는 그러한 딸을 보자, 또 다시 흐느껴 울지 않을 수 없었다.

이윽고 슬피 울던 조신의 아내가 눈물을 닦으며 말했다.

"내가 처음 당신을 만났을 때는 얼굴도 아름다웠고 나이도 젊었었지요."

"그랬지, 당신은 마치 선녀와도 같았어."

"입은 의복도 깨끗했고 또, 사는 것도 여유가 있었어요."

"……."

조신은 대답 없이 고개만 끄덕였다. 그의 아내는 계속 말했다.

"맛있는 음식을 장만하여 당신과 나누어 먹었고 가지고 있던 옷감으로는 당신과 함께 옷을 지어 입었지요. 그러는 동안 우리는 한 몸뚱이처럼 서로 뗄래야 뗄 수가 없는 처지가 되었지요."

"그리고 우리에게 인연을 맺어 준 부처님께 매일같이 감사를 드렸었지."

조신이 힘없이 중얼거렸다.

"그런데 이제는 해마다 병이 더 심해지고 굶주림과 추위를 모면할 길이 없게 되었어요."

"당신 말이 맞아. 이 집 저 집 돌아다니며 걸식하는 부끄러움은 마치 큰 산더미를 진 것보다 더 무겁게 느껴지니까……."

조신의 아내는 울먹이는 목소리로 계속 얘기를 이어 나갔다.

"추위와 굶주림으로 시달리는 아이들도 제대로 돌보지 못하는 처지에 무슨 염치로 부부의 정을 나눌 수가 있겠어요? 그렇게 좋던 얼굴과 어여쁜 웃음도 풀잎에 맺힌 이슬처럼 사라져 버렸고, 평생토록 변하지 말자던 약속도 이제는 물거품처럼 꺼져 버렸어요.”

“…….”

“당신은 나 때문에 괴로움을 겪고, 나도 당신 때문에 근심이 되는 것이 지금의 우리 처지예요. 당신과 내가 어찌하여 이 지경이 되었는지 모르겠어요. 뭇새가 함께 굶어 죽느니보다는 짝 잃은 난새가 거울에 비친 제 모습을 보며 짝을 찾는 경우가 더 나을 것 같아요. 하기야 어려운 일을 당해서는 서로 버리고, 편안한 생활을 할 때만 서로 친하려는 것은 사람으로서 할 도리가 못 되지요. 그러나 어찌하겠어요? 우리는 지금 서로 헤어지지 않을 수가 없게 되었어요. 헤어지고 만나는 것도 다 운명이니 우리 그렇게 알고 서로 헤어집시다.”

아내의 얘기를 듣고 있던 조신의 생각도 아내와 같았다.

“그러지. 오늘부터 서로 미련없이 헤어져 살자구.”

조신과 그의 아내는 네 명의 자녀를 둘씩 나누어 맡기로 했다.

“저는 고향으로 가겠어요. 당신은 어디로 가실 거예요?”

아내가 물었다.

“나는 남쪽으로 가겠소.”

조신이 이렇게 대답하며 아내와 자녀에게 손을 흔들어 작별의 인사를 했다. 그순간 조신은 그만 꿈에서 깨어나고 말았다.

방 안에는 켜 놓은 등잔불이 꺼질 듯 깜빡거리고 있었고, 밖에는 날이 훤히 밝아오고 있었다.

“아, 다행하게도 꿈이었구나.”

조신은 꿈 속에서 모진 고생을 했던 일을 생각하고는 긴 안도의 숨을 내쉬었다.

조신의 시선은 자신도 모르게 관음 보살님께로 갔다. 그는 심한 부끄러움으로 얼굴을 붉히고 관음 보살님께 기도를 올리며 자신을 반성했다.

"터무니없는 욕심을 부렸던 일이 부끄럽기 그지없습니다. 너그러이 용서해 주시옵소서."

그 순간 조신은 부처님이 왜 자기에게 그러한 나쁜 꿈에 시달리게 했는지 그 까닭을 깨닫게 되었다.

조신이 기도를 끝내고 밖으로 나왔을 때는 이미 아침이었다. 세수를 하려다 시냇물에 얼굴을 비추어 보니 수염과 머리칼은 온통 하얗게 세어 있었으며 얼굴은 몹시 수척해 있었다. 마치 꿈 속에서가 아니라, 실제로 한평생을 온갖 고생을 다 겪으며 살아온 듯한 느낌이었다.

그는 꿈 속에서 맏아들을 묻었던 해현령으로 가 그 장소를 파 보았다. 그러자 신기하게도 그곳에서 돌부처가 나왔다.

조신은 그것을 깨끗하게 물로 씻은 다음 근처의 절에다 모셨다. 그리고 그는 서라벌로 돌아갔다. 지금까지 맡아 온 명주 땅의 농장 관리인직을 그만두었던 것이다.

그 후 조신은 자기의 모든 재산을 다 털어 정토사라는 절을 세웠다. 그리고 그 후로는 늘 착한 일만 하며 살았다. 그러나 그가 언제, 어디서, 세상을 떠났는지는 아무도 알지 못했다.

당나라에 비친 신라의 산

백월산은 신라 구사군(지금의 경남 창원군)의 북쪽에 있는 산이다. 산봉우리는 기이하고 빼어났으며, 그 산맥은 길게 뻗어 내린 아주 큰산이었다. 그런데 이상하게도 그 백월산이 당나라에 있는 어떤 연못에 비친다는 것이었다.

노인들의 입에서 입으로 전해지는 그 애기는 다음과 같았다.

옛날 당나라 황제가 못을 하나 팠는데 매월 보름, 달이 휘영청 밝게 떠오르면 그 못 한가운데 산 그림자 하나가 나타나는 것이었다. 사자를 닮은 바위가 아름다운 꽃나무에 둘러싸여 못 가운데에 비치는 것이었는데, 그것은 여간 아름다운 광경이 아니었다.

황제는 그림에 아주 능한 화가를 불렀다.

"이 아름다운 경치를 빨리 그리도록 하라."

황제의 명에 화가는 재빨리, 그리고 정확하게 연못 속의 풍경을 그렸다. 그 그림이 완성되자 황제는 또 다시 명령을 내렸다.

"그 그림을 여러 장 그리도록 해라."

황제는 여러 신하에게 그 그림을 한 장씩 나누어 주고는 연못에 비치는 그 산이 어디에 있는 산인지 알아오도록 했다.

그중의 한 사람이 산을 찾아다니다가 마침내 신라에까지 오게 되어 어느 날은 화산이라는 곳까지 이르게 되었다. 산에 이르러 여기저기

살펴보았더니, 사자를 닮은 바위가 있었다. 그가 가지고 있던 그림을 꺼내어 비교해 보았더니, 그렇게 꼭 닮을 수가 없었다.

"이제야 찾았구나."

당나라 황제의 사신은 뛸 듯이 기뻐했다. 그러나 연못에 비치는 산과 그곳의 산이 닮기만 했지 만약 전혀 다른 산이라면 그것이야말로 큰일인 것이다. 그래서 그것을 증명할 수 있게끔 그는 한 가지 꾀를 생각해 냈다.

증명이 될 만한 물건을 그곳에 남겨 두기로 했던 것이다. 그리하여 사자 바위 꼭대기에 신발 한 짝을 걸어 놓고 황제의 사자는 급히 당나라로 돌아왔다.

그리고 황제에게 그 사실을 아뢰었다. 그런데 정말로 사자 바위 꼭대기에 그 사람의 신발 그림자가 못에 나타났다.

"이상도 하구나. 그 먼 신라의 산이 이 연못에 비치다니, 어쨌거나 산 이름을 지어 주어야겠다. 흰 백(白)자에 달 월(月)자를 넣어 백월산이라고 하는 게 좋겠다."

흰 달빛을 받아 연못에 비치는 산이라는 뜻이었다. 그 이후로 원래의 이름이 화산이던 그 산은 백월산이라는 이름으로 바뀌었다고 한다.

이러한 전설이 있는 백월산의 동남 쪽에 선천촌이라는 마을이 있었다. 그 마을에는 두 사람이 살고 있었다. 한 사람은 노힐부득이라는 이름이었고, 다른 사람은 달달박박이라는 이름이었다.

두 사람은 생김새부터가 보통 사람과 달리 비범했으며, 또 가슴에 품고 있는 생각들도 보통 사람과는 달랐기 때문에 그들 둘은 서로 뜻이 맞아 아주 가깝게 지냈다.

"사내 대장부가 이 세상에 태어났으니 좋은 일을 한 번 하고서 죽어야 할 게 아닌가?"

"옳은 생각일세. 하지만 그 좋은 일이 도대체 뭘까?"

"우리도 머리를 깎고 중이 되어 보세."

"그것도 괜찮은 생각이지. 부처님의 가르침을 배우면 불쌍한 사람들을 위해 일할 수가 있으니까."

두 사람은 백월산에 있는 법적방이라는 절을 찾아갔다. 그리고 그곳에서 머리를 깎고 중이 되었다. 그때 그들의 나이는 둘 다 스무 살이었다.

그러던 어느 해, 그들은 백월산 서남 쪽에 있는 승도촌에 오래된 절이 있다는 얘기를 들었다. 그곳은 정신 수양하기에 썩 좋은 곳이라는 얘기였다.

"수양하기가 썩 좋은 곳이라니 한 번 가 보세."

"그러세."

두 사람은 다시 보따리를 쌌다. 그리고 승도촌으로 들어갔다. 승도촌은 대불전과 소불전 두 구역으로 나뉘어져 있었다.

노힐부득은 대불전 회진암이라는 암자에서, 달달박박은 소불전 유리광사라는 절에다 짐을 풀었다. 암자나 절은 모두 비어 있었다. 그래서 그들은 옛날에 살던 마을로 내려가 처자를 데리고 와서 살기 시작했다. 농사를 짓고, 가축을 쳤으며, 땔감도 하는 등 바쁜 나날을 보냈다. 그런 중에도 두 사람은 서로 만나 얘기를 나누곤 했다.

"이렇게 사는 것은 결국 속세를 떠난 생활이 아니잖는가?"

"옳아. 기름진 땅에서 풍족한 곡식을 거둬들일 수가 있어 배도 부르고, 입는 옷도 구할 수가 있으며, 따뜻한 보금자리도 있네. 더구나 아내와 아들 딸도 있으니 좋기는 하네. 그러나 어찌 부처님의 세상에서 여러 부처님과 함께 놀며 앵무새, 공작새와 서로 즐기는 것과 같겠는가?"

달달박박도 맞장구를 쳤다.

"하물며 부처님의 가르치심을 배웠으면 마땅히 부처가 되어야 하고 또 진리를 깨달아야 옳지 않겠는가? 그런데도 지금 우리는 이게 뭔가? 머리는 중처럼 깎았으되 그 삶은 중의 삶이 아니잖는가? 그러니 우리를 얽매고 있는 가정이니, 농사니, 하는 것을 다 떨쳐버리고 참된 중의 생활로 도를 이루도록 하세."

그들은 드디어 속세를 버리고 깊은 산 속에 들어가 다시 도를 닦기로 했다.

그러던 어느 날 밤, 그들은 꿈을 꾸었는데, 서쪽에서 하얀 빛 한 줄기가 쭉 뻗치더니 빛을 타고 내려온 금빛 팔이 두 사람의 이마를 쓸어 주는 꿈이었다.

잠을 깬 달달박박이 노힐부득을 찾아가 꿈 얘기를 해주었다. 그러자 노힐부득이 깜짝 놀라며 말했다.

"아니, 이게 어찌된 일인가? 나도 그와 똑같은 꿈을 꾸었네."

"그러니까 우리에게 때가 왔다는 얘기가 아닌가? 어서 산 속으로 들어가 도를 닦세."

그들은 백월산의 깊숙한 골짜기인 무등곡으로 들어갔다.

달달박박은 사자 바위가 있는 북쪽을 차지하여 판잣집을 세우고 그 이름을 '판방'이라 붙였고, 또 노힐부득은 동쪽 돌무더기 근처의 물 있는 곳에다 방을 꾸미고 그곳을 '뇌방'이라 이름 붙였다.

노힐부득은 미륵 부처님을 지성껏 섬겼고, 달달박박은 아미타 부처님을 정성껏 모셨다.

그렇게 3년이 지났다.

성덕왕이 왕위에 오른 지 8년째가 되는 4월 8일이었다. 날이 저물려고 하는데 무등곡을 찾은 한 손님이 있었다. 나이가 스물 안팎의 눈이 부실만큼 아름다운 여인이었다. 여인의 몸에서는 한없이 향기로운 냄새가 풍겼다. 그 여인은 달달박박이 있는 판방으로 찾아와서 하룻밤 재워 달라는 청을 아름다운 시로 적어 수줍은 듯 내밀었다.

날 저문 산 속에서 갈 길 아득하고
길은 없고 인가도 머니 어찌하리요
오늘밤은 이곳에서 자려 하오니
자비하신 스님께선 노하지 마오

달달박박은 그 시를 보고 여인에게 대답했다.
"부처님을 모시는 곳은 깨끗해야 하오. 그러니 그대가 가까이 올 곳이 아니오. 이곳에서 지체하지 말고 어서 떠나시오."
달달박박은 문을 닫고 들어가 버렸다.
여인은 노힐부득이 있는 뇌방으로 가 판방에서 했던 그대로 자고 가기를 청했다.
"이 밤에 그대는 어디서 오는 길이오?"
노힐부득이 물었다.
"이토록 깊은 산 속에 다른 무슨 볼일이 있겠습니까? 저는 스님께서 지성껏 도를 닦으시어 도를 통하게 되셨으면 해서 찾아왔습니다. 원하신다면 도움이 되어 드리겠습니다."
이렇게 말하고 난 여인은 다시 시 한 수를 지어 노힐부득에게 주었다.

첩첩 산중 날은 저문데

가도 가도 인가는 보이지 않소
나무 그늘은 한층 더 짙고
냇물 소리 또한 한결 새롭소
길 잃어 찾아왔다고 말하지 마오
중요한 깨달음 전하려 하오
부디 이 몸의 청 들어주시고
나그네가 누구인진 묻지를 마오

노힐부득은 이 시를 보고 말했다.

"이곳은 남녀가 함께 있을 장소는 아니오. 그러나 인정을 베푸는 것도 불도를 닦는 사람이 해야 할 일이지요. 더구나 이토록 깊은 산 속에서 밤이 어두웠으니 소홀히 대접해 드릴 수는 없는 일이지요."

노힐부득은 여인을 암자 안으로 공손하게 맞아들였다. 그리고 평상시와 다름없이 염불에만 정신을 쏟기 시작했다.

밤이 으슥해졌을 때 여인이 노힐부득을 불렀다.

"지금 제 몸에 산기(아이를 낳을 기미)가 있으니 죄송하오나 스님께선 짚자리를 좀 마련해 주십시오."

노힐부득은 여인을 가엾게 여겨 짚자리를 마련한 다음, 촛불을 들고 아이 낳는 일을 도와주었다. 여인은 아이를 낳자 또 이번에는 목욕을 할 수 있게 해 달라고 노힐부득에게 청했다. 노힐부득은 여인의 부탁에 부끄러움과 두려움이 마음 속에서 서로 얽혔지만 그러나 그보다는 그 여인이 가엾다는 생각이 더 컸으므로 물을 끓여 그녀를 목욕시켜 주었다.

그런데, 한참 목욕을 시키다 보니 물 속에서 향내가 강렬하게 풍겨

왔으며, 그 물을 자세히 봤더니 그것은 금물로 변해 있는 것이 아닌가. 노힐부득은 눈이 휘둥그래져 그 여인을 바라보았다. 그러자 여인이,

"스님께서도 이리로 들어와 목욕을 하시지요."

하더니 여인이 노힐부득의 손을 잡아 끌었다. 그는 자신도 모르게 그 말에 따랐다. 그랬더니 갑자기 정신이 상쾌해지며 살갗이 금빛으로 변하는 것이 아닌가. 그리고 또 한 가지 이상한 것은 연꽃으로 만들어진 앉을 방석이 바로 옆자리에 꾸며져 있는 것이었다. 여인은 노힐부득에게 그곳에 앉기를 권하며 말했다.

"나는 관음 보살인데 이곳에 와서 스님을 도와 깨달음을 이루게 한 것입니다."

여인의 모습은 그 말이 떨어지자마자 어디론지 사라져 버렸다.

한편, 달달박박은 그날 밤 혼자 생각에 잠겼다.

'노힐부득은 그 간사한 여인의 꾐에 넘어가 계율을 어기고 죄를 지었을 것이다. 어디 한 번 가서 혼내 주어야지.'

그런데 정작 가서 보니, 노힐부득은 연꽃 방석에 앉아 미륵 부처님이 되어 몸에서는 찬란한 금빛을 내뿜고 있는 것이 아닌가.

달달박박은 그의 모습을 보는 순간, 자신도 모르게 깊숙이 머리를 숙여 큰절을 했다. 그리고 조심스레 물었다.

"도대체 어떻게 되신 일이옵니까?"

그러자 노힐부득은 그 사정 얘기를 자세하게 털어 놓았다. 그 말을 듣고 달달박박은 크게 탄식했다.

"나는 아직도 마음에 잡념이 남아 있어 부처님을 만나 뵙고서도 도리어 만나 뵙지 못한 것이 되었습니다. 하오니 그대는 옛정을 생각해서라도 그러한 나를 가련하게 여기고 도와주었으면 고맙겠

습니다."

노힐부득이 빙그레 웃으며 대답했다.

"목욕통 안에 아직 금물이 남았으니 어서 들어가 목욕을 하게나."

달달박박은 그 말에 힘을 얻어 목욕통 속에 몸을 담그었다.

잠시 후, 달달박박의 정신은 한없이 맑아지기 시작했다. 몸도 금빛으로 변했다. 노힐부득 앞에 빈 연꽃방석이 마련되어 있었다. 달달박박은 그곳에 가서 앉았다. 아미타 부처가 된 것이다.

미륵 부처님이 된 노힐부득과 아미타 부처님이 된 달달박박은 서로 마주앉아 있게 되었다.

이 소식을 들은 산 아래 마을 백성들이 앞을 다투어 몰려들었다.

"세상에 이런 일이 있다니……."

"정말 희한한 일이야."

수없이 몰려든 백성들을 위해 두 부처님은 불교의 중요한 원리를 설명했다. 두 부처님이 설명을 마치자 갑자기 어디서 생겼는지 모를 구름이 그 두 부처님의 온몸을 휘감기 시작했다. 한참 후에 보니, 두 부처님은 구름을 타고 하늘로 높이 높이 올라가고 있었다.

그림 위에 떨어진 붉은 물감

신라 사람이면 누구나 다 알고 있는 얘기가 있다. 그것은 중국에서 있었던 아주 재미있는 이야기이다.

옛날 중국의 어떤 황제에게 총애하는 여자가 있었다. 그 여자는 이 세상 그 어느 누구보다도 아름다웠다.

"이런 아름다운 여인은 이 세상에 다시 없다. 옛날에도 없었지만 앞으로도 이렇게 예쁜 여자는 이 세상에 다시 태어나기 힘들 것이다. 그러니 마땅히 그림으로 그려 오래도록 이 아름다움을 남겨야겠다."

황제는 이렇게 말하고 그 당시 중국에서 그림을 제일 잘 그린다는 화가를 불렀다.

"이 아름다운 여인의 자태를 그려 오래도록 남기려 하니, 정성껏 그리도록 해라."

황제의 명을 받은 화가는 온갖 정성을 다 기울여 그 여자를 그렸다.

오랜 시일이 걸려 그림이 완성되었다. 그러나 화가는 붓을 잘못 다뤄 다 그린 그림에 붉은 물감 한 방울을 떨어뜨리고 말았다. 붉은 물감이 잘못 떨어진 곳은 배꼽 밑에 해당되는 옷 위였다. 화가는 그 붉은 물감을 지우려고 아무리 애를 썼으나 지울 수가 없었다. 자칫 잘못하다가는 그렇게 오래도록 정성을 쏟아 그린 그림을 버리게 될 판이었다.

'내가 그토록 정성을 쏟아 그린 그림에 붉은 물감이 떨어진 것은 보통 일이 아니야. 아마도 그 여자의 배꼽 밑에는 실제로 저렇게 붉은 사마귀가 있을지도 몰라.'

화가는 그림을 들여다보면서 이렇게 생각했다. 그리고는 그것을 황제에게 갖다 바쳤다.

그림을 받아든 황제는 오랫동안 바라보다 문득 놀란 표정을 지으며 입을 열었다.

"얼굴 모습은 아주 썩 잘 그렸다. 그런데 이 배꼽 밑의 사마귀는 옷 속에 감추어진 것이거늘 어떻게 알고 그것까지 그렸는가?"

"잘못하여 물감이 떨어진 것이옵니다."

화가는 솔직히 대답했다. 그리고 이어서 자기의 속마음까지 털어놓았다.

"잘못 떨어진 붉은 물감을 지우자니 잘못하다가는 그림을 버리겠기에 오랫동안 무슨 방법이 없을까 생각하며 그 그림을 들여다보고 있었사옵니다. 그런데 문득 그분의 배꼽 밑에 실제로 그런 사마귀가 있을지도 모른다는 생각이 들어 그대로 바친 것이옵니다."

"그 따위 변명은 듣기도 싫다!"

황제는 크게 노하여 소리를 버럭 질렀다. 그리고 화가를 옥에 가두게 하였다. 장차 사형을 시킬 작정이었던 것이다.

그때 화가의 인품을 잘 알고 또 그의 그림 솜씨를 아끼던 재상이 황제에게로 가서 아뢰었다.

"그 화가는 그림 솜씨가 뛰어날 뿐만 아니라 마음씨가 곱고 정직하기로 이름난 사람이옵니다. 소신이 생각하기로는 아마도 그 화가가 그림을 그리는 동안 하늘이 그 정성에 감복하여 여인의 배꼽 밑에 있는 사마귀를 일러주었을 것이옵니다. 그러기에 사마귀가 있는 바로 그 지점에 붉은 물감이 잘못 떨어지는 일이 일어났을 것이옵니다."

"그렇다면 내가 그 자의 목을 베려는 마당에 하늘이 가만히 있지 않을 것이 아니겠는가? 그대의 말이 맞는다면 아마도 화가는 내가 지난 밤에 꿈에 본 사람의 형상도 그려 낼 수가 있을 것이니 그것을 그려 바치게 하라."

재상은 황제의 말을 듣고 곧 옥에 갇힌 화가에게로 가 황제의 말을 전했다. 그러자 화가는 그날부터 그리기 시작하여 며칠에 걸려 한 폭의 그림을 완성하였다. 그것은 십일면관음보살(머리 위에 열 개의 얼굴을 가진 관음 보살)의 형상이었다. 황제는 그것을 보고 깜짝 놀랐다. 자기가 꿈 속에서 본 것과 똑같은 형상이었기 때문이었다.

옥에서 풀려난 화가는 얼마 후 그가 잘 아는 분절이라는 박사 한 분을 찾아갔다.

"내가 듣자니, 신라라는 나라가 있는데 그 나라는 불교를 숭상하는 아주 살기 좋은 곳이라 하오. 그러니 우리 함께 배를 타고 그곳으로 건너가, 불도를 닦고 또 그 나라를 위해 일도 해 봅시다."

분절은 화가의 얘기에 찬성했다.

두 사람은 바다를 건너 신라에 도착했다. 그리고 황제에게 죄를 면하기 위해 그렸던 바로 그 관음 보살상을 만들었다. 그들은 그것을 '중생사'라는 절에 모셨다. 그러자, 나라 사람들이 모두 그 관음 보살을 우러러 공경하고 끊임없이 기도했다. 그 때문에 많은 백성들이 복을 얻었다.

신라 말기, 최은함이란 벼슬아치는 늦도록 아들이 없었는데, 그 관음 보살 앞에 가 정성껏 기도를 올려 아들을 얻었다.

그가 아들을 얻은 지 석 달이 채 못 되었을 때 후백제 견훤이 서울을 침범해 성안은 크게 어지러웠다. 모든 백성들은 성안을 떠나 피난을 갔고, 절에 있는 스님들까지도 절을 피해 깊은 산 속에 가 숨었다. 그러자, 최은함은 자기 아들을 안고 그 절로 찾아와 관음 보살에게 말했다.

"적군이 쳐들어와 잘못하다가는 이 난리통에 저도, 또 이 어린것도 다같이 목숨을 잃게 될지 모르옵니다. 그러하오니 진실로 관음 보살님께서 제게 이 아이를 주셨다면 그 큰 자비의 힘으로 보호하여 길러 주시어 난리가 끝난 다음에 우리 부자가 다시 만나게 해

주웁소서.”

최은함은 슬피 운 다음, 세 번이나 이렇게 기도하며 절을 했다. 그리고 아기를 포대기에 싸서 관음상 밑에다 감추어 두었다. 그러나 최은함은 그 아이가 마음에 걸려 얼른 떠날 수가 없어 한동안 거기에 머물며 다시 눈물로 기도를 했다. 그리고는 홀연히 싸움터를 향해 떠났다.

그날로부터 보름이 지났다.

최은함은 적병이 물러간 후 급히 중생사로 달려갔다. 그리고 관음 보살상 앞에 엎드려 열심히 기도를 올렸다. 그것은 보름 전에 이곳에 두고 갔던 아들의 목숨이 붙어 있기를 비는 기도였다.

기도를 마친 후, 관음 보살상 밑을 살펴보았다.

“아, 아기가 살아 있었구나.”

최은함은 기뻐서 어쩔줄을 몰랐다. 아기의 얼굴은 금방 목욕하고 난 뒤처럼 깨끗했고, 그 입에서는 젖내가 물씬 풍기는 듯했다.

최은함은 곧 그 아기를 집으로 데려와 정성껏 보살폈다.

아기는 차츰 자라나자, 총명하고 슬기로워졌으며 모든 것이 다른 아이들보다 월등하게 뛰어났다. 그 아이가 바로 훗날에 벼슬이 정광에까지 이른 최승로였던 것이다.

기이한 스님

신라 때의 이야기이다.

혜숙이라고 하는 중이 있었다. 그는 원래 화랑의 무리였으나 그가 따르던 화랑인 호세랑이 화랑의 자리에서 물러나자, 그도 역시 화랑을 그만두고 적선촌이라는 자기 마을에서 조용히 살고 있었다.

그런데, 하루는 그 적선촌에 국선이 나타났다. 국선이란 화랑도의 대장격인 사람을 이르는 말이다.

적선촌에 나타난 그 국선의 이름은 구감공이었다. 그는 화랑의 무리들을 거느리고 와서 사냥을 했다. 그리고 짐승들을 마구 잡아 구워 먹었다. 여러 번 그런 일이 되풀이되었다.

어느 날, 혜숙은 말발굽 소리를 듣고 밖으로 달려나갔다. 구감공이 또 화랑의 무리를 이끌고 적선촌으로 들이닥쳤던 것이다.

혜숙은 길가에 기다리고 있다가 국선 구감공이 타고 있는 말고삐를 잡고 국선에게 청했다.

"소승도 국선을 모시며 따르고 싶습니다. 부디 허락해 주십시오."

"정 그것이 소원이라면 그렇게 하거라."

국선의 허락을 받은 혜숙은 말을 몰고 와 그 위에 올라탔다. 혜숙의 말이 국선의 말을 앞지르기도 했으며, 어떤 때는 뒤처지기도 했다.

국선은 혜숙의 말 타는 솜씨가 보통이 아닌 것을 보고 크게 기뻐했다.

"자아, 우리 말 달리기 시합을 하세."

"그러시지요."

그들은 옷을 벗어제치고 서로 지지 않기 위해 안간힘을 썼다. 한 번은 혜숙이 이겼고, 또 한 번은 국선이 이겼다. 시합이 끝나자, 국선은 또 사냥을 했다.

모든 화랑의 무리에게 국선이 명령을 내렸다.

"여기서 점심을 먹으며 쉬도록 하자."

화랑의 무리들은 비교적 평평한 산기슭에 자리를 잡았다. 한 쪽에서는 고기를 굽고 또 다른 한 쪽에서는 고기를 삶느라고 야단법석을 떨었다.

국선은 게걸스럽게 고기를 먹어댔다. 그리고는 혜숙에게 먹기를 권했다. 혜숙도 꺼리는 기색 없이 고기를 먹었다.

얼마 후, 혜숙이 국선 앞으로 나아가 말했다.

"아주 맛있는 고기가 여기에 더 있는데 잡수시겠습니까?"

"고기라면 얼마든지 좋지."

국선의 대답이 떨어지기도 전에 혜숙은 주위에 빙 둘러있는 화랑의 무리들을 헤치고 그 자리에서 칼로 자기의 허벅지 살을 썩 베어냈다. 모든 사람이 깜짝 놀랐으나 그는 태연자약했다.

혜숙은 그 살을 소반에 올려 국선에게 갖다 바쳤다.

국선은 깜짝 놀라 입을 열지 못하고 있다가 제 허벅지 살을 소반에 얹어 내미는 혜숙을 보자, 그제서야 버럭 소리를 질렀다.

"도대체 이게 무슨 해괴한 짓이냐?"

국선은 혜숙의 허벅지에서 흘러내리는 피를 바라보며 다시 소리쳤다.

"이게 무슨 짓이냐고 묻지 않는가?"

"혜숙이 대답했다.

"처음에 저는 국선께서 어지신 분이라고 생각했었습니다. 그러나 지금까지 가만히 살펴보건대 국선께서는 비록 하찮은 것이라도 죽이는 것을 아주 즐기고 계셨습니다. 짐승을 마구 죽여 자기 자신만을 이롭게 할 뿐이었습니다. 그것이 어찌 어진 분이 하실 일입니까?"

"……."

국선은 얼굴을 붉히며 심히 부끄러운 기색을 보였다.

"저는 그러한 국선을 따를 수가 없습니다."

혜숙은 이 말을 마치자, 말을 타고 사라져 버렸다.

혜숙이 사라진 뒤, 국선은 그가 먹던 그릇을 들여다보았다. 그 안에는 살코기가 그대로 남아 있었다. 한 점의 고기도 먹지 않았던 것이다.

'그가 고기 먹는 것을 내 눈으로 똑똑히 보았는데, 참으로 이상하구나.'

국선은 이렇게 중얼거리며 그날 있었던 일을 궁궐에 들어가 낱낱이 아뢰었다.

진평왕은 그 말을 듣자, 곧 사자를 보내어 그를 맞아오게 했다. 임금님의 사자가 혜숙을 찾아가니 혜숙은 그때 중의 신분임에도 불구하고 어떤 여자와 함께 잠자리를 같이 하고 있었다.

"더러운 중놈 같으니!"

사자는 이렇게 욕을 퍼부으며 궁궐을 향해 되돌아섰다. 그리고 얼마쯤 걷자니, 어떤 중이 하나 나타났다. 가만히 보니, 그 중이 바로 혜숙이었다.

"아니, 스님께선 지금 어디서 오시는 길입니까?"

임금님의 사자가 물었다.

"성안에 있는 시줏댁 7일재에 갔다가 끝마치고 오는 길이라오."

임금님의 사자는 정신이 어떨떨했다. 방금 여자와 함께 잠자리에 들었던 자가 시줏댁 7일재에 다녀온다니 참으로 기가 막힐 노릇이었다.

임금님의 사자는 급히 달려가 임금님께 그 사실을 낱낱이 아뢰었다. 임금님은 다시 사자를 보내어 성안에 가서 조사케 했다. 혜숙 스님이 시줏댁 7일재에 참석한 것은 거짓이 아니었다.

얼마 후의 일이었다. 이번에는 혜숙이 갑자기 죽어 버린 것이었다. 마을 사람들은 혜숙 스님의 시체를 거두어 이현이라는 고개 동쪽에다 장사를 지내기로 했다.

그런데, 그때 혜숙 스님이 죽은 줄 모르는 그 마을 사람 하나가 고개 서쪽에 볼일이 있어 갔다가 돌아오는 길에 혜숙 스님을 만났다. 마을 사람이 혜숙에게 물었다.

"스님, 어딜 그렇게 바쁘게 가십니까?"

"이곳에 너무 오래 살았기 때문에 이제부터는 다른 지방으로 유람하려 하오."

마을 사람은 혜숙 스님과 헤어져 고개 동쪽으로 향했고, 혜숙은 그곳에서 얼마쯤 떨어진 곳에 이르러 구름을 타고 어디론가 사라져 버렸다.

혜숙 스님을 만났던 마을 사람은 고개 동쪽에서 자기 마을 사람들이 모여 누군가를 장사 지내고 있는 것을 보게 되었다.

"이 사람들아, 누가 돌아가셨나?"

"혜숙 스님이 돌아가셔서 지금 막 장사를 지냈네."

"아니, 내가 지금 고개 서쪽에서 혜숙 스님과 헤어져서 오는 길인데 그 스님이 돌아가시다니, 당치도 않은 말이야."

그 사람은 자기 마을 사람들에게 자초지종을 설명해 주었다. 그 얘기를 들은 마을 사람들은 그 자리에서 당장 무덤을 파헤쳐 보았다. 무덤을 파보니 그 속에서는 짚신 한 짝만 나올 뿐이었다.

"참으로 귀신이 곡할 노릇이야."

"우리가 조금 전에 묻은 혜숙 스님의 시체는 어디로 갔단 말인가?"

마을 사람들은 제각기 한 마디씩 떠들어댔다.

비를 맞지 않는 삼태기 스님

신라의 혜공 스님은 어릴 때의 이름은 우조였다. 그는 천진공의 집에서 고용살이를 하던 노파의 아들이었다.

우조가 일곱 살 때의 일이었다.

하루는 밖에서 놀다 들어와 보니, 주인집을 찾아온 사람들이 방에는 물론, 마당에도 가득했다.

웬 손님들이 이토록 많을까, 하고 의아해 하고 있는데, 손님들은 자꾸만 모여들었다. 나중에는 손님들이 길에까지 늘어설 정도였다.

우조가 궁금증을 참다못해 어머니에게 물었다.

"무슨 일이 있기에 손님이 이토록 많은가요?"

"너는 주인 어른께서 편찮으시다는 얘기를 듣지도 못했단 말이냐?"

어머니가 꾸짖듯 말했다.

사실 그는 오래 전부터 주인 어른이 종기가 나서 기동을 못한다는 얘기는 듣고 있었다.

"주인 어른께서 종기가 나 고생하신다는 얘기는 들었지요."

"그 몹쓸 종기 때문에 주인 어른께서 당장 돌아가시게 됐단다. 아무리 용한 의원도 고칠 수가 없는 그런 종기야."

"그래서 이 많은 분들이 문병을 오셨군요. 돌아가시기 전에 얼굴이라도 한 번 뵐려고요. 그렇지요?”

우조의 어머니는 고개를 끄덕여 보였다. 그 얼굴에는 가득히 근심이 어려 있었다.

“어머니, 걱정 마십시오.”

“걱정을 말라니?”

“제가 당장에 그 병을 고치겠습니다.”

어머니는 아들의 얘기에 귀도 기울이지 않았다. 그러자, 우조는 그러한 어머니에게 계속 말했다.

“틀림없이 제가 고치겠습니다.”

우조의 어머니는 아들의 말을 이상히 여겨 주인 어른께 알렸다.

중병에 시달리며 오늘 죽을지, 내일 죽을지 몰라 괴로와하고 있던 주인 어른은 그 얘기를 듣자, 마치 물에 빠진 사람이 지푸라기라도 잡고 보자는 그런 심정으로 우조를 불러들였다.

주인 어른께 불려간 우조가 옆에 가 앉기가 무섭게 그 몹쓸 종기가 터져 버렸다. 주인 어른은 물론, 거기에 있던 모든 사람들은 그것을 우연한 일이라고 생각하고 그저 웃어 넘기고 말았다.

우조는 자라서 주인 어른을 위해 매를 길렀다. 우조가 기른 매를 주인 어른은 무척 마음에 들어 했다.

그러던 어느 날이었다.

처음으로 벼슬 자리를 얻은 주인 어른의 아우되는 사람이 지방으로 부임하기 위해 찾아왔다.

“형님, 이 매는 제가 가지고 내려가겠습니다.”

아우가 형에게 말하자, 형은 할 수 없이 정든 자기 매를 아우에게 주었다. 아우는 매를 얻어 가지고 지방으로 내려갔다.

며칠이 지난 어느 날 밤, 형은 아우에게 준 매가 갑자기 보고 싶었다. 그래서 날이 밝으면 우조를 아우에게 보내 매를 찾아오게 할 작정이었다. 그런데, 우조는 그러한 주인 어른의 마음을 꿰뚫어 볼 수가 있었으므로 잠깐 사이에 매가 자기 손에 들어오게끔 조화를 부렸다.

우조는 이른 아침에 그 매를 가지고 주인 어른에게로 갔다.

"매를 찾아왔습니다."

우조의 말에 주인 어른은 깜짝 놀라고 말았다. 그제서야 그는 자기의 종기를 터뜨린 것도 우조가 부린 조화 때문이라는 것을 깨닫게 되었다.

주인 어른은 우조 앞에 무릎을 꿇었다. 그리고 공손한 말로 얘기를 하기 시작했다.

"나는 이토록 지와 덕이 뛰어난 성인이 우리 집에 몸을 의탁하고 계신 줄은 꿈에도 몰랐습니다. 성인을 몰라보고 무례하게 대한 점이나 버릇없이 사람을 모욕한 죄를 너그러이 용서해 주십시오. 그리고 이제부터는 도사가 되시어 이 부족한 저를 잘 인도해 주시기 바랍니다."

그러나, 그 후 우조는 더이상 이 집에 머물러 있지 않았다. 그는 그날로 그곳을 나와 머리를 깎은 뒤 중이 되었다. 혜공으로 이름도 바꾸었다.

혜공은 언제나 조그만 절에 살았다. 그리고는 밤낮없이 술에 취하여 미친 사람처럼 삼태기를 지고 다녔다. 그러면서 노래도 부르고 춤도 추었으므로 사람들은 그를 '부궤화상'이라 불렀다. 한문으로 '부(負)'자는 짊어진다는 뜻이고, '궤(簣)'자는 삼태기를 뜻하는 글자이다. 그러니까 '삼태기를 짊어진 스님'이란 뜻이다.

혜공은 원효 대사와도 친한 사이로, 그들은 항시 붙어 다니며 서로 희롱하며 지냈다고도 한다.

혜공 스님은 비가 오는 날에 거리를 헤매고 다녀도 옷에는 비 한 방울 맞지 않았고, 신발에도 진흙이 묻지 않았다고 한다.

스승보다 뛰어난 제자

의상 법사의 아버지는 김한신이라는 사람이었다.

의상 법사는 나이 29세 때에 당시 서울이었던 경주의 황복사에 들어가 머리를 깎고 중이 되었다. 그리고 얼마 후, 원효와 함께 불법을 닦기 위해 당나라로 향했다. 어느 날 요동에 당도하게 되었는데, 원효가 갑작스레 깨달은 바가 있다며 오던 길을 되돌아 신라로 돌아갔으므로 의상은 혼자서 당나라로 향해야만 하였다. 혼자서 가던 도중에 의상은 어떤 병사들에게 붙잡히고 말았다. 그들은 국경을 지키는 당나라의 병사들이었다. 병사들은 의상을 첩자로 몰아 창고 같은 곳에다 가두어 놓았다.

"나는 신라의 중으로 불도를 닦기 위해 당나라로 들어가는 길이오."

"말이야 다들 그렇게 말하지. 도둑놈이 자기를 가리켜 도둑놈이라고 밝히지 않듯이 말이오."

병사들은 의상의 말을 믿지 않았다. 높은 사람의 명령만 떨어지면 곧 형벌로 다스릴 작정이었다. 그러나, 의상은 수십 일만에 다행스럽게도 갇힌 곳에서 빠져나올 수가 있었다. 의상은 결국 뜻을 이루지 못한 채 모진 고생만 하고 다시 신라로 되돌아와야만 했다.

신라로 돌아와 몇 해를 지내고 있는데, 우연치 않은 기회로 다시 당나라에 갈 수가 있게 되었다.

신라에 사신으로 왔다가 돌아가는 당나라 사람을 알게 되었던 것이다. 마침내 의상은 그들의 배에 실려 당나라에 들어가게 되었다.

의상이 맨 처음에 머문 곳은 양주 땅이었다. 양주의 장군은 의상에게 극진한 대우를 하며 불법을 들었다. 그러나, 의상은 곧 그곳을 떠나야 했다. 남에게 불법을 전하러 온 것이 아니라, 보다 깊고 넓은 불법을 닦기 위해 온갖 고생을 무릅쓰고 먼 길을 왔기 때문이었다.

의상은 종남산에 있는 절, 지상사를 찾아가 지엄 스님을 만났다.

"고명하신 스님 밑에서 부처님의 한없이 깊고 넓으신 가르침을 배우고자 찾아왔습니다."

지엄 스님은 의상의 인사를 받고 나자, 조용히 입을 열었다.

"그렇지 않아도 내 그대가 찾아올 줄 알았소."

"아니, 어떻게……?"

"어젯밤의 내 꿈은 오늘 그대가 날 찾아올 징조였소."

지엄 스님은 꿈 얘기를 털어놓기 시작했다.

"꿈에 큰 나무 한 그루가 나타났지요. 그 나무는 동방(신라를 일컬음)에서 난 나무였소. 가지가 높이 퍼지기 시작하더니, 삽시간에 우리 당나라 땅을 뒤덮었다오. 그래서 그 나무 위에 올라가 보았지요. 그랬더니 그 위에 봉황새의 보금자리가 있고, 그 안에는 커다란 마니보주가 하나 담겨 있었소. 그리고, 그 마니보주에서 나오는 찬란한 빛이 한없이 먼 곳까지 비추었다오. 하도 꿈이 이상해서 안팎을 깨끗이 청소한 다음 이렇게 기다리고 있었소."

지엄 스님은 의상을 어찌나 영접하는지 의상은 몸둘 바를 모를 지경이었다.

의상은 그날부터 지엄 스님의 제자가 되어 불법 닦기에 온 힘을 쏟았다.

몇 년을 산 속에 묻혀 도 닦는 일에만 전념하고 있었는데, 하루는 스승인 지엄 스님이 의상을 불러 앉히고 사사로운 얘기로 말문을 열었다.

"청색은 남초(푸른 물감이 나오는 풀)에서 얻지만 오히려 그보다 훨씬 더 색이 짙소. 스승인 내가 이제는 제자인 그대의 실력에 미치지 못하게 되었으니 마치 남초가 청색을 이기지 못함과 무엇이 다르리오."

라고 끝맺는 것이었다. 그리고 더 이상 가르칠 것이 없다며 자기 곁을 떠나라고 했다.

종남산에서 내려온 의상은 신라의 재상으로 당나라에 갇혀 있던 김흠순을 만날 기회가 있었다.

그때 김흠순은 당나라 황제가 군사를 일으켜 신라를 치려고 한다는 것을 의상에게 알려 주었다.

"법사께서는 하루라도 빨리 귀국하셔서 임금님께 당나라 황제의 그 음흉한 계획을 알리셔야 합니다."

의상은 김흠순의 권유로 당나라를 빠져나와, 밤낮으로 길을 재촉했다. 의상이 귀국한 것은 서기 670년의 일이었다.

궁궐에서는 의상에게 그 사실을 전해 듣고, 당시 이름 높은 명랑 스님에게 명했다.

"당나라 황제가 우리 나라를 치기 위해 비밀리에 계획을 꾸미고 군사를 일으킬 준비를 하고 있다고 하오. 그러니 그대는 그대의 도술로 기도를 하여 나라가 위태로운 지경에 빠지지 않도록 하시오."

명랑 스님은 조정의 지시대로 기도에 열중했다. 그런 후 다행하게 도 당나라의 침범은 없었다.

머리에 왕(王)자가 새겨진 스님

남산 서쪽 기슭에 은천동이라는 마을이 있었다. 그 마을에 사는 한 총각이 어느 날, 동쪽 시냇가에서 놀다가 수달 한 마리를 잡아 죽였다. 가죽은 말리고 살코기는 먹었다. 그리고 뼈는 동산에 버렸다. 그런데 이튿날 그곳에 가 보니, 이상하게도 뼈가 없어졌다. 자세히 살펴보니, 뼈는 수달을 잡았던 바로 그 구멍 속으로 들어가 있었다. 하나하나 떨어졌던 뼈들이 모두 자기 자리에 붙어 뼈만 남은 앙상한 수달의 모습이 되어 있었다. 그리고 그 뼈는 다섯 마리의 새끼를 꼭 껴안고 있었다.

그 놀라운 광경을 바라보고 있던 총각은 마음 깊이 느낀 바가 있어 집을 버리고 산중으로 들어가 중이 되었다. 그리고 이름을 혜통(惠通)이라 하였다.

혜통은 몇 년 후, 당나라로 갔다. 더 깊고 많은 것을 배우기 위함이었다. 선무외삼장(善無畏三藏 : 본래는 인도 마갈타 국의 임금이었으나 출가하여 중이 되었고, 불법을 전하기 위해 당나라에 와 있던 이름 높은 스님)을 찾아간 혜통이 자기의 뜻을 전했다.

그러나, 선무외삼장은 가르쳐 주기를 거절했다. 불도를 닦을 만한 기량이 없는 사람이라고 생각했기 때문이었다. 그러나 혜통은 물러나

지 않고 3년 동안이나 그를 섬겼다. 그래도 선무외삼장은 본 체도 하지 않았다.

혜통은 분하기도 하고, 애가 타기도 해서 밖에 나가 불이 담긴 동이를 머리에 얹었다. 그 때문에 뜨거운 불기운으로 그만 정수리가 터졌다. 우뢰와 같은 그 소리를 듣고 선무외삼장이 달려왔다. 그는 불이 담긴 동이를 혜통의 머리 위에서 내리고, 불에 터진 곳을 만지며 주문을 외었다. 상처는 아물었지만 왕(王)자 모양의 흉터가 남았다. 그래서 사람들은 그를 '왕 스님'이라고 불렀다.

선무외삼장도 그의 사람 됨됨이와 재주를 알게 되어 그에게 깊고도 넓은 불법을 가르쳐 주었다.

그러던 어느 날, 당나라 공주가 병이 나서 황제가 선무외삼장을 불렀다. 그러나, 그는 자기 대신에 혜통을 천거했다.

궁궐로 들어간 혜통은 흰콩 한 말을 은 그릇에 넣고 주문을 외웠다. 그러자, 그 콩들은 모두 흰 갑옷을 입은 군사들로 바뀌었다. 그 군사들은 공주의 몸을 병들게 하고 있는 나쁜 무리들과 싸웠다. 그러나 이기지는 못했다. 그래서, 혜통은 다시 검은콩 한 말을 금 그릇에 넣고 주문을 외웠다. 검은콩은 검은 갑옷을 입은 군사로 바뀌었다. 이번에는 흰 갑옷을 입은 군사와, 검은 갑옷을 입은 군사가 힘을 합하여 적들을 무찔렀다. 그때 그 숱한 나쁜 무리들이 한 마리의 커다란 용으로 갑자기 바뀌더니, 어디론가 달아나 버리고 말았다. 그러자, 공주의 병은 씻은 듯이 나았다.

한편, 혜통에게 쫓긴 용은 원한을 품고 신라로 왔다. 그리고는 닥치는 대로 사람을 죽였다.

그것을 직접 목격한 정공이라는 사람이 당나라에 사신으로 왔다가 급히 혜통을 만났다.

"스님이 이곳에서 쫓은 용이 우리 신라로 와서 복수를 하느라고 많은 사람을 해치며 행패를 부리고 있습니다. 속히 신라로 돌아가 그 용을 없애 주셔야 하겠습니다."

혜통이 그 소식을 듣고 신라에 돌아와 용을 쫓아버린 것은 문무왕 5년(서기 665)의 일이었다.

혜통에게 쫓긴 용은 이번에는 정공에게 원한을 품고 그의 집, 문 밖에 버드나무로 다시 태어났다. 그리고는 무럭무럭 자라났다. 아무 것도 모르는 정공은 그 무성한 버드나무가 마냥 사랑스럽기만 했다.

세월이 흘러 문무왕의 뒤를 이은 신문왕도 세상을 떠났다. 새로 왕위에 오른 효소왕이 산에다 왕릉을 만들고 신문왕의 장례를 치르기 위해 길을 닦았다. 그런데 정공의 집 앞에 있는 버드나무가 길을 가로 막고 서 있기 때문에 그 일을 맡아 보던 책임자가 그 버드나무를 베려 했다.

"차라리 내 머리를 벨 일이지, 이 버드나무는 베지 말라."

정공이 노하여 버드나무를 베려는 자를 꾸짖었다.

이 소식을 들은 왕은 크게 노하여 법관에게 명령을 내렸다.

"정공은 신통력이 있는 혜통과 친하게 지내더니, 도무지 겁이 없구 나. 당장 그의 원대로 목을 베고 그가 살던 집도 허물도록 해라."

정공의 목은 베고 그의 집은 허물어 그 자리에 못을 팠다.

"정공이 죽임을 당했으니, 그와 친하게 지냈던 혜통이 가만 있을 리가 없다. 그의 목도 베어라."

임금의 명령이 떨어지자, 갑옷 입은 병사들이 혜통을 찾아 왕망사 라는 절로 들이닥쳤다. 그러나 혜통은 미리 그것을 알고 절 지붕 위에 올라가 있었다. 그의 손에는 병 하나와 붉은 물이 묻은 붓이 들려 있었다.

"내가 하는 것을 자세히 보아라."

혜통은 군사들에게 이렇게 말하며 병의 목에다 붉은 붓으로 금을 그었다. 그리고 그는 계속해 말했다.

"너희들은 모두 제각기 자기 목을 살펴보도록 해라."

군사들은 병의 목에 칠해진 것과 똑같이 자기들 목에도 붉은 금이 그어져 있는 것을 알 수 있었다.

"내가 이 병의 목을 자르면 너희들 목도 잘릴 것이다. 그래도 너희들은 나를 잡으려 들 터이냐?"

혜통의 애기를 들은 병사들은 걸음아 날 살려라, 하고 미친 듯이 도망을 쳤다. 병사들에게 그 애기를 들은 왕도 더이상 어쩔 수가 없다는 것을 깨닫고는,

"혜통의 신통력을 어찌 보통 사람의 힘으로 막을 수가 있겠느냐?"

이렇게 말하며 혜통을 내버려두기로 했다.

얼마쯤 뒤, 갑자기 왕녀가 앓아 눕게 되었다. 왕은 혜통을 불러다 치료하게 했다. 그랬더니, 병은 금방 나았고 왕은 크게 기뻐했다.

"지나간 일입니다만 정공은 나쁜 용의 원한을 사 억울하게 죽음을 당한 것입니다."

혜통은 왕에게 정공의 애기를 자세하게 들려주었다. 그 애기를 듣고 난 왕은 후회하며 정공의 처자에게 내렸던 죄를 면해 주었다. 그리고 혜통을 국사(國師 : 나라에서 지혜와 덕망이 높은 스님에게 주는 칭호)로 삼았다. 한편, 용은 정공에게 원수를 갚자, 기장산 깊숙이 들어가 귀신으로 변했다. 그리고 계속해 백성들에게 해를 끼쳤다.

혜통이 어느 날, 그 산 속으로 들어가 용을 달래며 불살계(不殺戒 : 불교의 다섯 가지 계율의 하나로 중생의 살생을 금지한 것)를 가르쳤다. 그 후로 용의 행패는 완전히 없어지고 말았다.

판 권
본사
소 유

삼국유사

2004년 3월 20일 인쇄
2004년 3월 30일 발행

엮은이 • 강 영 수
펴낸이 • 최 상 일
펴낸곳 • 태을출판사

주 소 • 서울특별시 강남구 도곡동 959-19
등 록 • 1973 1.10(제4-10호)

■ 주문 및 연락처
우편번호 100-456
서울 특별시 중구 신당 6동 제52-107호(동아빌딩내)
전화 • 2237-5577 팩스 • 2233-6166

ISBN 89-493-0255-1   03810